지상의 위대한 도서관

The Greatest Libraries in the World

by Choe Jung Tai

Published by Hangilsa Publishing Co., Ltd., Korea, 2023

지상의 위대한 도서관

최정태 지음

BIBLIOTHECA

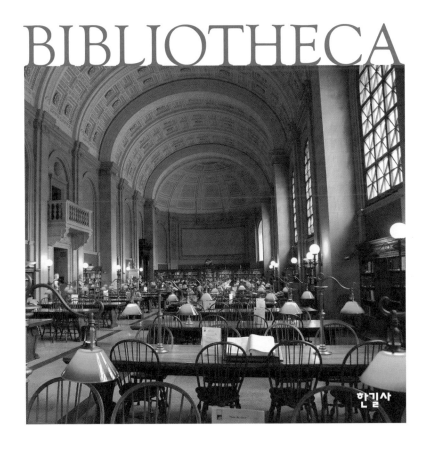

한길사

순례를 마치고 사무침을 적다

도서관, 영혼의 요양소
최정태

위대함 속에는 생명체가 자라고 있었다
■ 개정판에 붙이는 글

대개의 책들은 초판이 나오면 한두 해 존재하다 사라지는 것이 상례인데, 다행히 이 책은 2011년 출간된 이후 지금까지 13년의 긴 기간 동안 사라지지 않고 끈질긴 생명력을 유지하다가 마침내 부활의 꿈을 이루고 있다. 그 앞서 중형판으로 발행했던 『지상의 아름다운 도서관』[2006]이 2011년 개정판을 내면서 같이 출간하는 이 책 『지상의 위대한 도서관』과 형태와 크기를 지금의 판형으로 통일했다.

두 책을 자매지로서 짝을 짓게 한 것은 책을 한 세트로 박스에 넣어 '최정태의 세계 도서관 순례기: 아름답고 위대한 도서관을 찾아서'로 이름을 다시 지어 한 가족으로 만들어주고 싶어서였다. 이 두 책이 명실공히 아름다움을 넘어서 지상에서 위대하다고 인정되는 명품 도서관을 대상으로 했기 때문이다.

애초 책을 펴낼 때는 두 책을 '아름다운 도서관 1·2' 또는 '상·

하'로 구분하려고 했지만 5년의 기간이 흐른 뒤 펴낸 책이니만큼 저자가 보는 시간적 관점에 따라 방향과 체제가 달라졌을 수 있다는 데 연유한다. 특히 사물을 보는 시각에서 먼저 쓴 책은 도서관을 가급적 인문학적 관점에서 살펴보고, 다음 책은 그때의 현상을 사회학적 관점에서 접근해보려고 미리 다짐하고 나섰지만 결과는 뜻과 같이 되지 않았다.

그보다, 두 책을 완성하기까지 오랜 시차가 난 것은 이 많은 세계의 유명한 도서관을 탐방하는 데 한 번의 기획으로는 부족해 최소한 2회 이상 시간을 나누어 실행해야 했기 때문이다. 그것도 계속해서 여행만 할 수 없는 상황에서 지리적 위치에 따라 어디부터 시작해야 하며, 무엇에 중점을 둘 것인지를 먼저 생각해야 했다. 여행을 떠나기 전, 미리 국내외 참고서적 및 인터넷을 통해 예비조사를 해야 했고, 돌아와서 집필하는 데 필요한 시간과 탐방 시기와 체류기간을 따지고, 방문해야 할 여러 도서관으로 향하는 여행 시간과 소요되는 경비도 무시할 수 없었던 것이다.

이런 조건을 감안해서 1차로 찾아간 여행지는 우선 국가·국립도서관과 중세 수도원도서관 등 고전적 도서관을 고려한 것에 비해, 2차 방문지는 세계 최고의 대학도서관과 명품으로 일컬어지는 위대한 공공·특수도서관 등에 중점을 둔 것이다.

이렇게 만든 책이지만 오랜만에 개정판을 위해 다시 꺼낸 책을 사라져가는 손금을 찾듯 샅샅이 뒤져보니 그동안 잠자고 있던 글들에서 더러는 오류가 나와 이를 수정하면서 새로운 정보와 최근에 찾아낸 사실들을 상당수 문장 속에 집어넣었다. 동시에 지금까지 보았던 진부해보이는 사진을 새로운 것으로 교체하면서 표지까지 새로 포장해 독자들에게 한 걸음 더 다가가려고 했다.

한국의 열악한 출판현실에서 그나마 이 책이 '도서관 교양 및 여행서'로서 13년이나 끈질긴 생명력을 유지하면서 다시 개정판으로 부활할 수 있다는 것은 매우 반가운 일이 아닐 수 없다. 우리 출판계에서 창립 반세기 긴 역사를 가진 명성 있는 한길사의 저력이 뒷받침했기 때문일 것이다. 필자 개인적으로도 자랑스러운 이곳과 오랫동안 인연을 맺고 세 권의 책을 연거푸 펴낸다는 것도 내 자신의 큰 영광이 아닐 수 없다.

이참에 내 이웃에 있는 도서관을 사랑하고 이 분야의 책들을 애독하시는 독자 여러분에게 다시 한번 감사의 마음을 전하고 싶다. 앞으로 판이 지속된다면 더 아름답고 멋있는 책으로 보답하겠다고 미리 다짐해둔다.

2024년 2월
文脩軒 최정태

다시 여행을 시작하며

■ 머리말

　이 책의 전편이라 할 수 있는 『지상의 아름다운 도서관』은 독자들로부터 분에 넘치는 호응과 격려를 받았다. 도서관 관련자들보다 오히려 도서관을 잘 모르는 일반 시민과 평범한 주부, 그리고 다양한 직업을 가진 전문인들이 더 반기는 듯했다. 세상에 아름답고 위대한 도서관이 이렇게 많다니! 우리는 왜 이런 도서관이 없을까. 많은 독자들이 이러한 도서관이 태어나길 갈망하면서 속편의 출간을 고대하고 있었다. 아마도 도서관이 이미 우리의 생활 속 깊숙이 들어와 있다는 징조일 것이다. 그것이 자랑스럽고 고마워 무리를 해서 도서관 순례를 다시 시작했다.

　이 책은 그 여행의 이야기를 국립중앙도서관에서 발행하는 월간지 『도서관계』에 2008년 1월부터 2010년 6월까지, 2년 6개월 동안 '도서관, 그 위대함이여!'라는 주제로 매달 연재한 글을 한 권으로 엮은 것이다. 찾아간 도서관들은 하나같이 '아름다움'을 넘어

'위대함'까지 모두 간직하고 있어서 두 책의 형식과 체제를 같이하여 자매서로 짝지우기로 했다. 이번 글은 특정지에 기고한 것이라 전문용어도 섞이고 각주도 많았지만 모두 없애고 누구나 이해하기 쉽도록 새로 다듬어 읽기 편하게 꾸몄다.

그 옛날, 인류는 기억의 흔적을 오래 간직하기 위해 동굴 속이나 암벽에 글과 그림을 남겼다. 그들은 단지 한 장소에 새겨둔 기억을 서로 나누며 함께 보려고 진흙덩이를 구워 점토판 책을 만들었으며, 송아지 가죽에 글을 옮기고 갈댓잎을 말려 기록한 다음 도서관을 만들었다. 이러한 원초적 도서관이 있었기에 오늘날 이만큼의 문명사회가 이룩된 것이라고 이야기하는 데 누구도 인색치 않는다.

나는 그 원형이 과연 언제 어디서 탄생했고, 어떻게 출발했는지, 직접 눈으로 확인하고 싶었다. 고대 도서관 유적에서부터 중세를 거쳐 초기 대학도서관을 들여다보고, 세계 공공도서관의 수준은 지금 어디쯤 와 있는지 그 속살도 만져보고 싶었다.

이런 것들이 먼 여행길을 나선 이유다. 여행 중, '그물망 쓰고 디스코 추는 도서관'도 보았고, 800년의 역사를 자랑하는 대학도서관도 보았다. 인구 15만 명이 사는 소도시, 한 대학에 100개가 훨씬 넘는 도서관들이 지금도 명품 도서관으로 건재하다는 사실이 신기했다. 370년 전, 이름도 없는 조그마한 대학에 목회자 존 하버드가 기증한 330권의 책으로 시작한 도서관이 있었기에 오늘날 하버드대학이 세계적인 명문 대학으로 발돋움한 것은 아닐까?

만일 이러한 도서관이 없었다면 과연 오늘날 위대한 문명국가를 이룩할 수 있었을까 하고 충정어린 의문을 던져보기도 했다. 순례를 하면서 틈틈이 선진국의 척도가 어디에 근거하며, 그들에게 도서관은 무엇이고, 어떤 존재로 자리매김하고 있는지 사서들의 얼굴빛도 곁눈질해보고, 지식인에서부터 시민들의 일상생활까지 열심히 관찰했다.

누구나 도서관을 쉽게 말하지만 진실로 깊은 뜻은 잘 모르고 있다. 신神을 나라마다 God영어, Dieu프랑스어, Der Gott독일어, Dios에스파냐어, Dio이탈리아어로 달리 부르듯, 도서관을 뜻하는 상형문자, 히브리어, 이집트어 등 모든 문자도 각각 다르다. 상형문자에서 새bird는 영혼soul을 의미한다는데, 'Library'라는 글자의 '새'는 도서관에 영혼이 숨 쉬고 있는 뜻이 아닐까?

그렇다면 도서관이 '영혼의 요양소'에서 출발했다는 사실이 조금도 이상하지 않다. 도서관을 뜻하는 문자의 의미를 좀더 알아보고자 서울에 주재하는 각국 대사관에 서면으로 질의해보았다. 아무리 알아보기 어려운 문자라도 도서관의 숭고한 뜻과 이념은 어디나 같았고, 그 뿌리 또한 '책 또는 그것의 보관장소'에서 연원했음이 공통된 답변이었다.

이번에 찾아간 도서관은 아프리카에서부터 북미주, 유럽 등에 위치한 12곳으로 자타가 인정하는 이른바 위대한 도서관들이다. 자유로운 도서관보다 더 나은 민주주의 요람은 이 세상에 존재하지 않는다. 때문에 도서관을 탐방하는 데는 지위의 높고 낮음, 권력의 있고 없음, 돈이 많고 적음이 전혀 문제가 되지 않았다.

하지만 하나같이 유명하고 이름난 곳이라 언제든지 탐방은 가능해도 속 냄새까지 맡는 것은 쉽지 않았다. 여행 전에 미리 조사하고 자료를 수집하면서 질의내용까지 철저히 준비했지만 마지못해 반기는 곳이 있는가 하면, '초대받지 않은 손님'이 되어 사진 한 장 찍기가 어려울 때도 없지 않았다. 그렇지만 대부분의 도서관 일꾼들은 훈훈한 인정을 아낌없이 베풀어주었다. 그들에게는 자신의 직업에 대한 긍지가 곳곳에 스며 있음을 발견했다.

비록 힘든 여행이었지만 즐겁고 행복했던 도서관 오디세이였다. 여행 중 협조해주신 많은 분들의 이름을 일일이 열거할 수는 없지만 그들의 도움이 없었다면 이 책은 결코 세상에 나오지 못했을 것이다. 무엇보다 30년 이상 아름다운 책을 만들기 위해 노력해온 한길사 김언호 사장의 독려가 있었기에 부끄럽지 않은 책을 독자들에게 보여드릴 수 있게 되었다. 이 자리를 빌려 도움을 주신 모든 분들께 존경과 감사의 말씀을 드리고자 한다.

2010년 12월
최정태

1 1,600년 만에 다시 태어난 세계문명의 빛

이집트 알렉산드리아도서관

나일 강, 이집트 문명의 요람

옛날부터 이집트 사람들은 죽으면 시신의 머리를 동쪽을 향해 뉘었듯이 그 당시 도서관 창들도 모두 동쪽으로 냈다고 한다. 그들의 수호신인 태양이 동쪽에서 처음 떠오를 때 영혼이 있는 머리가 먼저 영접하는 것처럼, 성스러운 도서관 역시 먼저 태양신[Ra]을 맞이해 그곳에 소장된 파피루스를 아침 햇살에 빨리 말려야 했다. 그래야 책을 오래 간직할 수 있었다.

고대 이집트인들의 기록 정신은 남달랐다. 사막 한가운데 바윗돌에 현재의 일상 활동에서부터 죽음 이후의 삶까지 그림과 문자로 이 세상에 영원히 남겨놓으려 했다. 기원전 3200년경 고대 제국 파라오의 조세르 피라미드나 기자의 피라미드, 그리고 '왕들의 계곡'에 파묻혀 있는 무덤 속을 들여다보면, 어느 화가가 며칠 전에 채색해서 그려놓은 듯한 그림과 글들이 금방이라도 살아서 튀어나올 듯하다.

그림문자에는 역동적인 인체의 표현에서부터 파라오와 신들의 세계, 여러 동식물들의 움직임이 생생히 묘사되어 있어 당시의 시대상황을 잘 설명해주고 있다. 이 많은 유적들은, 나일 강 끝자락 알렉산드리아뿐만 아니라 더 남쪽 상류를 따라 특급열차로 10시간 이상을 달려야 하는 룩소르와 아스완, 아부심벨 등 도처에 산재해 있어 하나의 박물관이자 도서관을 이루고 있다.

몇 해 전, 작가 박범신이 아프리카를 기행하고 "지금 찬란하다고 하는 유럽문화는 고대 이집트문명에 비교하면 아무것도 아니다"라고 쓴 글이 의아하게 들렸는데, 직접 와서 보니 그 표현이 조금도 틀리지 않음을 실감했다. 이집트문명은 그리스·로마문명의 원형을 뛰어넘어 르네상스의 모델이 되었다는 말도 과장이 아닌 것 같다. 피카소가 이집트의 색, 면面의 표현법을 그대로 베꼈다고 말할 정도이니, 고대 이집트는 그만큼 탁월했다.

나는 사막 한가운데 찬란하게 꽃피운 인류문명의 발자취와 그 숨결을 간직한 화려한 고대 신전을 감상하기보다, 먼저 우리 도서관인들의 성지인 알렉산드리아도서관을 찾아가기 위해 어려운 결단을 했다. 하지만 아프리카가 워낙 먼 곳이라 개인적으로 도서관을 찾아가기에는 값비싼 비행기 삯도 그렇고, 며칠간 계속 이어질 장거리 여행도 부담이 되었다. 다행히 어느 여행사에 알렉산드리아를 거치는 이집트 일주 패키지 투어가 있어, 다른 구경을 취소하는 대신에 한나절 도서관을 탐방하는 것으로 양해를 구해 다른 일행들과

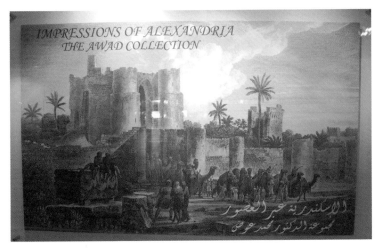

지금은 사라지고 없는 고대 알렉산드리아도서관의 상상도.
이집트문명은 그리스·로마문명의 원형을 뛰어넘어 르네상스의 모델이 되었다.

함께 비행기에 오를 수 있었다.

두바이에서 갈아탄 에미리트항공은 장장 4시간 동안 서북향을
따라 사막 위를 날고 있다. 인적도, 풀 한 포기도 없어 보이는 불모
지에 어떻게 그런 인류문명이 태동되었을까. 여기에 어떻게 인간의
생존이 가능했을까. 꼬리를 무는 의문을 뒤로하고 어느덧 비행기가
고도를 낮추자 큰 강이 창밖으로 펼쳐졌다. 나일 강이다. 아마 이 거
대한 생명의 젖줄이 있었기 때문이리라. 이윽고 도로와 숲들이 보
이고, 손톱만한 차들이 보이기 시작하면서 강 하구 델타 지역, 수도
카이로 시가 서서히 눈앞에 드러났다.

카이로는 아프리카에서 가장 큰 도시로, 나일 강의 종착지이자
비옥한 환경 속에서 이집트문명을 꽃 피운 자리다. 아랍인과 동서

양인 1,600만 명이 혼재해 있는 카이로를 벗어나 버스로 서북쪽 200여 킬로미터를 달리면 지중해와 맞닿은 곳에 유서 깊은 도시 알렉산드리아가 나온다.

나일 강은 이집트의 전부라 해도 과언이 아니다. 지도를 보면 남에서 북으로 한 줄기 큰 강이 온 나라를 관통해 흐른다. 강의 모양은 파피루스와 사뭇 닮았다. 파피루스의 뿌리는 아프리카 제1의 빅토리아 호수이고, 여기서 발원한 강의 줄기는 파피루스의 줄기처럼 아스완과 룩소르를 지나 삼각주에 이르러 지중해와 만난다. 알렉산드리아는 바로 파피루스의 꽃에 해당하는 곳이다.

위대한 도서관이 세상을 만든다

알렉산드로스^{Alexandros} 대왕은 헬레니즘 대제국을 건설하고 지중해 남단에 아테네를 능가하는 큰 항구도시를 만들어 새로운 수도로 정하고, 그곳에 자기의 이름을 붙여 '알렉산드리아'라 불렀다. 알렉산드리아는 당시 지중해에서 가장 큰 무역도시로 전 세계 문화의 중심지가 되어 600년 동안 번성을 구가했다.

대왕은 당대 최고의 건축가 디노크라테스에게 명하여 세계 최고의 도시를 건설케 했다. 도시의 도로를 격자형으로 구축하고 왕궁지역을 비롯한 무세이온^{Mouseion}과 도서관 등 문화시설에서부터 귀족의 지하무덤인 카타콤^{Catacomb}까지 모두 갖춘 도시의 기본 계획을 완성했다. 세계 무역의 중심지를 표방하기 위해 지중해 카이트베이 언덕에 세계 7대 불가사의의 하나이며, 세계 최초의 등대로 알려진

'파고스 등대'를 세워 마침내 헬레니즘 문명권의 위대한 도시를 조성한 것이다.

무엇보다 알렉산드리아가 위대할 수 있었던 이유는 그곳에 도서관이 있었기 때문이다. 나는 동서문명의 십자로였던 이 도시에 한때 융성했던 도서관의 역사를 찾아보고 싶었다. 그때의 도서관은 지금 사라지고 없다. 다만 도서관이 있었던 그 자리에 유네스코의 지원으로 새로 지은 도서관이 옛 향수를 불러일으킬 뿐이다. 나는 그 옛날 도서관 입구 문설주 위에 붙여놓았다는 '영혼의 요양소' ΨΥΧΗΣ ΙΑΤΡΕΙΟΝ, Psyches Iatreion라는 간판의 존재를 확인하기 위해 이 먼 곳까지 찾아왔다.

스위스의 장크트갈렌수도원도서관과 그리스의 성 요한수도원도서관 입구에는 고대 그리스어로 쓴 '영혼의 요양소'라는 문패가 아직 남아 있다. '영혼을 치유하는 약방'Medicine Chest for the Soul으로 번역되기도 하며, 수도원의 도서관을 뜻하기도 한다. 도서관이 흔히 말하는 '책의 저장고' 또는 '정보의 집합소' 이전에 '영혼을 치료하는 약방' 또는 '영혼을 치유하는 요양소'라는 말을 사용하고 있다는 사실이 내겐 너무 신선했고 인상적이어서 그 유래를 꼭 한 번 알아보고 싶었다.

이탈리아의 대학자 루치아노 칸포라Luciano Canfora가 쓴 『사라진 도서관』을 보면, 고대 이집트의 파라오들은 사후에도 생명을 유지할 수 있도록 영원한 생명을 뜻하는 카Ka를 위한 방을 마련해두었는데 그곳이 지성소Sancta sanctorum였다. 람세스 무덤 속의 지성소를

알렉산드리아도서관 외관. 알렉산드리아가 위대할 수 있었던 이유는 도서관이 있었기 때문이다.
지금은 비록 옛 도서관의 흔적을 어디에도 볼 수 없지만, 유네스코와 세계 여러 나라의 후원으로
1,600년 만에 지금의 도서관을 설립했다.

알렉산드리아를 건설한 알렉산드로스 대왕의 흉상. 그는 지중해 남단에 아테네를
능가하는 큰 항구도시를 수도로 정하고 자신의 이름을 붙여 '알렉산드리아'라 불렀다.

도서관으로 사용하고, 그 입구에 '영혼의 요양소'라는 간판을 달았
다고 한다.

 그러니 인간에게 도서관은 현세뿐만 아니라 사후의 영원한 생명,
즉 영혼을 위해서도 반드시 필요했던 존재로 귀착된다. 얼마 전 미
국 의회도서관에서 본 옛 로마시대의 그림, 「책, 영혼의 기쁨이여!」
에서 한 여인이 책을 껴안고 골똘히 생각하고 있는 모습이 무엇을
말하는지 늘 의문을 가지고 있었는데, 이제야 그 의미를 깨달은 것
같다.

유감스럽게도 지금 이곳에 옛 도서관의 흔적은 어디에도 보이지 않는다. 대신에 역사의 무대에서 사라진 지 1,600년 만에 유네스코와 도서관에 관심을 가진 여러 나라의 후원과 지원으로 2002년 10월 16일 새로운 모습의 최첨단 도서관을 설립했다. 그것도 당시의 도서관이 위치하던 동북향으로 자리 잡아 하늘창이 지중해를 바라보게 하여 아침 해가 가장 먼저 도서관을 비추도록 설계한 것이다.

나는 이메일로 방문 약속한 도서관 부관장 나샤를 만나, 인사가 채 끝나기도 전에 '영혼의 요양소' 문패 내력부터 물어보았다. 하지만 나의 기대와는 달리 부관장은 그 내용을 잘 모르고 있었다. 그녀의 말인즉, 옛 도서관에 그런 문패가 있었다면 아마 상형문자일 테고, 자기는 상형문자를 잘 모르며, 이를 해독하는 사람은 극소수의 학자들뿐이라고 말했다. 나는 그녀의 대답이 못내 아쉬워, 몇 해 전 스위스 장크트갈렌수도원도서관에서 본 그리스문자 그림을 보여주면서 다시 물어보았으나 끝내 시원한 답은 듣지 못했다. 결국 '영혼의 요양소'를 문헌으로만 확인하는 것으로 만족하고 도서관 역사부터 살피기로 했다.

인류 최초의 사서 칼리마코스

고대 알렉산드리아도서관은 알렉산드로스 대왕 사후 새로 등극한 마케도니아 출신 프톨레마이오스 1세Ptolemaeos I의 명에 따라 기원전 288년 데미트리우스Demetrius에 의해 설립되었다.

프톨레마이오스 1세는 이집트를 통치하면서 당대의 학자들이 함

'영혼의 요양소' 고대 그리스어 문패.
이 말은 '영혼을 치유하는 약방'으로 번역되기도 하며 수도원의 도서관을 뜻하기도 한다.

께 모여 토론하고 연구하는 장소로 도서관을 생각하고, 책을 모아 알렉산드리아 주민의 지적 능력을 높이고 이른바 지식강국을 만드는 데 도서관이 매우 중요하다는 사실을 알았다. 이 일을 위해 왕은 가장 측근인 데미트리우스를 지명해 도서관을 설립하게 했다.

도서관 현관에 들어서니, 먼저 우윳빛 대리석으로 만든 데미트리우스 조상影像이 우리를 반긴다. 그는 아리스토텔레스의 제자이면서 당대의 대학자로서, 왕의 뜻에 따라 세계 최대의 도서관을 짓고, 그 시절 유통되는 모든 도서를 수집하는 일종의 종합연구센터를 기획했다. 결국 그의 의지대로 세계 최고 학문의 전당을 만들고, 거기에 종사하는 학자들과 사서를 비롯한 모든 사람들이 연구와 공부에만 전념할 수 있도록 '학자들의 집'을 만든 것이다.

알렉산드리아도서관을 거쳐 간 학자들은 수없이 많다. 여기서 양

데미트리우스 동상.
그는 아리스토텔레스의 제자이자 대학자로,
왕의 뜻에 따라 세계 최대 도서관을 짓고,
그 시절 유통되는 모든 도서를 수집하는
일종의 종합연구센터를 기획했다.

성된 주요 인물은 최초로 태양 중심의 태양계이론을 주창한 아리스
타르코스, 지구의 둘레를 최초로 계산한 에라토스테네스, 기하학의
기초를 세운 유클리드, 위대한 과학자 아르키메데스와 같은 쟁쟁한
학자를 위시해서 '도서관학의 시조'라 일컫는 칼리마코스Kallimachos
등이 있다.

　헬레니즘시대의 대시인이며, 인류 최초의 사서이기도 한 칼리마
코스는 세계 최초의 도서목록인 '피나케스'Pinakes를 이곳 도서관 자
료를 이용해서 완성했다. 그는 총괄적인 분류를 시도해 흩어진 책
을 쉽게 찾을 수 있도록 했다. 그 내용은 각 학문에서 뛰어난 작품을
기록한 저자들을 서사시·비극·희극·역사·의학·수사학·법률·잡

'칼리마코스 발코니'에서 본 대열람실. 도서관 실내 전체를 한눈에 살펴볼 수 있다. 칼리마코스는 헬레니즘시대의
대시인이며 인류 최초의 사서이자 세계 최초의 도서목록인 피나케스를 만든 장본인이다.

문으로 목록 범주에 넣어 문체 형식에 따라 시와 산문으로 나누고, 시는 6개 분야, 산문은 5개 분야로 구분하여 두루마리 120개 분량의 목록을 만들었다. 말하자면 단순한 장서목록이 아니라 저작자 분류목록인 셈이다.

나는 도서관 실내 전체를 조망할 수 있게 확보해둔 '칼리마코스 발코니'에 서서 잠시 위대한 사서의 삶을 기렸다. 근대 도서관의 괄목할 만한 발전도 결국 이러한 선구자가 있었기에 가능하지 않았을까. 특히 '자료조직'을 전공하고 도서관 일을 생업으로 해온 나는 '분류와 목록학'의 대선배에게 경의를 드리고 싶어 옆 사람의 시선도 아랑곳하지 않고 잠시 고개를 숙인 채 묵념을 올렸다.

고대 알렉산드리아도서관의 번영과 쇠퇴

옛날 이곳은 오늘날 현대식 도서관의 기능을 능가하는 역할을 했다.『구약성서』를 비롯, 지중해 근역, 중동과 인도 등지의 언어를 그리스어로 번역하고, 학자들이 연구한 내용으로 책을 만들며, 세계의 모든 책을 수집하고 보존해온 고대 지식의 보물창고였다. 이는 마침내 르네상스를 꽃피운 '서양문명의 요람'으로 정착되었음을 역사는 증명해주고 있다.

그 시절 알렉산드리아도서관의 형태와 구조를 지금은 확인할 길이 없다. 당시 이곳은 학문과 정보가 어우러진 싱크탱크로서 일종의 대학이자 연구소·출판사·천문대·실험실이었고 질서를 갖춘 도서관 정보센터 또는 종합지식센터였다는 것이 속속 보고되고 있다.

도서관 앞뜰에 있는 고대 여신상.
알렉산드리아도서관은 헬레니즘 문명의 산실과도 같았다.

호주 시드니대학의 '알렉산드리아도서관의 친구들' 프로젝트에 따르면, 당시 경내에는 오늘날 박물관과 유사한 무세이온과 책^{Biblion}을 보관하는 집^{thèke}, 도서관^{Bibliothèke}이 있었다. 도서관의 정확한 위치는 여러 정황으로 보아 도시의 중심부, 즉 항구에 가까운 곳이었고 건축양식은 라메세움$^{Ramesseum: 궁전·박물관·신전의 종합형}$의 도면을 바탕으로 건설된 단서가 있다고 한다.

　당시의 책은 모두 파피루스를 재질로 한 두루마리 형태로서 낱권마다 세우거나 선반에 눕혀놓기 때문에 수장 공간도 넓을 수밖에 없었다. 가장 번창했을 때 도서관이 소장한 장서수는 70만 권이다. 이 분량은 코덱스$^{codex: 쪽수가 매겨진 오늘날 사각 형태의 책}$ 책자로는 10만

지중해와 연결된 듯 물속에 둘러싸인 도서관 전경.
도서관은 지중해 해안 알렉산드리아 도시의 등뼈 같은 자리, 바다가 훤히 보이는 곳에 위치해 있다.

여 권 정도에 불과하지만 당시로서는 어마어마한 수량인데, 모든 장서는 그저 우연히 구축된 것이 아니다. 데미트리우스는 많은 비용을 들여 세계 각국으로 사람과 편지를 보내 책을 구해오고, 이웃 국가끼리 물물교환으로 자료를 확보했다.

나아가 알렉산드리아 항구에 배가 들어오면 사서들이 무장한 군인들과 함께 선적된 화물을 조사했다. 그 과정에서 필요한 도서가 나오면 도서관으로 옮긴 다음 필경사들이 일일이 베꼈다. 정박 중이던 배들은 필사가 끝날 때까지 마냥 기다려야만 했고, 더욱이 필사한 원본은 도서관이 보관하고 사본만을 돌려주기 때문에 원본의 주인들은 얼마간의 보상금만 받고 떠날 수밖에 없었다. 이렇게 확보한 책마다 어김없이 "배에서부터"라는 도장을 찍었다. '십 라이브러리'Ship Library라는 용어는 여기서부터 시작했다고 한다.

한편 이 웅대한 도서관도 결국 종말을 고하는 날이 온다. 기원전 48년 로마의 황제 율리우스 카이사르가 이집트를 침공할 때 이집트 함대에 붙은 불이 도서관 건물 일부를 태웠다. 그 후 3세기경 로마 군대가 알렉산드리아에 수차례 침입, 도서관과 박물관이 있던 궁전을 불태워 도서관 상당수가 잿더미로 변했다. 연대는 확실하지 않지만 서기 645년경 도서관이 이슬람제국의 군주였던 암루의 침공으로 이 땅에서 완전히 사라졌다고 한다.

암루가 도서관에 있던 책들을 목욕탕 연료로 6개월간 사용했을 정도로 많은 장서를 태워 사람들은 이 도서관이 세상에서 영원히 사라진 줄 알았다. 하지만 도서관이 기여한 역사·문화적 DNA는 인류의 거대한 유산으로 남아 우리 앞에 다시 살아났다. 서구문화의 원류 가운데 하나인 헬레니즘문명의 산실이었던 세계 최초의 도서관이 태어난 지 2,200년^{사라진 지 1,600년} 만에 다시 빛을 보게 된 것이다.

세계가 함께 만든 도서관

1980년대 초 무바라크 이집트 대통령의 부인인 수잔 무바라크 Suzanne Mubarak: 현재 이 도서관의 평의회의장의 호소에 의해 유네스코가 알렉산드리아도서관 건립 지원을 결정하고 세계 많은 국가들이 동참했다. 국제사회의 반응은 예상 외로 우호적이어서, 세계 언론은 이렇게 많은 국가가 일시에 동참한 것을 하나의 경이적인 사건으로 보도하기도 했다.

그것은 아마도 이 지역이 아프리카와 유럽, 아시아 3개 대륙의 교차지점에 있다는 지정학적 이유이기도 하겠지만, 세계 최초의 도서관을 복원하는 데 참여한다는 상징적 의미가 부가되었기 때문일 것이다. 그런 의미에서 알렉산드리아는 세계에서 축복받은 도시라 할 만하다.

국제사회의 지원 아래 1993년 재건의 첫 삽을 뜨자 동상, 스핑크스 조각 등 고대 유물들이 쏟아져 나왔다. 도시 전체 어디를 파도 유물이 출토될 정도여서 2년간 110여 점의 유물을 발굴했다. 이를 일단 덮어두었다가 1995년 재착공하여 7년 만에 지금의 도서관이 탄생되었다.

도서관은 지중해 해안 알렉산드리아 도시의 등뼈 같은 자리, 바다가 훤히 보이는 곳에 위치한다. 외벽 정면 쪽에는 알렉산드리아대학 상과대학 캠퍼스가 있고, 도서관 뒤편에는 해안을 따라 20여 킬로미터 이어지는 코니체 대로가 도서관과 바다를 가르는 경계선으로 줄을 긋고 있다.

도서관을 설립할 때 이집트 정부는 부지와 외벽을 쌓기 위해 나일 강 상류 아스완에서 가져온 화강암 비용만 부담했다. 설립에 필요한 일체의 금액이나 자재, 그리고 건축물 디자인 등 모두 글로벌 시스템 아래 외국 정부와 기업체의 지원으로 이루어졌다.

총 건립비용 3억 5,000만 달러^{약 3,200억 원} 중 6,500만 달러는 아랍에미리트와 사우디아라비아, 이라크, 오만, 그리고 이슬람 재단인 아가칸 재단^{Aga Khan Foundation}이 냈고, 3,300만 달러는 프랑스와 에스파냐, 독일, 이탈리아 등 27개국의 정부와 법인, 단체가 부담했다. 정보처리교육관 시설과 소프트웨어의 지원은 프랑스, 자료 자동운송기는 독일, 시청각 시설은 일본이 제공했으며, 샌프란시스코에서 알렉스인터넷이라는 벤처기업을 창립한 부르스트 칼리는 10억 페이지의 인터넷 정보보관소를 통째로 기증했다. 그는 "고대 알렉산드리아도서관이 600여 년간 존속하면서 인류문명에 기여한 공로를 한 인간으로서 외면할 수 없었기 때문"이라고 기증 이유를 밝혔다.

도서관 건물을 지탱하는 검은 대리석은 짐바브웨에서 제공하고, 건축자 데미트리우스의 대리석 동상은 그리스 정부가 헌정했다. 소음 흡수를 잘하는 참나무 마룻바닥은 캐나다가 설치했고, 집기와 가구는 노르웨이가 맡았으며, 불가리아는 1,000여 점의 자료를 기증했다. 도서관 사무실 가구는 스웨덴이 담당했으며, 현관의 가구와 집기는 노르웨이 BA^{Bibliotheca Alexandrina} 친선협의회가 맡았다. 그리고 도서관을 소개하는 안내 책자는 오스트리아와 그리스 양국의 BA 친선협의회가 맡았으며, 세계 굴지의 기업인 다임 크라이슬러에서는 차량을 제공하고, 지멘스사는 카페를 설치했다. 도서관 내부는 각국의 상징과 정성이 그대로 담겨 있어 마치 만국박람회장을 보는 것처럼 다양하고 화려했다.

아름답고 장엄한 도서관으로

새 도서관은 세계 최대·최고라는 고대 알렉산드리아도서관의 명성에 걸맞게 규모 면에서 압도적이다. 건물은 모두 3개동의 초현대식 인텔리전트 빌딩^{Intelligent Building: 첨단 정보 빌딩 또는 지능형 빌딩}으로 구성되어 있다. 대지 8만 5,405평방미터^{약 2만 5,800평} 넓이에 지상 7층, 지하 4층으로 모두 11층 규모다. 지중해에서 바라보면 도서관은 원판 모양이 앞으로 기울어져 있는데 그 상부에는 고대 쐐기문자가 새겨져 있다. 태양을 상징하는 이 원형 디자인은 지식의 순환과 시간의 유동을 의미한다고 했다.

오른쪽 건너편에는 몇 줄의 지붕창이 철갑처럼 솟아 있는 지상 5층의 국제회의장이 있고, 두 건물 사이에 있는 플라자 중앙에는 원의 절반을 쪼개놓은 듯한 지름 20여 미터의 돔, 플라네타리움

플라네타리움. 공을 절반으로 쪼개놓은 것 같은 이 건물은
해가 떠오르는 모습이지만 밤이 되면 우주 속에 하나의 행성이 된다.

Planetarium: 일종의 천문대이 반지하에 건설되어 옥상에서 해가 떠오르
는 표상을 하고 있다. 건물 사이 광장에 심은 올리브나무는 '평화의
손'을 상징한다.

알렉산드리아도서관은 건물 자체만으로도 세계적인 걸작품으로
보인다. 이 도서관은 완공되기도 전인 2000년에 영국의 건설 관련
잡지 『토목』에서 주관한 '세계건축설계상'을 수여한 바 있고, 설립
후 2004년에는 '아가칸 상'을 수상했다. 이 위대한 도서관을 건축
하기 위해 한국의 김석철 설계팀김석철의 건축문화 기행서인 『천년의 도시 천
년의 건축』에서 그의 시작품인 도서관 드로잉을 볼 수 있다을 비롯한 세계 77개
국 523개 다국적 일류회사가 설계도를 출품했는데, 결국 노르웨이

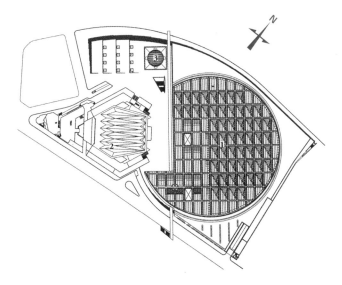

도서관 평면도. 출입구 앞 플라자 쪽을 제외하면 모두 원형으로, 큰 공을 4분의 1쯤 도려낸 모양이다. 커다란 해시계처럼 생긴 지붕은 '세계의 지식을 모으는 창'을 표현한 것이다.

스노헤타사의 작품이 선정되었다.

도서관 본관을 위에서 내려다볼 때 출입구 앞 플라자 쪽을 제외하면 모두 원형으로, 큰 공을 4분의 1쯤 도려낸 형국이지만, 옆에서 보면 크고 납작한 원통을 비스듬히 잘라놓은 것 같다. 원형의 지름은 160미터이고 둘레가 500미터다. 가장 높은 곳이 33미터인데 지붕은 16도 경사각을 이루면서 지중해 아래까지 내려와, 결국 건물이 해수면으로 깊숙이 빠진다. 해수면보다 무려 18미터 아래쪽인 지하 4층까지 열람실과 서고 및 기타 공간을 만들어냈다. 이 특이한 도서관 외관의 레이아웃은 바닷속에서 해가 떠오르는 형상을 상징화하고, 커다란 해시계처럼 생긴 지붕은 '세계의 지식을 모으는 창'을 표현했다.

경사면을 이룬 지붕 전체는 자연광을 그대로 받을 수 있도록 특수창으로 건축되었으며, 대열람실은 자연 채광을 그대로 이용하기 때문에 전혀 지하에 있다는 느낌이 없도록 설계되었다. 여기에다 지붕을 받쳐주는 외벽은 아름다운 아스완산 회색 화강암으로 달팽이처럼 건물 전체를 포옥 에워싸고 있고, 그 둘레에 지중해와 연결된 것처럼 연못을 만들어 외관상으로도 매우 아름답고 장엄해 보인다.

세계의 모든 문자를 새기다

이 도서관은 다른 도서관에서 흔히 볼 수 없는 몇 가지 건축적 특징을 가지고 있다. 첫째, 도서관 외벽 모형이다. 33미터 높이에서 500여 미터로 두른 연한 회색빛 화강암 석벽을 말한다. 외벽은 일정한 높이를 유지하다가 원의 둘레를 따라 차츰 키를 줄여가다 끝내 지면과 맞닿아지도록 설계해 독창적이고 기발한 도서관 모델을 연출해냈다. 게다가 석벽 전체는 인류가 만든 120개 문자^{단어가 아님}를 깊이 음각해놓아 건물 자체만으로 기록관 내지 도서관 건물임을 금방 알 수 있다. 이곳이 세계문명의 발상지이고 문자의 고향임을 암시하는 도서관의 간판처럼, 도서관 아이콘으로 조형화했으리라.

여기에는 상형문자와 설형문자를 비롯한 갑골문자, 한자, 아라비아 숫자, 이집트 숫자 등이 섞여 있다. 난생처음 보는 문자들이 수두룩한데, 그 대열에는 자랑스러운 한글도 포함되어 있다. 대견스

도서관 외벽에 새겨진 '문자의 벽'. 왼쪽에 '월' 자가 두드러진다. 여기에는 상형문자와 설형문자, 갑골문자, 한자, 아라비아 숫자, 이집트 숫자 등 120개의 문자가 새겨져 있다.

럽게 그것도 다섯 글자나 된다. 그러나 여기서 나는 네 글자밖에 찾지 못했다. 문자 수가 120가지이지만 중복된 글자가 있기 때문에 실제 벽에 쓰인 문자는 1,000글자가 훨씬 넘어 모두 확인하기는 힘들다.

과연 어떤 한글 글자를 써놓았는지 한번 찾아보는 것도 흥미로울 것 같다. 각 문자들은 크고 작은 글씨로 반듯하게 또는 삐뚤게, 어떤 것은 뒤집어쓴 것도 있어서 눈이 매우 혼란스럽다. 게다가 사람이 잘 들어갈 수 없는 연못 뒤편까지 글이 새겨져 있어서 웬만한 인내심으로는 다 찾기가 어렵다. 보물찾기를 하는 것처럼 일행에게 세

종대왕이 만드신 위대한 글자를 모두 찾아보게 했다. 보통 2자 정도는 쉽게 찾았고, 눈 밝은 사람은 3자, 더 밝은 사람은 4자를 찾아냈다.

입구 맨 가장자리 중앙에 '월' 자가 보인다. 비뚤어지긴 했지만 여덟 쪽 암석을 맞붙여 퍼즐을 펼쳐놓은 듯 매우 크게^{이 벽에서 단일 문자로는 가장 커 보인다} 새겨놓았다. 좀더 오른쪽으로 발걸음을 옮기면 상단부에 궁서체로 좀 작게 쓴 '강' 자가 보이고, 자리를 옮기면 아래쪽에 그보다 크고 세련된 글씨체로 '세' 자가 보인다. 그다음 ㅁ자가 물에 반쯤 잠긴 '름' 자가 뚜렷하게 보인다. 어떤 글자는 아주 작은 글씨로 돌 하나에 여러 문자를 밀식해두었는데 한글은 크게, 많이 써놓았다.

문자의 역사로 말한다면 한글은 가장 최근에 태어난 막내둥이라 할 수 있다. 한때는 언문諺文으로 홀대받던 것이 지금 세계의 문자들과 당당히 어깨를 겨루고 있어 자랑스럽기도 하다. 하지만 글자의 조합은 서툴다. 한글을 모르는 석공들이 문자의 구조도, 단어의 의미도 몰라서 한 일이니 마냥 탓할 수만은 없겠다.

찾아낸 네 글자와 찾지 못한 '여' 자를 나열하면 월, 강, 세, 름, 여이다. 이 다섯 문자를 단어로 조합해보니, '강' '세월' '여름'이 된다. 강은 분명 '나일 강'을 뜻하는 것일 테고, 세월은 '이집트의 장구한 역사', 그리고 여름은 이곳의 무더운 '여름 날씨'를 뜻하는 것일지도 모르겠다. 한글 문자들이 흩어지고 크기와 모양새가 다른 이유와 또 그것이 누구의 작품인지는 끝내 물어보지 못하고 숙제로 남겨왔다.

둘째, 지하 건물 지붕에 얹어놓은 지름 20여 미터의 축구공 같은 플라네타리움은 지중해에서 막 떠오르는 태양을 상징하고 있다. 고대 이집트 수호신인 태양신 라^{Ra}는 이집트인들의 정신적 멘토여서, 이집트인에게 태양은 신^{神} 바로 그 자체다. 도서관에서 떠오르는 태양인 플라네타리움은 '지식의 태양'을 상징하며 내내 쉬지 않고 움직이고 있다. 건축가는, 아폴로가 처음 달에 착륙했을 때 달 지평선에 우주인이 떠오르는 지구를 바라본 모습을 그대로 형상화했다고 한다. 밤중에 푸른빛 조명을 받고 있는 플라네타리움은 마치 달 표면에서 떠오르는 지구를 보는 듯해 신비스럽기만 하다.

셋째, 원형으로 된 도서관 건물의 현관 앞 플라자를 제외한 주위는 모두 수조호수에 둘러싸여 있다. 도서관 가까이 있는 물은 정신을 맑게 해주고 피로를 빨리 풀어주는 쉼터가 된다. 그래서 서양의 도서관은 주위에 강이나 호수가 없으면 그 앞에 분수를 설치하기도 한다. 그러나 도서관이 물속에 있으면 곤란하다. 책은 물에 약하기 때문이다. 그럼에도 이곳은 도서관을 물에 가둬 하나의 섬처럼 만들었다. 도서관이 마치 바다 한가운데 부양된 것 같은 이미지를 주기 위한 것은 아닐까? 연못 속에는 파피루스를 심었다. 파피루스가 종이의 원료이고 책의 원조이기 때문일 것이다. 그래서인지 지붕창을 지탱하는 모든 철제 기둥은 파피루스 줄기 형태다. 각 조각으로 어우러진 하늘창들은 파피루스 꽃이 만발한 것 같고, 지붕창은 바다를 향해 지중해 해수면과 맞닿아 아름답고 멋있어 보인다.

이집트가 파피루스에 애착을 가지는 것은 우연이 아닌 듯하다. 투탕카멘의 미라와 유물이 고스란히 보존되어 있는 카이로 국립박물관 현관 앞 정원 연못에도 파피루스를 심어두었고, 룩소르의 카르나크 신전에 있는 커다란 돌기둥도 파피루스를 모델로 하고 있다. 어떤 것은 기둥의 두주頭柱를 파피루스 열매가 맺히기 전의 모습으로 형상화했고, 또 어떤 것은 피고 난 후의 줄기를 모형화했다. 그만큼 이집트는 먼 옛날부터 파피루스와 불가분의 관계를 유지하고 있다.

넷째, 내부 구조도 참 흥미롭다. 우선 도서관 내부가 열린 공간이어서 실내가 한눈에 들어온다. 지상 5층에서 지하 2층까지는 무수한 철제 기둥을 세우고 하늘창을 통해 자연조명을 받게 천장이 위로 올라갈수록 넓어지게 설계했다. 여기에다 하늘에서 들어오는 강한 햇빛을 최대한 억제하기 위해 삼각형 유리와 알루미늄을 마이크로칩같이 엮어 커튼 벽curtain wall을 설치했다. 실내 구조 또한 모듈러 시스템modular system으로 넓은 공간 속에 대열람실, 서고, 스터디룸 등을 설치했는데, 기능적이고 효율적으로 공간을 활용토록 다양하게 시도한 것이 돋보인다.

알렉산드리아도서관이 이렇듯 훌륭하고 특색이 있어 보이지만 사서의 눈으로 볼 때 몇 가지 허점도 드러난다. 앞서 말했듯이 도서관의 위치가 물과 너무 가깝다는 점이다. 고대 도서관의 위치가 바다와 가까운 곳이라 해도 주위에 인공으로 연못까지 조성하고, 또 해수면 깊숙이까지 도서관이 위치한 사실을 지적하지 않을 수 없다.

또 도서관 지상 7층 건물이 주위 해안가 10~20층 건물들과 조화를 이루지 못하고 있다. 그것도 경사면을 이뤄 실제보다 더 낮아 보인다. 현대적인 건물은 그 자체의 아름다움보다 주위의 시각과 환경적 조화가 우선되어야 한다.

도서관 주위도 너무 소란스럽다. 왕복 10차선의 코니체 대로에서 24시간 뿜어 나오는 심한 매연과 소음은 도서관 이용자와 장서에 치명적인 장애를 준다. 최소한 도서관 건물 부근의 차도나마 지하로 내지 못한 것이 못내 아쉽다. 사소한 것 같지만 이런 점을 사전에 배려치 못한 것은 '옥에 티'라 할 만하다.

이상의 모든 장단점을 상쇄하더라도 국제기구와 세계 주요 국가들이 뜻을 모아 만든 21세기형 도서관은 미래의 새로운 도서관 건축 모형을 제시했을 뿐 아니라 또 하나 지상의 위대한 도서관을 창조해냈다.

다음 천 년을 위한 도서관

도서관은 첨단 비디오와 영사시설 등을 갖췄고, 컴퓨터로 모든 서지정보를 처리할 수 있는 디지털 도서관으로 재무장했다. 대형 열람실은 1만 3,625평방미터로서 2,000명의 이용자를 동시에 수용할 수 있고, 초현대식 도서관답게 1,900평방미터의 멀티미디어 도서관, 시각장애인을 위한 후세인 도서관, 희귀본 도서실, 어린이와 청소년 도서실, 아카이브실digital archives 등을 다양하게 갖추었다. 현재 도서관이 보유하고 있는 총장서는 42만 8,000권이지만, 2020년까지 800만 권을 확보하겠다는 원대한 계획을 세우고 있다.

부속 박물관으로 고서 박물관과 희귀본 도서실, 과학 박물관을 갖추고 있고, 갤러리에는 세계 유명 예술가들의 각종 전시회가 수시로 열린다. 무엇보다 이 도서관만의 독보적인 특징으로, 도서관 자체 교향악단까지 두고 있다. 이는 어느 선진국에서도 상상하기 힘든 의욕적인 시도라 할 수 있다.

도서관을 개관할 때, 세라그 애딘 도서관장이 "옛 도서관이 고대 문명의 보석 역할을 했던 것처럼 새 도서관은 다음 1,000년을 맞는 세계 문명의 빛이 될 것"이라고 한 말은 결코 빈말이 아닌 것 같다. 피라미드를 건설했던 이집트가 이 도서관을 통해 그대로 구현한 옛날 알렉산드리아도서관의 정신과 시스템은 이집트가 지향하는 열망과 미래 같다. 한편 앞으로 도서관이라는 사회적 장치가 우리들에게 결코 없어서는 안 될 귀중한 보물이며 위대한 자산임을 이번 도서관 탐방을 통해 새삼 확인했다.

지금 이집트는 기원전 시대와 21세기 시대가 공존하고 있다. 대로에서 짐을 가득 실은 당나귀를 타고 유유자적하고 있는가 하면, 같은 노선 위에서 1980년대에 생산된 현대·대우자동차와 최신형 메르세데스 벤츠가 길동무를 한다. 도로사정에 비해 차량이 너무 많고, 낡은 차들이 곳곳마다 매연을 내뿜으며 질주하여 외견상 교통질서가 없어 보이며, 주민 대부분 삶의 질 또한 열악해 보인다.

옛 도서관 터에서 발굴된 파피루스. 고대 알렉산드리아 시절에 책은 파피루스를
두루마리 형태로 만들어 낱권마다 세우거나 선반에 눕히곤 했다.

한반도 4.5배 크기의 국토에 90퍼센트 이상이 사막인 이집트. 아
직도 인구 7,000만 명^{2007년}의 절반이 문맹자인 현실에서 현대적인
정보 시스템과 인프라를 제대로 갖추고 있지 못하다. 따라서 이집
트 대학생들에게 개인용 컴퓨터는 꿈이 아닐 수 없다. 알렉산드리
아도서관 2층 석벽에 구름다리로 연결된 알렉산드리아대학 상과대
학의 학생들은 컴퓨터와 냉방장치가 턱없이 부족한 자기 대학보다
이 도서관을 더 많이 이용한다고 한다. 1년에 사용료 30이집트파운
드$^{약 6,000원}$만 지불하면 1년 내내 도서관 이용은 물론 컴퓨터를 넉
넉히 사용할 수 있어서 학생들은 도서관 덕을 톡톡히 보고 있다.

현재 이집트가 처한 모든 사정을 감안하더라도 이집트 정부가 드

러내고 있는 도서관에 대한 관심은 기대 이상으로 돋보였다. 도서관에 찾아오는 이용자들의 눈망울 또한 초롱초롱하며, 모든 국민들이 선한 얼굴을 하고 있다. 지금은 비록 넉넉하지는 않지만 이들이 언젠가 옛날 알렉산드리아의 영광을 재현해낼 것이다. 그러한 날이 빨리 오기를 고대하며 아쉬움을 뒤로하고 떠나야만 했다.

길지 않은 시간이었지만 도서관 취재를 위해 두 사람의 홍보요원까지 동원시켜 도서관 안팎을 상세히 안내해주고, 몇 권의 도서관 정보 책자를 제공해준 모나 엘 나샤[Mona El Nashar] 부관장에게 이 자리를 빌려 감사의 말을 전한다.

Alexandria Library
P.O. Box 138, Chatby, Alexandria 21526
Egypt
www.bibalex.org

2 시민을 위한 최초의 무료 도서관
애서니움·보스턴공공도서관

책은 정신의 자양분이다

'미국의 아테네'라 부르는 보스턴은 근대 미국 역사에서 가장 오래된 도시다. 종교와 자유를 갈망한 청교도 일단이 메이플라워호를 타고 1620년 보스턴 근교 뉴잉글랜드 지방 플리머스에 처음 도착했다. 필그림 파더스Pilgrim Fathers로 불리는 이민 1세대들은 영국 식민지 상황 속에서도 신앙과 교육을 바탕으로 새로운 땅에 국가 기틀을 다져갔다. 그들은 보스턴을 기점으로 1635년 미국 최초의 공립학교인 라틴어학교를 세우고 이듬해 1636년 보스턴 외곽 케임브리지에 조그마한 대학을 설립했다. 이름도 없던 그 대학이 지금의 하버드대학이다.

보스턴에는 이 대학 이외에도 MIT와 보스턴대학, 보스턴칼리지 등 세계 최고 대학이 즐비해, 미국 교육의 본거지이면서 동시에 지식과 학문의 중심지라 할 만하다. 뿐만 아니다. 미국 도시 중에서 박사학위 소지자 비율이 가장 높고, 시민의 프라이드가 강하며, 지방 도시 중에서 『뉴욕타임스』 『워싱턴포스트』의 구독률이 가장 높다고 한다.

잠시 머물면서 살펴본 단편적인 관찰로 한 도시의 수준을 평할 수는 없지만, 보스턴은 지방에 있으나 지식 수준은 대도시 못지않았다. 이른 아침 맥도널드 식당에서 한 할아버지가 읽고 있는 신문을 어깨 너머로 보니 『보스턴글로브』가 아니라 『뉴욕타임스』였다. 이따금 미국의 크고 작은 도시에 들를 때마다 시민들이 보는 신문이 모두 그 지역 신문이었다. 웬만한 큰 도시라도 주요 공항이나 도서관이 아닌 시중에서 메이저 신문을 구경한다는 것이 어렵기 때문에 나의 눈에는 이색적으로 비쳤다.

인구 60만 명의 크지 않은 도시가 어떻게 거대한 미국 지식사회의 중심지가 되고 교육과 문화의 도시로 성장했을까. 거기에는 반드시 그만한 이유가 있을 것이다. 나는 그 이유를 미국 최초로 시민을 위해 설립한 보스턴 무료 공공도서관과, 미국에서 처음 시작된 애서니움도서관의 회원제 시스템과 무관하지 않다고 미리 결론부터 내버렸다.

육체의 배를 채우기 위해 빵을 먹어야 하듯이, 중세 수도사들은 영혼을 살찌우기 위해서 책을 읽고 또 만들었다. 책은 그들에게 정신의 자양분이고 도서관은 자양분을 담는 그릇이다. 마찬가지로 신천지에 도착한 이민자들이 새로운 이상세계를 실현하는 데 가장 필요한 것은 책이고, 도서관이었다.

필그림 파더스와 그다음 세대 중에는 법률가, 의사, 전도사, 교육자가 많았다. 그들은 처음부터 책의 중요성을 알았기 때문에 소규모의 개인도서관이나 사설문고를 가지고 있었다. 이를 이웃사람들에게 개방하거나 사후 기증함으로써 모든 사람들이 이용할 수 있게 했다. 이것은 곧 미국 도서관 생성의 뿌리가 되었고 그들의 도서관 사상은 점차 전국으로 확산되었다.

이민 1세대가 정착한 지 한 세기가 지날 무렵, 미국 독립선언문을 기초한 정치가이자 과학자인 벤저민 프랭클린은 개인도서관으로 도서관 활동을 하면서 많은 사람이 같이 이용할 수 있는 공공도서관 탄생에 크게 기여했다. 그는 1731년 필라델피아에 일종의 도서관인 준토Junto를 설립하여 회원들이 책을 공동으로 구입하고 이를 한곳에 모아 누구나 이용할 수 있게 회원제도서관을 만들고, 1742년 필라델피아도서관회사를 확장해서 오늘날의 도서관 시스템을 정착시켰다. 이것이 미국 회원제도서관의 모체다.

꿈의 도서관 애서니움

필라델피아를 발판으로 시작한 회원제도서관이 가장 먼저 꽃을 피운 곳이 바로 보스턴이다. 1807년 고급 문예클럽이면서 사립도서관인 애서니움Athenaeum이 설립된 것이다. 애서니움은 지혜의 여신 아테나Athena의 신전um을 뜻한다. 이 도서관은 화보집 『세상에서 가장 아름다운 도서관』The Most Beautiful Libraries in the World에 소개되고 있

1907년 설립된 애서니움의 외관. 1913~14년 4~5층이 증축되었다.
애서니움은 '지혜의 여신 아테나의 신전'을 뜻한다.

어서 내게 결코 빠트릴 수 없는 '도서관 순례지'였기 때문에 어떠한
어려움을 무릅쓰고라도 찾아올 수밖에 없었다.

　지난 2007년, 창립 200주년을 맞은 보스턴 애서니움은 미국에
서 가장 체계화된 회원제도서관으로, 함께 책을 읽으면서 월간『보
스턴 명시비평』을 편집하기 위해 결성된 명시선학회 회원 14명에
의해 창설되었다. 1827년 관내 미술관을 설치하고 도서관을 확장
해, 1851년에는 이미 '미국 5대 도서관' 중에 하나가 된다. 당시만
해도 공공도서관이나 대학도서관이 제구실을 못했기 때문에 지식
을 얻고자 하는 부유층들은 도서관에 개인회원으로 가입할 수밖에
없었다. 그들은 축적한 자산으로 도서관에 많은 기부금을 냈고 유

산을 증여했다. 그 돈으로 도서관은 유럽 및 국내의 진귀하고 값비싼 도서를 대량으로 구입하거나 교환해서 많은 장서를 확충했다.

도서관에는 1698년 영국 왕 윌리엄 3세가 보낸 왕실교회 장서를 비롯해, 17세기 역사 자료와 교회 자료, 조지 워싱턴도서관에서 온 장서, 18~19세기『보스턴신문』과 보스턴 및 뉴잉글랜드의 역사와 전기, 문학·미술 자료 등 60만 권의 장서를 소장하고 500종의 신문과 잡지를 구독하고 있다.

회원은 학자^{주로 인문 분야}나 문화인, 예술인, 작가, 연구원 등 다양한 직업의 상류층 인사들이 주축을 이룬다. 순수한 도서관이라기보다 지식인들의 사교클럽이면서 도서관 시설을 중심으로 하는 연구실·집필실·대화방·전시실이라 할 수 있다. 다양한 도서관 공간을 이용해 폭넓은 문화활동을 펼치는, 한 단계 격이 높은 사설도서관이다.

찾아간 날은 비지땀이 흐르는 무척 더운 날이었다. 길거리에 있는 사람들은 반바지와 슬리퍼 차림으로 소란스럽게 활보하는데 도서관 안은 별세상인 듯 모두 정장을 입고 조용히 앉아 책을 읽고 있었다. 도서관 창 하나를 사이로 풍경이 이렇게 다를 수 있을까. '빨간색 의자'에 앉아서 곰곰이 생각해보니 쾌적한 공공도서관에 결코 만족하지 못하는 미국 상류사회 인사들의 한 단면이 아닐까 싶었다. 그들은 여가시간에 골프장도, 사우나장도 아닌 도서관에서 책과 함께 있는 모습이 내 마음에 깊이 와닿는다.

애서니움의 내부 전경.
고급스러운 빨간색 의자가
시선을 자극한다.

회원이 되려면, 평생회원은 가입비 1,000달러를 기부한 다음 매년 290달러를 내고, 일반회원은 별도의 기부금 없이 가족회원은 매년 290달러, 개인회원은 230달러를 내야 하므로 꽤 비싼 편이다. 그럼에도 사람들이 계속 몰려들고 있는데 주식배당 수에 따라 인원을 1,049명으로 제한하고 있다. 주요 활동 단체로 시 토론, 요리하기, 문학 대화, 미스터리 소설 이야기 등을 요일에 따라 수시로 개최한다. 명사들의 강연회와 격조 있는 콘서트도 이따금씩 열린다고 한다.

입구에서 나누어준 리플릿에는 도서관장이 직접 선정한 '10년, 10책'1997~2007, 즉 '10년 동안 발행된 명저 10책'과, '지구온난화와 환경' '이라크전쟁에 관한 책'2005~07 등의 목록을 인쇄해두었다. 회원들이 선정된 책을 읽도록 준비해놓고 토론하는 장소까지

애서니움 실내를 그린 판화. 열람실을 드문드문 차지하고 앉아 있는
신사 또는 귀부인들은 모두 긴팔 옷에 맵시 있게 정장을 갖춰 입고 있었다.

마련해 독서 분위기를 이끌어간다.

　매주 수요일 오후에는 관장이 주관하는 차모임도 있다. 이를 '수
요일 오후 티파티'Wednesday Afternoon Tea Party라 부른다. 이 파티는
1959년부터 시작하여 반세기 전통을 자랑하는 독특한 이벤트로
보스턴 인근의 지식인들에게는 오래전부터 소문나 있다. 도서관장
이 이용자들에게 차를 대접하다니! '보스턴 차 사건'은 영국의 미
국 식민지 자치에 대한 지나친 간섭이 1773년 차 사건으로 비화되
었고 마침내 미국이 독립을 쟁취한 역사적인 사건이다. 미국인에게
는 '미국의 정신'Spirit of America으로 각인되어 있다.

나는 이왕이면 그들의 긍지가 배인 티파티에 참석해 보스턴 차도 마셔보고 사진도 찍으면서 알차게 견학하고 싶어 미리 메일을 보내고 수요일에 맞춰 찾아갔다. 그러나 유감스럽게도 티파티는 여름이어서 쉬고, 사진은 일절 꿈도 꾸지 못하게 카메라와 모든 소지품을 입구 물품보관실에 맡겨야만 했다.

"세계적인 도서관인데다가 미국 역사의 랜드마크로 선정¹⁹⁶⁶될 정도로 아름답고 위대한 이곳을 세상에 많이 알리는 것이 좋지 않겠는가"라는 나의 질문에 지금 예비회원만 해도 수백 명이 대기하고 있어서 선전이나 홍보에는 크게 관심이 없다고 대답한다. 때문에 조용히 구경하는 것 외에 애초의 취재계획은 모두 수포로 돌아가 오랜 전통 속에 숨 쉬고 있는 도서관을 다만 눈요기로 만족해야만 했다.

이렇게 애서니움 탐방은 아쉽게도 끝났지만, 여기서 얼마 떨어지지 않은 곳에 보스턴공공도서관이 있다는 사실이 무척 다행스러웠다. 사실 두 곳을 모두 보기 위해 이곳까지 왔지만 결국 '꿩 대신 닭', 아니 '닭 대신 꿩'을 택한 것이라 여기고 발걸음을 옮길 수밖에 없었다.

미국 공공도서관 발전의 초석

미국에서 진정한 도서관의 탄생은 보스턴공공도서관에서 시작했다고 볼 수 있다. 물론 그전에 필라델피아 등지에 회원제 공공도서관과 몇몇 도시에 개인이 만든 소규모 공공도서관이 있었지만 순수한 의미에서 주민의 세금으로, 주민에 의해, 주민을 위해 만든 공공 도서관은 없었다.

1848년 매사추세츠 입법의회의 결의에 따라 공공도서관 설립을 승인한 지 4년 뒤, 1852년 보스턴 시는 마침내 모든 시민을 대상으로 하는 무료시립도서관을 미국 최초로 설립했다. 이어서 도서관위원회에서 미국 최초로 도서관보고서를 만들었는데, 명문으로 알려진 글 내용에는 공공도서관의 이상을 표현해서 당시 사회지도층과 지식인들의 마음을 흔들었다. 이는 오늘날까지 공공도서관의 귀감으로 전해져온다.

"민주공화국의 미래는 직접적인 시민교육에 달려 있으며, 공공도서관은 건전한 시민교육을 위해 매우 중요한 요소다."

"공공도서관은 모든 사람에게 주는 시책이나 의무와 같은 것으로 무료교육과 같은 원칙 아래 제공되어야 한다. 우리에게는 일반적인 정보가 넓게 유통되어 가능한 많은 사람이 사회질서의 기초적인 사실을 이해하도록 해야 한다. 우리가 사회질서에 관하여 끊임없이 무엇인가를 결정해야 되기 때문이다."

보스턴공공도서관과 같은 시민을 위한 무료 도서관은 맹아기에 있던 미국 도서관을 새로운 모습으로 발전시켰고, 19세기 후반까지 시립공공도서관의 모델이 되었다. 뿐만 아니라 공공도서관의 지원을 위해 지방정부가 세금을 징수할 수 있게 한 미국 주법의 통과

1852년 보스턴공공도서관 창립과 1888년 현 도서관 건립을 기념한 로고가 바닥에 그려져 있다. 이곳은 모든 사람에게 정보를 무료로 제공하는 원칙 아래 세워진 최초의 공공도서관이다.

는 현대 도서관 발전의 토대가 되었음은 말할 나위가 없다.

이런 연유로 미국 독립 100주년이 되는 1876년에 미국도서관협회^{ALA}가 창설되고, 이어서 최초의 도서관계 잡지$^{American\ Library\ Journal}$가 발행되었으며, 1887년에는 미국 최초로 컬럼비아대학에 도서관학교$^{School\ of\ Library\ Economy}$가 설립되었다. 거기에다 도서관 건립의 전설적인 기부자인 철강업자 앤드류 카네기가 1881년 피츠버그공공도서관을 비롯해서 미국과 영국에 2,500여 개 도서관을 건립한 것은 공공도서관 발전의 초석이 되었고 불멸의 신화가 되었다.

이러한 주춧돌을 세우게 된 원인의 중심에 보스턴공공도서관이 있다. 그 단적인 예로, 다음과 같은 미국 최초의 기록들은 어느 도서관에서도 이룩하지 못한 엄연한 사실이다. 미국 최초로 대출 실

시 도서관[1852], 도서관보고서 발행[1852], 여성 사서 채용[1952, 미확인된]
여러 설이 있다, 분관제도 시행[1870], 아동도서실 설치[1895년 3,000권 소장],
스토리텔링 도입[1902], 시청각 서비스실 마련[1950], 애덤스대통령도
서관을 겸한 유일한 도서관으로 선정 등은 이 도서관의 최고 자랑
거리다.

시민의 궁전 맥킴관과 전형적인 현대 도서관 존슨관

보스턴 도심 한복판 코플리 지하철역 안내판은 보스턴공공도서
관 건물 사진으로 꽉 차 있다. 지하철역과 연결된 도서관 입구는 수
리 중이어서 계단을 따라 밖으로 나오니, 성조기가 줄줄이 걸린 커
다란 석조 건물이 우뚝 서 있다. 석조 건물은 모양이 서로 다른 두
개의 건물이 함께 붙어 있다. 하나는 고딕양식의 오래된 건물이고,
다른 하나는 최근에 만든 평범한 석조 건물이다.

정문이 코플리 광장을 향하고 있는 오래된 건물은 '맥킴관'으로
1888년 찰스 맥킴Charles McKim이 설립한 것이다. 건물 정면 파사드
는 '마음의 눈'을 이미지화했다고 한다. 일명 '시민의 궁전'이라 부
르며, 1986년 국가 역사보존 건물로 지정받았다.

한편 1970년에 설립한 존슨관은 광장 없이 보일스톤가에 접해
있다. 이 건물은 필립 존슨Philip Johnson이 설계해 쉽게 존슨관이
라 부른다. 설계자는 85년의 시차를 극복하려고 맥킴관 바로 뒤에
바짝 붙여 두 건물의 면적과 높이를 같이 했다. 맥킴관처럼 앞에 광
장을 두지 못하는 대신 정문 앞 큰길가에서 보편적인 도서관활동을

정문 바로 앞 도로에 그려진 제112회 보스턴마라톤 종점 표시.
해마다 횟수를 고쳐가며 도색한다.

하고 있다.

맥킴관 개관 10주년을 기념해서 미국 최초의 '무료도서관'임을
자랑하려는 것인지, 보스턴시는 1897년 세계인의 이목을 끌 수 있
는 국제대회인 '보스턴마라톤'을 결성했다. 그러고는 출발점과 도
착점을 바로 이곳 보스턴공공도서관으로 정했다.

그러나 이 결정은 시민들에게 다른 의미로 받아들여졌다. 그것은
10년 전에 개관했던 '무료도서관'의 이념보다 미국 '마라톤의 성
지'라는 관념이 그들 가슴에 훨씬 강하게 다가왔기 때문이다. 다시
말하면, 1897년 첫 국제마라톤대회 이후, 공공도서관으로서보다
마라토너들이 출발하고 도착하는 지점으로서 각인된 것이다. 해마

존슨관 정문 창에는 수시로 마라톤 광고를 내건다

다 4월 셋째 주 월요일 '애국자의 날'에 맞추어 세계에서 모인 수백 명의 선수들이 여기서 도서관 간판을 훌쩍 한번 쳐다보면서 자신과 조국의 명예를 걸고 승리를 기원한다. 이곳이 첫 출발을 하는 기념 비적 장소가 된 것은 관념상 느낀 마라톤의 이념이 도서관의 기능 보다 앞서 있기 때문이리라.

　10여 년 전, 내가 처음 이곳에 왔을 때 보일스톤가 길 한가운데에 그어진 '제112회 마라톤 종점'이라는 노란색 라인과 도서관 입구 정면에 걸어둔 마라톤 플래카드가 얼른 눈에 띄었고 이색적으로 느껴졌다. 100년이 넘도록 개최횟수를 덧칠해가며 역사를 기억하도록 하는 그들의 기록정신이 놀랍기만 했다.

최근 우리나라에서 이와 관련된 영화가 제작 상영되었다. 2023년 추석에 개봉한 「1947 보스턴」이다. 대한민국정부가 수립되기도 전 그 어려웠던 시절 1947년, 서윤복 선수가 고난과 역경을 이겨내고 국제무대에서 역사상 최초로 태극기를 가슴에 달고 금메달을 우리에게 안겨주기까지를 그린 감격스런 영화다. 지금은 그의 이름을 대부분 모르고 있지만, 그때 사람들은 아직도 그를 잊지 못하고 가슴 뭉클했던 추억을 오래도록 간직하고 있다.

각설하고, 이곳을 찾아오는 사람은 대체로 양분된다. 맥킴관에는 값진 장식품으로 치장한 갤러리와 대형 열람실, 그리고 도서관 역사를 증명하는 예술품 등이 책과 함께 있어 문화와 예술을 즐기는 일반 방문객과 관광객이 많다. 반면에 존슨관은 전형적인 현대 도서관이어서 통상적인 도서관 이용자들이 줄을 잇는다.

방문자는 용무에 따라 다른 정문으로 들어갈 수 있지만 결국 복도로 연결된 중앙 옥외정원 안에서 만나게 된다. 맥킴관 건물이 도서관을 겸한 미술관 또는 박물관의 성격을 가졌다면, 존슨관은 잘 발달된 공공도서관 그대로다.

모든 사람에게 무료로

나는 건물 외양이 더 정감이 흐르는 아름다운 맥킴관부터 자세히 살펴보기로 했다. 우선 육중한 석조 건물 자체가 예사롭지 않았다. 건물 처마 벽면 끝에서 끝까지 크고 긴 글씨로 "보스턴 시 공공도서관은 배움의 향상을 위해 시민에 의해 건립·헌정되다. 서기 1888

년"이라고 머릿돌에 새겨놓은 것이 돋보인다.

특이점은 이것 말고도 여러 곳에서 발견된다. 건물 윗부분은 아치형의 아름다운 창이 촘촘히 있고, 아랫부분은 그보다 작은 사각창이 드문드문 있으며, 정면 한가운데 세 개의 주요 출입구가 있다. 정문 중앙 위쪽에는 성 아우구스트 가우덴이 횃불을 든 두 동자상을 돋을새김한 도서관 실^{Seal}이 있다. 바로 그 아래 머릿돌은 가면을 머리에 얹은 미네르바$^{Minerva: 로마에서는 지혜의 여신, 그리스에서는 아테나라 부른다}$ 흉상이 돌출되어 있다. 미네르바 머리 쪽에는 영어로 뚜렷하게 "FREE TO ALL", 즉 "모든 사람에게 무료"라고 크게 새겨 도서관을 누구든지 무료로 자유롭게 이용할 수 있다는 메시지를 온 시민에게 공표했다.

도서관 이용이 무료라니, 지금으로서는 별것 아닌 것 같지만 당시로서는 서민들에게 새로운 소식을 알리는 복음과 같은 신선한 충격이었다. 150년 전, 일반인이 도서관을 마음대로 가까이한다는 건 상상할 수 없는 남의 이야기일 뿐이었다. 보스턴 애서니움만 해도 부자들만의 놀이터요, 귀족과 소수 엘리트들의 사교장일 뿐 일반 서민들에게는 '그림의 떡'이었다.

무료의 의미가 얼마나 대단했으면 도서관 머릿돌에 이처럼 당당하게 돌에 쪼아 새겨놓았을까. 아직도 유럽의 많은 나라는 미련을 버리지 못하고 입장료를 그대로 받고 있다. 우리나라 공공도서관도 비교적 최근에 무료화되었다. 유네스코 권고사항이고 도서관 정신에 위배된다는 명분 때문이었다.

코플리 광장에서 본 맥킴관 전경. 일명 '시민의 궁전'이라 부른다.
건물 정면의 파사드는 마음의 눈을 이미지화했다고 한다.

정문 앞에는 청동으로 만든 두 개의 여신상이 정문 좌우에 앉아
있다. 왼쪽에 지구를 들고 있는 여신은 '과학'을 상징하고, 오른쪽
에 화필과 캔버스를 든 여신은 '예술'을 상징한다. 과학의 여신이
앉은 대리석 좌대에는 뉴턴과 다윈, 프랭클린, 파스퇴르 등 8명의
과학자 이름이 새겨져 있고, 예술의 여신이 앉은 자리에는 라파엘
로와 티치아노, 렘브란트 등 8명의 예술가 이름이 적혀 있다.

본관 건물의 35개 각 아치 창문 아래에는 별도 공간을 만들어 소

크라테스와 플라톤부터 인간이 영원히 기억해야 할 철인·사상가·
문인·과학자·예술가 등 지식을 창조한 인류의 스승 730여 명의 이
름을 장식 무늬처럼 새겨놓았다.

새겨놓은 글자가 처음에는 무슨 뜻인지 몰랐으나 자세히 보니 성
last name이었다. 그것도 세상을 움직이고 인류를 이끈 역사의 위대한
인물들이었다. 명단의 선정기준은 잘 모르겠지만 적어도 여기에 적
힌 인물들이 창조한 지식의 결과물은 모두 이곳 도서관에 소장되어

미네르바가 새겨져 있는 도서관실. 머리 쪽에 "FREE TO ALL"이라고 새긴 글자가 뚜렷하게 보인다. "모든 사람에게 무료"라는 메시지는 당시 새로운 세상을 알리는 신선한 충격이었다.

있을 것 같다. 그렇다면 여기는 여신이 머무는 곳이 아니라 '지식의 전당'임이 틀림없다. 적혀 있는 인물이 어떤 분들인지 확인도 하고 기억도 할 겸 수를 헤아리다가 너무 많아서 결국 포기하고 말았다. 다음에 이곳을 찾는 누군가가 여기에 적힌 인물이 인류에게 끼친 영향을 모두 조사하여 주제별로 분석해본다면 좋은 논문 하나는 충분히 완성될 듯싶다.

전쟁터에 보낼 책을 수집합니다

밖을 대충 둘러보고 맥킴관 정문으로 들어서자, 고딕양식의 대리석 바닥과 모자이크로 장식된 아름다운 천장 아래 청동으로 만든

맥킴관 앞에 화필과 캔버스를 들고 앉아 있는 예술의 여신 동상.
왼쪽에는 지구를 들고 있는 과학의 여신이 있다.

세 개의 검은색 현관문이 나온다. 다니엘 프렌치가 조각한 여섯 명
의 아름다운 뮤즈^{Muse}들이 세 개의 정문, 모두 여섯 개의 문짝에 각
각 부조되어 있다. 가운데 문에는 책과 지구를 든 지식의 여신과 지
혜의 여신, 왼쪽 문에는 악기와 향로를 든 음악의 여신과 시의 여신,
그리고 오른쪽 문에는 거울과 가면을 각각 든 진실의 여신과 사랑
의 여신이 춤을 추며 출입자의 눈을 사로잡는다. 지식의 전당이라
기보다 '여신들의 궁전'이라 부르는 것이 더 합당할 것 같다. 뮤즈
들이 사는 궁전이 무세이온이라면, 무세이온은 곧 뮤지엄이어서 겉
으로만 봐서는 도서관인지 박물관인지 헷갈릴 것 같다.
　무세이온 안으로 계속 들어가면, 중세 수도원도서관이나 뉴욕공

출입문에 새겨진 '지식의 여신'.
다니엘 프렌치가 조각한 여섯 명의 아름다운
여신은 여섯 개의 문짝에 각각 부조되어 있다.

공도서관처럼 큰 홀이 있고 올라가는 계단에 두 마리의 큰 사자가
내부를 지키고 있다. 뉴욕공공도서관의 사자들은 도서관 밖을 지키
고 있는데, 이곳의 사자는 도서관 안을 지킨다. 홀을 둘러싼 계단 주
위에는 많은 벽화와 장식물이 서로 어울려 있고, 도서관이 행사하
는 안내판 목록에는 풍성한 이벤트가 줄을 잇는다.

　건물은 모두 5층으로, 2~3층 사이에 중간층이 있어 실제보다 높
아 보인다. 반지하는 회의실이고, 1층에는 일반 열람실과 오리엔테
이션실, 신문 열람실, 마이크로실이 있다. 2층에는 길이 66미터, 폭

도서관 내부를 지키는 두 마리의 사자 동상.
홀을 둘러싼 계단 주위에 있는 많은 벽화와 장식물이 무척 화려하다.

13미터, 높이 15미터 왕관 모습의 원통형 천장을 갖춘 대형 열람실
이 시선을 압도한다.

　도서관 건립 당시 돈을 가장 많이 기부한 조슈아 배이트스 Joshua
Bates의 이름을 따 '배이트스 홀'Bates Hall이라고 부르는데, 좌석마다
불을 밝힌 초록등이 아치 창틀과 잘 어울려 마치 어느 고급 살롱에
와 있는 듯하다. 그 문을 나서면 '조지 워싱턴 룸'과 정부간행물실
이 보인다. 3층에 갤러리와 미술전시 및 음악회를 개최할 수 있는
크고 넓은 공간이 있어 다목적으로 많이 활용되는 것 같다.

　마침 갤러리에서 제1차 세계대전을 기억하기 위한 전시회를 개
최하고 있다. 전쟁 지원금을 모금하기 위해 당시 제작한 포스터를
전시하고 있었는데 그중에 책과 관련된 포스터도 하나 보인다. 어

배이트스의 대열람실. 도서관 건립 당시 가장 많은 돈을 기부한 조슈아 배이트스의 이름을 따서 '배이트스 홀'이라는
이름을 붙였다. 좌석마다 불을 밝힌 초록등이 아치 창틀과 잘 어울려 마치 고급 살롱에 와 있는 듯하다.

'제1차 세계대전, 미국 포스터' 전시회에 전시된, 당시 도서관 책 수집 포스터.
생사가 갈리는 곳에서도 한 권의 책을 갈망하는 병사들이 있었다.

째서 많은 포스터 중에 이 그림이 유난히 내 눈에 띄었을까.

"전쟁터의 병사들이 책을 원합니다. 공공도서관으로 책을 보내주세
요."

이 포스터를 보면 신기하고 재미있다기보다는, 처연한 전쟁터의
병사들에게 위문품으로 보낼 책을 수집한다는 내용이 마음 깊이
와 닿는다. 생사가 갈리는 전장에서 한 권의 책을 갈망하는 병사들
의 자세, 그리고 그들을 위해 펼치는 눈물겨운 책 수집활동은 도서
관만이 할 수 있는 고귀한 봉사 활동인 듯하여 내 마음을 숙연케 했
다. 우리 도서관에서도 한 번쯤 시도해보면 어떨까? 많은 생각을 하

게 하는 포스터다.

선진 도서관의 진면목

맥킴관에서 존슨관으로 통하는 길은 1층과 2층뿐이다. 2층 계단을 따라 내려가면 존슨관으로 통하는 옥외정원이 나온다. 수도원 정원 같기도 한 조용한 잔디밭의 분수에 청동으로 만든, 아기를 안은 여인의 웃는 모습이 너무 사랑스럽다. 옛 로마의 '캔셀리아 궁전'을 그대로 모방한 것인데 여인은 술의 여신 바커스Bacchus이고, 아이는 숲의 신 파우누스Faunus다. 잔디와 분수 삼면에 열주가 있는 회랑을 도는 산책길도 있다. 독서하다 잠시 쉬는 장소이자 동료끼리 가벼운 대화나 음료를 나눌 수 있는 아름다운 공간이다.

도서관은 시간이 흐르면 자연스럽게 성장하고 책은 늘어난다. 이럴 때 당연히 증축 문제가 제기되고 기존 건물과 새 건물을 어떻게, 어떤 모양으로 이어줄 것인가를 고민하게 된다. 그 고민을 이상적으로 해결한 방법이 바로 이곳이다. 증축 문제에 관심이 있는 우리나라 도서관이 있다면 반드시 이곳을 찾아보라 권하고 싶다.

현대식 기능을 가진 존슨관은 신식 건물이어서 서고와 이용자 관리에 용이하도록 건물 한가운데 1~3층 아래위 공간을 ㅁ자로 뚫어 노출시켰다. 우선 천장이 높아 시원해 보이고, 빈 공간 주위를 한 바퀴 돌아보면 원하는 자료를 쉽게 찾을 수 있다. 이러한 건물구조는 관리상의 용이성과 업무의 효율성에서 유리하다. 반면에 사소한 문제지만 층간의 상하가 열려 있으므로 에너지 낭비 요인이 되고, 소

존슨관 입구와 2층 자료실. 건물 한가운데 아래위 공간을 ㅁ자로 뚫어 노출시켰다.
천장이 높아 시원해 보이고 원하는 자료를 쉽게 찾을 수 있어 효율적이다.

음 문제를 통제하기 어렵다는 약점이 있다. 그럼에도 업무 능률을
우선시하는 미국의 실용주의 정신에서 나온 것이라면 더 이상 말할
필요는 없겠다.

　도서관에는 170명의 전문 사서가 700만 권의 장서와 3만 종의
잡지와 신문, 65만 종의 사진, 2백만 종의 정부간행물을 관리하고,
해마다 240만 권을 대출하며, 7,000개 도서관 프로그램을 기획하
여 14만 주민이 참여한다2008년. 그만큼 시민들이 도서관을 좋아하
고, 그들의 절대적인 호응을 받고 있다.

　이 도서관의 주요 장서는 명품 도서관이 그렇듯이 셰익스피어 초
기 간행본을 비롯해서 미국 제2대 대통령 존 애덤스의 개인 소장도

도서관 2층 계단을 따라 내려가면 존슨관으로 통하는 길에 옥외정원이 나온다.
수도원 정원 같은 조용한 잔디밭 분수 앞에서 책 읽는 모습이 사랑스럽다.

서와 프랑스의 영웅 잔다르크 컬렉션, 스페인 문학작품, 벤저민 프랭클린의 저서와 개인 소장도서, 미국 초기의 주요 아동도서, 월트 휘트먼의 특수도서 등 귀하고 값진 도서를 상당수 소장하고 있다.

아름다운 건물, 기능적이고 현대적인 시설도 자랑할 만하지만 도서관이 시행하는 월별 활동에 먼저 눈길이 간다. 도서관 사서들의 이용자를 위한 서비스 이외에, 2008년 7월 이미 시행한 다양한 행사, 예를 들면 셰익스피어 그룹 활동, 의회광장 콘서트, 영화 페스티벌 등등의 스케줄이 빼곡히 적혀 있는 것을 보면 과연 선진국 도서관의 진면목을 새삼 느끼게 된다. 내가 진정 부러운 것은 아름다운 건물이나 훌륭한 시설보다 사서들의 창의적인 활동이고, 그들이 기획하는 프로그램에 적극적으로 참여하면서 도서관을 사랑하는 시민들의 모습이다.

The Boston Athenæum
10 1/2 Beacon Street, Boston, MA. 02108
U.S.A.
www.bostonathenaeum.org

Boston Public Library
700 Boylston Street, Boston, MA. 02116
U.S.A.
www.bpl.org

3 지혜를 구하는 자, 이 문으로 들어오라

하버드대학 와이드너도서관

하버드도서관에 대한 이상한 맹신

세계 최고의 대학이자 미국에서 가장 오래된 대학으로, 버락 오바마를 비롯하여 8명의 대통령과 43명의 노벨상 수상자를 배출한 하버드대학은 어떤 곳일까? 누구나 한 번쯤 눈으로 직접 확인하고 자세히 살펴보고 싶은 곳이다. 그러나 이곳을 찾는 한국인 여행객들은 대부분 시간에 쫓겨 차분히 살펴보기보다는 겉만 대충 구경하고 만다.

하버드를 찾아오는 그들은 무엇을 보러 이 멀리까지 오는 걸까? 대다수 사람들은 대학의 참모습을 깊이 관찰하기보다 담쟁이덩굴에 덮인 몇백 년 된 대학 건물과 '하버드 공부벌레'들의 모습, 그리고 캠퍼스의 고풍스런 분위기를 느껴보고, 하버드 야드 한편에 있는 존 하버드 동상의 이미 윤이 날 대로 난 그의 구두코를 손바닥으로 문지르며 다시 찾아오게 해달라고 비는 것으로 일정을 끝낸다.

좀더 열정적인 사람들은 하버드의 심장인 와이드너도서관^{Widener} Library 앞에 와서 기념사진을 찍으며 다녀간 흔적을 자랑스럽게 글로 남긴다.

그런데 문제는 그들이 남긴 글들이 하나같이 똑같다는 데 있다. 믿기지 않는다면 곧장 인터넷 검색창에 '하버드도서관' 여섯 글자를 한번 쳐보라. 거기에 쓴 글들은 도서관에서 보고 느낀 점은 제쳐두고 도서관 안 어딘가에 적혀 있다는 명언을 소개하는 것이 전부다. '하버드생의 교훈'이라며, 근학정신을 일깨우는 그럴 듯한 10훈^訓을 직접 본 것처럼 꾸며 '수험생의 가훈'으로 소개하는 것이다. 글은 여기서 머물지 않고 누군가 '20훈'을 만들어낸다. 최근에는 '30훈'까지 재생산하여 사랑하는 제자와 자식들에게 생생하게 전달하고 있다. 예를 들면 이런 글들이다.

·지금 잠을 자면 꿈을 꾸지만 지금 공부하면 꿈을 이룬다.

·공부할 때의 고통은 잠깐이지만 못 배운 고통은 평생이다.

·공부는 시간이 부족한 것이 아니라 노력이 부족한 것이다.

·지금 흘린 침은 내일 흘릴 눈물이 된다.

·눈이 감기는가? 그럼 미래를 향한 눈도 감긴다.

·지금 이 순간에도 경쟁자의 책장은 넘어가고 있다.

·성적은 투자한 시간의 절대량에 비례한다.

·한 시간 더 공부하면 남편의 얼굴, 아내의 얼굴이 바뀐다.

찰스강을 앞에 끼고 창립 388년을 자랑하는 하버드대학 캠퍼스 전경. 사진 좌측 추모교회 종탑 건너편에 정육면체 하늘색 지붕을 한 ㅁ자 건물이 와이드너 도서관이다. (사진: Harvard: Living Portrait, Boston: Back Bay Pr., 2003)

구두코가 반짝이는 존 하버드의 동상.
이곳을 방문하는 관광객들은 동상의
구두코를 손바닥으로 문지르며
다시 찾아오게 해달라고 빌곤 한다.

솔직히 서른여 개의 명구 중에는 재미있는 말도 있지만 억지스런 글도 보인다. 공부하는 학생이면 귀담아들어야 할 성싶지만, 정작 도서관 안에 이러한 글들이 있을까 하는 의문이 들었다. 정말 있다면 어디에 어떻게 써두었는지 원문을 한번 찾아보자는 것도 하버드 방문의 조그만 동기가 된다.

이런 빌미로 찾아간 도서관 어디에도 그런 글은 없었다. 사실 여부를 사서에게 물어보자 어이없다는 듯 나를 쳐다보기만 했다. 실제 들어가 보니 실내가 너무 엄숙해 글 장난을 할 분위기가 아니었다. 이러한 말이 어디서 나왔으며 왜 계속 확산되고 있는 걸까. 혹 래몬트Lamont 학부도서관 어느 구석진 책상 위에 낙서해둔 글일 수도 있겠지만 그것도 금방 지워진다. 혹 낙서가 있다고 해도 이 대학만의 문제는 아닐 것이다.

참 이상하다. 하버드라는 이름 때문일까. 하버드라면 낙서라도 필요하다는 것인가. 한두 사람이 아니다. 하버드를 보고, 도서관을 가보았다는 식자층들이 왜 '도서관'을 말하지 않고 근거도 없는 소문에 열광하는 것일까. 허상에 마비된 우리의 의식 수준을 어떻게 설명해야 하고, 분별없이 따라가는 이 쏠림현상을 어떻게 평가해야 할까. 우리 주변에는 이곳에서 수학한 인사가 수없이 많다. 하버드에서 도서관은 과연 무엇이고, 어떤 존재로 위치하고 있는지, 제대로 알려주는 사람을 찾고 싶다.

도서관에서 출발한 미국 최초의 대학

필그림 파더스Pilgrim Fathers, 1620년 '메이플라워호'를 타고 미국으로 건너가 처음 정착한 영국의 실리주의자들들은 미국 땅에 정착한 지 16년 만인 1636년 보스턴 내륙 찰스 강 건너편 케임브리지에 이름 없는 조그마한 대학을 설립했다. 1638년 청교도 목사인 존 하버드가 유산으로 이 대학에 책 330권을 기증했다. 그의 이름을 기리기 위해 1639년 하버드칼리지Harvard Colledge: Colledge는 College의 고어로 명명한 것이 미국 최초의 대학이다.

하버드대학은 도서관으로 출발했다. 정식 대학 명칭을 갖기 한 해 전, 대학 건물의 동쪽 끝, 2층 모서리 조그마한 방 하나에 서고 겸 열람실을 두고 긴 의자를 갖추었다. 열람대를 겸한 키 낮은 서가에 존 하버드가 기증한 330권의 도서를 비치하고 "참 좋은 도서관"이

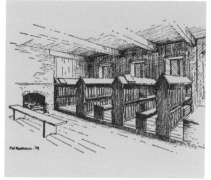

대학 설립 당시 하버드도서관은 왼쪽 건물 뒤편 2층 모서리에 방 하나를 자리잡았다.
오른쪽 그림은 서고를 겸한 열람대와 장의자를 갖춘 도서관 실내 모습.

라 불렀다.

그가 기증한 책은 거의 청교도 신앙을 그대로 반영하는 것들이
었다. 약 4분의 3이 신학서적으로『성경』주석서와 청교도 설교집
이고, 키케로·세네카·호메로스 등 고전 작가의 문학작품이 나머지
전부였다. 그럼에도 이 책들은 신세계의 척박한 식민지에서 조그만
신생 대학의 지적 토대를 확고하게 마련해주었다.

첫 이주자들은 특히 종교와 교육에 대한 열의가 높아 도서관이
반드시 필요하다고 생각해 영국으로부터 책을 수입했다. 보스턴의
서적상들은 문학·역사·철학·과학 등 폭넓은 분야의 서적을 다루
면서 1639년 영국 식민지 최초이자 북아메리카에서 두 번째로 하
버드대학 출판사를 만들어 국내외 도서를 계속 확보함으로써 도서
관 구축에 중요한 발판을 마련했다.

나아가 식민지 정부로부터 전폭적인 지원을 받아 영국 케임브리
지와 옥스퍼드에 버금가는 대학을 목표로 하는 한편, 유토피아를
꿈꾸는 청교도 학교의 신학도서관으로 자리 잡았다. 이렇게 정착된

도서관은 1852년 미국 최초로 설립된 보스턴공공도서관보다 214년 앞선다. 뒤에서 설명하겠지만, 하버드가 오늘날 세계 정상의 대학이 된 것도 장서 1,600만 권을 소장한 위대한 도서관이 있었기에 가능했다. 그것도 1910년대 초, 도서관이 장서 100만 권을 달성한 시점부터라고 이야기한다.

대학 건물은 1636년부터 짓기 시작하여 1642년에 일단 완공했는데 사람들은 황무지에 세운 건물이 너무 호화롭다고 말했다. 1677년 캠퍼스를 재배치함에 따라 모든 시설이 새 대학으로 옮길 때에도 도서관은 독립 건물이 아닌 가로 10미터, 세로 13미터 크기의 2층 가운데 방을 확보한 것이 고작이었다.

비록 독립된 공간은 없었지만 도서관 활동은 충실했다. 1723년 사서 조슈아 기Joshua Gee가 미국 최초로 책자목록을 만들어 400부를 인쇄·발행했다. 분류는 책의 크기에 따라 가장 큰 책부터 2절판, 4절판, 8절판, 소책자 등 네 가지 형태별로 나누어 익명 또는 서명의 저자명을 알파벳순으로 배열했다. 동일한 형태에서 한 저자로 모든 책을 검색하도록 한, 일종의 저자명 도서목록이라 할 수 있다.

벤저민 프랭클린의 제안으로 도서기금이 마련되어 장서 5,000권이 모아진 것은 개교 후 1세기가 훨씬 지난 1764년이었다. 하지만 그해 발생한 큰 화재로 장서는 거의 소실되고 404권만 겨우 건져냈다.

다음해 1765년 다시 지은 하버드 홀 2층으로 도서를 옮기고 도서관 규정을 만들어 열람 장소를 전면적으로 개방한 후 3, 4학년들

하버드 야드에서 바라본 와이드너도서관 정면. 하버드의 겨울은 유난히 춥고 눈이 자주 내린다.
(사진: Harvard: Living Portrait. Boston: Back Bay Pr., 2003)

에게만 대출을 허용했다. 이때만 해도 미국은 영국의 식민지였기 때문에 도서 이용이 제한적이었고, 도서관은 일주일에 몇 시간만 개방했기에 도서관을 전면 개방한다는 것은 당시로서는 획기적인 조치였다.

1773년 보스턴 차 사건으로 비화된 영국과의 독립전쟁으로 하버드가 있는 매사추세츠는 전쟁터의 중심부가 되어 한때 대학 캠퍼스가 영국 점령군의 본부가 되기도 했다. 1786년 당시 도서관장실이 있는 워즈워스 하우스 건물이 잠시나마 초대 대통령인 조지 워싱턴 장군의 전투 지휘부로 사용된 적도 있었다. 결국 도서관은 더 안전한 콩코드로 이전했다가 미국 독립 한 달 전인 1776년 6월에 지금의 자리를 찾고, 그 후부터 주 의회의 지원금으로 도서가 조금씩 확충되었다.

19세기 초, 1815년 하버드 홀을 떠나 독립 공간으로 가로 35미터, 세로 13미터 규모의 2층을 전부 확보하고, 1817년 법학대학 설립과 함께 매사추세츠 전 주지사 크리스토퍼 고어^{C. Gore}가 법학도서관^{지금의 Harvard Law School, Langdell Library}을 건축하면서 도서관이 제대로 골격을 갖추기 시작한다. 1825년 신학대학원이 설립되자 부속시설로 종교도서관^{지금은 Andover-Harvard Theological Library}이 생기고 괴팅겐대학의 루케 교수가 기증한 4,000권이 추가되면서 1827년 하버드 전체 장서량은 2만 5,000권에 이르게 된다.

당시만 해도 하버드대학은 세계에 알려지지 않았다. 하버드대학 도서관이 1167년 무렵 창설되었다는 옥스퍼드대학, 1209년에 창

최초의 독립 도서관 고어 홀. 이 홀을 헐고 그 자리에 와이드너도서관을 건립했다.
이 동판은 와이드너도서관 벽면에 붙어 있다.

립된 케임브리지대학에 비하면 4세기나 늦게 출발했고 장서량도
부족해 내세울 만한 도서관이 아니었기 때문이다. 1386년에 개교
한 독일의 하이델베르크대학의 장서가 12만 권에 불과할 만큼 책
이 귀하던 시절이었다.

　그 후 토머스 홀리스T. Hollis가 3대에 걸쳐 그의 막대한 재산과 책
들을 기증하고 미국 대학 최초로 하버드 도서기금을 조성함으로써
도서관은 빠른 속도로 성장해나갔다. 지금 그의 이름을 딴 HOLLIS
와 HOLLIS Plus는 지금 하버드도서관 온라인 정보 시스템HOLLIS:
Harvard On Line Library Information System을 뜻한다.

　하버드는 설립된 지 약 200년이 지난 1841년 도서관 발전의 새
로운 전기를 맞이한다. 최초의 독립 도서관인 고어 홀을 준공하고

장서 4만 1,000권을 확보했다. 이후 15년이 지난 1856년에 장서가 소책자 3만 종을 포함해 10만 권으로 늘어나자, 그동안 낡고 비좁은 곳에 있는 고어도서관의 장서를 몇 개의 학과와 특수도서관으로 이관함으로써 1860년 분관제도를 정착시켰다.

19세기 중반까지 장서 10만 권에 불과했던 하버드대학도서관이 20세기 초, 마침내 100만 권을 돌파한다. 정확히 언제, 어떻게 그 권수를 달성했는지에 대해서는 알 수가 없지만 그때까지 세계 대학에서 존재감이 없었던 하버드가 명성을 얻은 배경에는 분명 장서 100만 권을 확보한 도서관이 있었다. 그렇지 않았다면 오늘의 하버드는 그 명성의 순위가 달라졌을지 모를 일이다.

국내 일부 사람들이 아직도 도서관을 대학의 장식물 내지 보조기관으로 폄하하는 데 비해, 하버드는 창설 372년의 대학 역사가 곧 1,600만 권을 확보한 장서에 대한 역사가 되었다. 나아가 '하버드의 심장'으로서 하버드의 명예와 위상을 함께해온 공동체임을 증명해왔다. 누군가 이렇게 말했다.

"오늘의 하버드가 존재하는 것은 훌륭한 교수나 똑똑한 학생보다, 24시간 불이 꺼지지 않은 도서관과 책이 있었기 때문이다."

이 말의 진의를 다시 생각해보니 대학의 정식 명칭이 생기기도 전에 이미 도서관이 있었다는 분명한 사실과, 하버드의 상징성은 결국 도서관으로 귀착됨을 암시한 말이 아니었을까.

비운의 유람선 타이타닉과 청년 와이드너

도서관이 수집한 많은 장서를 집중해서 관리하려면 고어 홀로는 턱없이 부족해 이를 보완하는 크고 새로운 도서관이 절실히 필요했다. 그 무렵, 한 청년의 갑작스런 죽음이 1914년 '해리 엘킨스 와이드너 기념도서관'이 설립된 계기가 되었다.

새로 지은 도서관은 장서 500만 권을 수용할 수 있는 초대형 서고를 갖추어 당시로서는 말할 것도 없고 지금도 세계 5대 도서관으로 평가받는다. 웅대하고 장엄한 도서관이 설립되기까지는 불의의 사고로 죽은 젊은 청년 와이드너^{H. E. Widener}의 슬픈 사연이 숨어 있다.

와이드너는 필라델피아에서 시내 전차를 제작·생산하는 부유한 집안에서 태어나 1903년 하버드에 입학했다. 그는 모든 것에 관심이 많았다. 특히 책을 사랑해, 하버드에 들어온 이후 자기가 모은 돈을 귀중도서 구입에 모두 쓸 만큼 애서가였고 남다른 도서수집가였다.

그는 1907년 이 대학을 졸업하고, 당시 아무나 가질 수 없던 개인문고에『구텐베르크 성서』, 셰익스피어 초간본 2절지 등 귀중서 3,500권을 수집했다. 계속해서 이름난 도서를 구입하기 위해 1912년 봄, 유럽 여행을 떠났다. 그는 1598년 간행된 초간본 베이컨의『수상록』^{Essais} 제2판을 영국에서 구입해 돌아오는 길에 부모와 함께 당시 세계 최고의 호화 유람선인 타이타닉에 승선한다.

1912년 4월 14일 밤, 그와 아버지, 어머니는 승선한 부호들이 관

와이드너도서관의 아름다운 야경. 하버드 특유의 붉은 벽돌색 벽에 굵고 긴 12개의
기둥들이 앞을 가로막고 있다.
비록 아름답고 세련된 건물은 아니지만 규모가 장대하여 위엄이 깃들어 있다.

례적으로 행하는 타이타닉 선장을 위한 만찬을 열다가 운명의 시간을 맞는다. 그가 탑승한 1등석은 비상시 최우선으로 탈출이 가능한 구명보트가 확보되어 있었지만, 결국 어머니만 살고 아버지와 와이드너는 15일 새벽 차가운 바다에서 생을 마감하고 말았다.

일설에는 배가 침몰할 때 그가 어렵게 구한 책을 가지러 방으로 가느라 탈출할 기회를 놓쳤기 때문에 책과 목숨을 바꾼 것이라고 말하기도 한다. 또 그가 수영을 못했기 때문에 죽은 것이라며, 어머니가 하버드 신입생 전원에게 수영을 꼭 가르치도록 학교에 요구했다는 설도 있다. 하지만 조사해보니 모두 확인되지 않은 소문에 불과했다.

안타깝게 죽은 아들의 애절한 영혼을 달래기 위해 어머니 엘리너는 당시로서는 엄청난 거액인 200만 달러를 기부하여 도서관을 짓도록 했다. 처음에는 마땅한 장소가 없어 아들의 유품인 책 3,500권을 소장할 소규모 도서관을 새로 짓거나, 하버드 운동장 앞에 있는 고어 홀에 윙wing: 중심건물 양옆에 붙여서 짓는 건물을 달아 증축하는 것을 원했지만 결국 고어 홀을 헐어버리고 그 자리에 와이드너의 이름으로 대형 도서관을 준공하여 1915년 6월 24일 마침내 문을 열었다.

도서관은 절대 침몰할 염려가 없는 무적함대처럼 생겼다. 가운데 하늘창과 조그만 팔각 돔을 둔 직사각형 대형 건물로 밖에서는 5층 정도로 보이지만 안에는 업무실과 열람실 공간이 4층이고, 서고 공간은 지하를 포함해 10층으로 되어 있다. 한 개의 건물에 층수가 다른 두 개의 공간을 결합시켜 만든 웅대하고 독특한 건물이다.

하버드 특유의 붉은 벽돌색 벽에 굵고 긴 기둥들이 줄줄이 앞을 가로막고, 장식도 별로 없다. 아름답고 세련된 건물은 아니지만 규모가 장대하여 위엄이 깃들어 있다. 도서관 정문은 원래 하버드스퀘어를 낀 남향의 매사추세츠 거리에 맞닿아 있어 학교 밖에서 바로 들어올 수 있지만, 보통 이용자들은 교내에서 하버드 야드가 내려다보이는 북문을 많이 이용한다. 남문과 북문의 정면 양쪽 지붕 아래 "THE HARRY ELKINS WIDENER MEMORIAL LIBRARY AD MCMXIV"해리 엘킨스 기념도서관, 서기 1914년라는 글자가 큰 간판처럼 멀리서도 잘 보인다. 건물 자체가 30계단 층층대 위에 반석처럼 버티고 있어서 케임브리지 평지에 자리한 캠퍼스 전체 건물 400여 동 중에 가장 커 보인다.

지혜를 구하는 자, 이 문으로 들어오라

몇 해 전, 루덴스타인 하버드대학 총장이 와이드너도서관에서 이렇게 말했다.

"하버드의 두 가지 목표, 즉 중요한 지식을 보존하고 새로운 학문을 탐구하는 데 도서관은 최상의 유형 자산이다."

도서관은 '하버드 야드'를 중심으로 건너편 높은 종탑이 있는 추모교회와 서로 마주 보고 있다. 도서관은 세계 최고의 지식을 담고 있는 유형의 보물창고이고, 교회는 제1차 세계대전 때 참전하여 전사한 하버드 동문을 추모하는 영혼의 쉼터이면서 청교도 정신의 맥을 잇는 정신적 지주다. 전자가 하버드의 몸을 지탱하는 육체라면 후자는 하버드의 얼이라 할 수 있다.

이것 말고도 하버드 교정은 고풍스런 교회와 각종 기념홀 등 독특한 건물들로 가득하다. 개인 집과 오래된 공동묘지가 공존하고 경계가 불명확하여 어디까지가 학교인지 헷갈리기도 한다. 지하철역에서 내려 하버드스퀘어로 올라오면 캠퍼스 건물과 책방, 은행, 협동조합Coop 등이 한눈에 다가선다. 멀리서 온 관광버스가 길을 메우고, 많은 관광객과 어우러진 대학생들, 떼 지어 다니는 초·중등학생들이 의외로 많아방학 중이어서 더욱 그럴 것이다 세계 최고의 대학을 상상한 첫 방문자라면 약간 실망할 수도 있겠다.

그러나 바깥 장면을 모두 물리치고 안으로 들어서면 분위기는 금세 달라진다. 사방팔방 큰길에서 학교 담장을 따라 걸으면 크고 작은 문들이 수없이 많아 쉽게 들어올 수 있다. 학교로 진입하는 좁은 문들이 워낙 많아 개별 명칭은 잘 몰라도 관심 있게 살펴보면 머릿돌 곳곳마다 새겨진 '지혜'와 '진리'의 메시지가 정신을 각성시킨다.

라틴어나 영어로 "지혜 속에서 성장하려면 이 문으로 들어오라"고 씌어 있기도 하고, 또 다른 문에는 고어古語로 "너희는 문을 열고 신의를 지키는 정의로운 나라로 들어오게 할지어다"라는 『성경』 말씀을 적어두기도 했다. 그런가 하면 또 어떤 문에는 고대 로마의 위대한 서정 시인 호라티우스의 라틴어 시구를 연속적으로 새겨놓았다. 우리나라 대학에서는 볼 수 없어서인지 퍽 인상적이다. 돌판에

아이비리그(Ivy League, 담쟁이로 덮인 미국 동부 8개 명문 대학) 중 하나인 하버드대학 건물에는 담쟁이와 함께 여기저기 VERITAS(라틴어로 '진리')가 새겨져 있다.

새겨진 희미한 문양이나 오래된 글자의 흔적만으로도 유서 깊은 대학의 역사와 정취를 만끽할 수 있다.

하버드는 370년 전 설립 당초부터 대학의 상징으로 삼는 '베리타스'VERITAS: '진리'를 뜻하는 라틴어가 장구한 세월을 빛내고 있다. 100년, 200년, 300년이 된 모든 건물의 페디먼트pediment: 건축물 앞면에 삼각형을 이루는 지붕박공와, 벽과 도서관 입구마다 방패 문양에 쓴 '베리타스'라는 문자를 볼 때마다 나는 잠시 속세의 때를 모두 씻어버리고 '진리'의 바닷속으로 푹 빠지고 싶다는 생각이 들었다.

90여 개 도서관의 집합체 하버드유니버시티도서관

알려진바 하버드대학에는 도서관이 모두 90여 개라 한다. 어떤 자료에는 86개라고 기록해놓았기에 안내하는 사서에게 직접 물어보니 그도 정확히 모른다고 한다. 교내에 있는 도서관의 상당수가 조직과 예산이 독립되어 독자적으로 운영하므로 통제에 자유로운 도서관들이 연간 보고서에 등재하게 되면 그해는 도서관이 늘어나고, 빠뜨리면 줄기 때문이란다.

대학 안에는 '하버드칼리지'가 없는데도 별도로 하버드칼리지도서관HCL: Harvard College Library이 있다. 도서관 이름을 달고 있지만 도서관이 아닌 조직의 명칭으로 전체 하버드대학도서관을 대표한다. 여기서 나온 2005~2006년판 통계보고서에는 와이드너도서관을 포함하여 74개의 도서관 명단이 수록되어 있다. 총장서는 팸플릿 포함해 1,582만 6,570권이고, 한해 예산은 1억 3,980만 달러약 1,600억 원로, 이것만으로도 세계 최대의 도서관임이 틀림없다. 여기서 하버드칼리지도서관을 포함, 대학 안에 '하버드 명칭'을 가지고 있는 모든 도서관을 통칭해서 하버드유니버시티도서관HUL: Harvard University Library이라고 부른다.

HCL의 2006년 공식기록과는 달리, 실제 HUL은 90여 개 도서관에 1,200명의 사서가 24시간 근무한다고 도서관장은 밝히고 있다. 각계에서 들어오는 후원금이 해마다 늘어 장서는 전 세계의 모든 도서관 중에 미국 의회도서관 다음으로 많다. 대학이 그만큼 도서관에 정성을 쏟는 것을 보면, 대학 후원금이 바티칸 교황청 다음으로 많다는 말이 사실처럼 들린다.

하버드칼리지도서관은 하버드유니버시티도서관 안에서 와이드

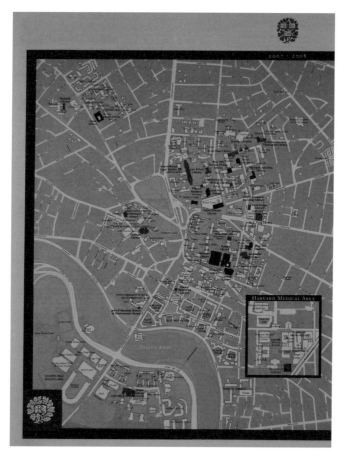

하버드도서관 안내 지도. 검정색 건물 HCL과 붉은색 건물 HUL은 로고가 서로 다르다.
오른쪽 위의 HUL 로고는 오크나무 안에 베리타스가 쓰여 있고, 아래쪽 왼편 HCL
로고에는 오크나무와 책 속에 HCL 조합글자와 도서관 창립연도인 '1638'이 적혀 있다.

너도서관을 선두로 12개 도서관이 하나의 무리를 이루고 있다. 독
립된 건물도, 책도, 이용자도 없는 가상의 도서관이지만 하버드칼
리지도서관 안의 모든 도서관을 통괄·지휘한다. 이 도서관들은 주
로 특정 주제가 있거나 학제적 성격을 지니고 있는 것이 특징이다.

　일반 대학도서관 같으면 와이드너와 같은 대표가 중앙도서관 역

할을 하여 모든 도서관을 통괄하는 것이 상례이지만, 여기서는 무형의 칼리지도서관이 유형의 와이드너도서관 등 12개 도서관만을 관리한다는 것이 일반 도서관과 다른 점이다.

칼리지도서관에 소속되지 않았지만 하버드 내 90여 개 도서관 중에는 오랜 전통의 이름난 도서관이 많다. 예를 들면 장서 174만 권을 소장한 법학도서관Langdell Law Library, 장서 64만 권의 경영대학원도서관Baker Library, 장서 49만 권의 신학대학원도서관Andover-Harvard Theological Library, 장서 68만 권의 의학도서관 등은 세계 최고로 꼽히는 전문화된 도서관이다. 그밖에 특화된 도서관으로 천체물리학도서관, 비교동물학도서관, 식물학도서관, 존 F. 케네디도서관 등등 부지기수로 많다. 이런 도서관들은 하버드칼리지도서관과는 전혀 상관이 없는 셈이다.

하버드에는 위에 열거한 도서관말고도 기숙사 등에 설치한 13개의 개인문고 도서관과 21개의 학과 및 특수도서관, 16개의 연구소 도서관, 10개의 대학원 및 교수 전용도서관, 그리고 대학 아카이브스와 보존센터라는 2개의 대학도서관 등이 별도로 설치되어 있다. 그야말로 하버드는 도서관 천국이라 할 만하다. 이 도서관들은 단과대학 또는 특정학과에 소속되거나, 본부의 도움 없이 독자적으로 운영하기 때문에 하버드칼리지도서관의 직접적인 통제를 받지 않는다. 대학도서관이면서 대학 안의 특수도서관이라 할 수 있다.

와이드너도서관은 살아 숨쉬는 생명체다

와이드너도서관으로 오르는 30개 계단 층층대 위, 건물 정면을 버티고 있는 열두 개 큰 기둥 앞에는 항상 관광객들로 붐빈다. 하버드대학 신분증$^{Harvard\ ID}$이 없이는 어떤 사람도 못 들어가도록 빨간 팻말을 문 앞에 붙여놓아 많은 사람들이 밖에서 기웃거리고 있다. 나는 방문 약속을 오후 2시에 했지만 오전에 미리 도착해 도서관 바깥 모습과 전경을 사진 찍으면서 주위를 맴돌았다. 그것도 부족해 점심을 먹은 후 다시 그 앞에 멀찍이 서서 이곳을 마음대로 드나드는 사람은 도대체 누구일까, 선망의 눈으로 그들을 일일이 바라보기도 했다.

안내를 맡은 보르네프는 칼리지도서관의 와이드너도서관 주임사서로서, 첫 만남에서부터 보스턴 사람 특유의 냉철함을 보여주었다. 한 주 전에 방문을 약속하고, 찾아온 목적을 직접 말했음에도 만나자마자 그는 단 1시간이라는 투어 시간과 도서관이 금하는 세 가지 규칙을 꼭 지키도록 미리 못을 박았다. 사진 촬영, 휴대전화 통화, 흡연을 금한다는 3불三不 방침 때문에 실내에서는 사진 한 장 찍을 수 없었다. '하버드'라는 이름값 때문일까, 아니면 그들만의 특별한 사정이 있는 것일까. 방문객이 도서관을 살피고 사진 몇 장 찍는다고 무슨 큰일이 날까. 개인의 비밀도서관도 아니고 수도원도서관도 아닌 공공성을 띤 대학도서관이 너무하다 싶었다.

그를 따라 도서관 중문에 들어서니, 입구 왼편 하얀 대리석 벽에

와이드너 기념홀 입구 좌우에 걸려 있는 존 사전트의 작품 「죽음과 승리」와 「아메리칸들 돌아오다」. 왼편 그림 속에는 승리의 여신. 오른편 그림에는 미국의 새 흰머리독수리와 아기를 안은 어머니가 출정했던 병사들을 맞이하고 있다.

당시 대학 급우들이 와이드너를 기리기 위해, 그의 간단한 약력과 함께 씩씩하고 용기 있는 그를 추모한다는 글을 음각해놓았다.

2층으로 오르는 중간 계단 사이 정면 한가운데 '와이드너 기념홀'이 있다. 입구 좌우에는 사전트^{John Sargent}가 1992년에 그린 커다란 프레스코 벽화가 보인다. 하나는 승리의 여신이 전사한 병사를 양손으로 부둥켜안은 그림인 「죽음과 승리」이고, 또 하나는 제1차 세계대전에서 돌아온 병사들을 맞이하는 어머니 위에 독수리와 성조기가 펄럭이는 그림인 「아메리칸들 돌아오다」다. 도서관에 왜 하필 죽음과 전쟁 그림일까 싶었지만 '여기가 하버드니까' 하고 불문에 부치기로 했다.

와이드너 기념홀은 활짝 열려 있었다. 정면 중앙에 27세 젊은 나이로 아깝게 세상을 떠난 와이드너의 커다란 초상화를 걸어놓았고, 그 아래는 매일 갈아준다는 생화가 있다. 입구 옆쪽 유리를 덮은 전시대에는 그의 애장품인 『구텐베르크 성서』와 셰익스피어 초간본이 펼쳐져 있으며, 목재 마룻바닥에 커다란 카펫이 깔린 열람 책상에는 주인도 없는 독서등이 하나 켜져 있다. 창문이 없고 천장이 높은 삼면의 벽에 그가 개인적으로 수집한 19세기 영국 작가들의 작품과 화보집, 그리고 1944년 가족들이 나중에 기증한 1450~90년대 독일 마인츠에서 인쇄한 초간본 등 3,500여 권의 책들이 가지런히 꽂혀 있다.

도서관은 직사각형 건물로 사무실이 지하 4층, 지상 4층이고 서

와이드너 기념홀. 홀 중앙에 27세 젊은 나이로 안타깝게 세상을 떠난 와이드너의 초상화가 보인다. 전시대에 보이는 책은 와이드너의 애장품 『구텐베르크 성서』와 셰익스피어 초간본이다.

고가 10층인 독특한 구조로 되어 있다. 가운데를 중심으로 북쪽 편에는 하늘창이 드러나는 아치형 천장의 로커^{Loker} 대열람실이고, 그 아래층은 사무실 공간이다. 동쪽에 있는 방, 필립스^{Philips}는 희귀도서를 보존하고, 서쪽 1층에는 최신 정기간행물실, 그 위층은 서고 겸 열람실이다. 남쪽은 주로 서고 공간이지만 전체적으로 보면 ㅂ자형으로, 동편 서고와 서편 서고로 분할되어 있다.

사서를 따라 서고에 들어갔다. 열람실과는 달리 서가만 10층이어서 전체 건물 면적의 4분의 3쯤이 서고 공간인 것 같다. 적층식으로 모든 서가를 키가 낮은 천장까지 닿도록 제작했고, 바닥 전체에 가로 1.5미터, 세로 1미터 규격의 대리석을 하나하나 깔아, 대리석 한 장이 아래층에서는 천장이 되고 위층에서는 바닥이 되도록 만들었다. 빈 공간을 줄이고 자재 활용을 극대화한 것이다.

지하 4층부터 지상 6층까지 단단한 철근 기둥을 촘촘히 세우고 모든 기둥 사이마다 대리석 원석이 절묘하게 떠받치고 있다. 서가 길이가 104킬로미터라고 한다. 여기에 꽂힌 무거운 책들을 거뜬히 지탱할 수 있도록 구조적인 설계를 고안해낸 것도 감탄스럽다. 소박한 건물 안에 불필요한 장식을 없애고 유휴 공간을 줄여 엄청나게 많은 서가와 장서를 빈틈없이 장치한 것을 보니, 100년 후의 도서관을 내다본 설계자 트럼바우어$^{H.\ Trumbauer}$의 안목이 놀랍기만 하다.

서가 각 구간마다 사람이 접근하면 전등이 켜졌다가 3분 후 자동으로 꺼지도록 해서 전력의 낭비를 줄이는데, 에너지 절약에 둔감

한 미국인들의 의외성에 신선한 느낌이 들었다. 그리고 서가마다 일일이 조그만 방화수 분사장치를 설치하여 화재 시 발화 지점에서만 물이 나오도록 한 것도 지금까지 다른 도서관에서 못 보던 풍경이었다. 최소한의 물로 초기에 불을 진압하겠다는 의도이지만 그래도 도서관에서 물을 사용해 불을 끈다니 좀 옛날 방식인 것 같고, 아무래도 하버드대학답지 않아 보였다. 할론가스 등 첨단 방화장비가 수없이 많음에도 이를 사용치 않는 이유는 무엇일까.

도서관 실내는 고딕 양식으로, 큰 홀 가장자리에 두는 작은 방인 알코브alcove가 좌우에 있다. 매우 깨끗하고 조용하며 중세의 어느 수도원처럼 분위기가 엄숙하다. 1998년부터 2003년까지 서고 방화장치와 절전장치 등 대폭적인 개보수를 했고, 밋밋한 하얀색 천장은 화려했던 설립 당시의 모습으로 복원시켰다. 이 도서관에는 지금 인류학, 멕시칸, 마야문명, 서구문화연구, 세계역사문화, 서지자료와 전 세계에서 나온 100여 종의 언어로 된 귀한 자료 등 628만 권을 소장하고 있으며, 해마다 6만 권의 장서가 추가된다고 한다.

여기서 책을 관리하는 사서들이 늘 하는 말이 있다. "와이드너도서관은 살아 있는 생명체로 숨을 쉰다." 학기가 시작되면 날숨처럼 책을 내뿜다가 학기가 끝나면 들숨처럼 책을 다시 들이마시기 때문이다. 책들은 이렇게 독자의 요구라는 중력에 이끌려 마치 밀물처럼 밀려왔다가 썰물처럼 다시 빠져나간다.

와이드너를 포함하여 하버드 전체 도서관의 장서가 100만 권으

와이드너 지하에는 각 서고로 이어지는 먼지 쌓인 터널이 많다.
래몬트도서관에서 본 와이드너·휴턴·퍼지도서관도 지하로 서로 연결되어 있었다.

로 증가한 것은 1910년대 초였다. 프랑스 국립도서관이 1818년 장서 100만 권에서 300만 권으로 증가한 것이 1908년으로 한 세기를 거친 데 비해, 하버드대학은 1세기 동안 100만 권에서 16배가 늘어난 1,600만 권을 확보하여 세계사적으로 유례가 없는 기록을 세웠다. 말하자면 20세기 미국이 세계 최강대국으로 성장한 동인은 다른 어느 것보다 수직상승한 학문 발전의 성과로 보아야 할 것이다. 동시에 그것이 대학의 발전으로, 대학의 발전이 곧 도서관의 성장지표로 나타난 가시적 성과라고 스스로 평가해보았다.

장서 수의 급속한 증가는 수장 공간의 확보가 뒷받침되어야 한다. 이 도서관은 대량의 장서를 효율적으로 관리하기 위해 1942년

도서관장이던 메카프^{Keys D. Metcalf}가 건립한 뉴잉글랜드보존서고 NEDL를 1986년 다시 확장하여 170만 권을 별도로 수장·관리하고 있다. 일종의 불용도서이지만 이용자가 원하면 35분 거리에 있는 서고 자료를 언제든지 활용하도록 만반의 준비가 되어 있다.

1998년부터 2003년까지 도서관은 대대적인 보수작업으로 장서를 재배치했을 뿐만 아니라 자료조직에서도 일대 전환을 가졌다. 즉 지금까지 하버드대학이 독자적으로 사용하던 도서관 옛 분류방식^{Old Widener System}의 재분류 작업을 실시했다. 즉 1973년 이전 자료는 옛 방식 그대로 쓰고, 그 이후 자료는 모두 미의회분류법^{LCC}으로 전환했다. 여기서 자료를 이용하려면 곳곳에 비치되어 있는 팸플릿 'Widener Call Number Locations'를 사전에 숙지하고 접근하면 편리할 것 같다.

와이드너 지하에는 각 서고로 통하는 먼지 쌓인 터널이 많다. 4층 터널로 이어지는 퍼지도서관^{Pusey Library}은 미국에서 가장 오래된 고지도와 각종 지도자료를 소장하고 있고, 그 옆에 삼각구도로 붙어 있는 휴턴도서관^{Houghton Library}은 100만 종의 필사본, 50만 종의 활자본, 상당량의 귀중한 아카이브실 등 하버드의 온갖 보물을 간직하고 있다. 실내 분위기도 살펴보고 귀한 책들의 일부만이라도 구경하고 싶었다. 정중히 예의를 갖추고 끝까지 따라다녔지만 나에게 특별히 할당해준 1시간으로는 더 이상 탐방할 엄두를 내지 못했다.

내가 보는 하버드도서관은 어차피 한계에 머물 수밖에 없다. 90여 개 도서관을 다 볼 수도, 알 수도 없거니와 와이드너도서관 하나만 가지고도 며칠을 보아도 이해하기 어려울 것 같다. 다만 한국학 자료와 한국인 사서가 있는 하버드옌칭도서관을 탐방하는 것으로 위안을 삼기로 했다.

한국학의 산실, 하버드옌칭도서관

옌칭燕京은 베이징의 옛 명칭으로, 춘추전국시대 연燕 나라의 수도 이름이다. 옌칭도서관은 하버드 내 중국 연구 전문기관으로 1928년 창설된 하버드옌칭연구소의 부속도서관으로 출범했다. 와이드너도서관에서 옮겨온 중국 서적 4,526권, 일본 서적 1,668권으로 시작된 장서가 점차 늘어남에 따라, 한국 관련 도서 327권으로 1951년 한국부를 설치했다.

이곳은 와이드너에 비하면 정겨운 곳이다. 말과 생각이 통하는 한국 사람이 있고 한국에 없는 우리의 귀중한 기록 유산이 상당수 있기 때문이다. 각종 희귀자료를 비롯한 방대한 한국학 장서는 미국뿐만 아니라 이 분야를 연구하는 한국의 저명 학자까지 불러들인다.

이곳에서 한국관 관장으로 근무하다 퇴임한 윤충남 교수는 얼마 전 '하버드옌칭도서관 한국관 50년'을 정리한 『하버드 한국학의 요람』을유문화사, 2001을 펴냈다. 초대 옌칭도서관 한국관 관장으로 김성하 선생이 30년간 이곳을 지키다 1989년 순직한 후, 윤충남 선생이 그 뒤를 이어 도서관을 키워오다 2007년 정년퇴임을 하고, 지금은 강미경 선생이 뒤를 잇고 있다.

하버드옌칭도서관 정면. 여의주를 물고 있는 두 마리의 사자가 입구를 지키고 있다.
10년 전 누군가 여의주를 빼갔는데 다시 만들어 끼워 넣었다.

한국관이 계속해서 크게 성장하고 있는 이유는 사명감을 가진
이런 분들의 노력 덕분이다. 그 결실로 지금 김성하 추모펀드, LG
Yonam Foundation, S.K. Liu기금 등 11개의 도서 구입 지원 펀드가
활성화되고 있다고 한다.

현재 한국관에는 파트타임 고용자를 포함 모두 7명이 근무한다.
지금은 정년퇴임을 했지만 1973년부터 1991년 은퇴할 때까지 옌
칭도서관이 미국 내에 가장 권위 있는 한국학 도서관으로 자리매김
하는 데 크게 기여한 백린白麟 선생을 기억할 것이다. 그는 팔순의
연세이지만 지금도 정정하여 보스턴 한인노인회장을 맡고 있으며

도서관학자이자 역사학자로서 집필활동을 멈추지 않고 있다. 최근 교포들을 위한 신문『더 보스턴 코리아』^{The Boston Korea}에「고구려의 흥망과 발해국의 태조 대조영」,『한인회보』에「미국 원주민 인디언과 배달 한민족」을 연재하면서 두 민족의 동질성을 확인하기 위해 직접 알래스카 베링 해협까지 답사했다고 한다. 이와 같은 위대한 사서가 있어 오늘의 하버드도서관이 존재하는 것이다.

한편 옌칭도서관은 1976년 옌칭연구소에서 분리되어 HCL에 편입되었다. 총장서는 팸플릿 포함 115만 권으로, 이것만으로도 세계적인 명품도서관이다. 모든 자료는 전산화되어 'HOLLIS'로 검색할 수 있다. 한국관의 자료 규모는 중국관과 일본관에 비교될 수 없지만 현재 14만 권을 소장하고 있다. 이중에서 고려시대 금박·은박으로 사경한 불경, 임진왜란 이전의 활자본 등 귀중 고서만 4,000종이 넘고, 북한에서 출판된 서적도 상당수 확보하고 있으며, 최신 비디오테이프까지 계속 구입하고 있다.

1959년부터 2001년까지 하버드대학에서 한국학 분야로 박사학위를 취득한 사람만 112명^{연도별 취득자 이름과 논문 제목은『하버드 한국학의 요람』부록에 수록되어 있다}에 이른 것을 보면 옌칭도서관은 하버드 최고의 유형 자산이기에 앞서 인류의 정신적 자산이라 할 수 있다.

여기 있는 한국학 도서를 중심으로 연세대학교 허경진 교수가 쓴『하버드대학 옌칭도서관의 한국고서들』을 읽으면 우리의 귀한 문화재가 어떻게 남의 땅에서 빛을 발하는지 시샘도 나고 한편 부끄럽기도 하다.

비록 짧은 하버드도서관 방문이었지만 먼 여행, 비싼 경비가 결코 아깝지 않을 만큼 배움이 많았던 여정이었다. 앞으로 하버드를 찾는 방문객은 대학 울타리 밖에서 담쟁이덩굴만 쳐다보지 말고 도서관을 찾아보도록 하자. 와이드너가 아니라도 좋다. 90여 개 중 아무 도서관이라도 찾아가 인류 최고의 지식저장고를 어떻게 유지하고 가꾸어왔는지 제대로 살펴보자. 오늘의 하버드가 있기까지 위대한 도서관이 어떤 역할을 했는지 그 존재를 곰곰이 생각해주었으면 하는 것이 나의 조그만 바람이다.

Widener Library of Harvard College Library
Harvard University,
Cambridge, MA. 02138
U.S.A.
www.hcl.harvard.edu

4 107개의 도서관을 갖춘 책의 우주

옥스퍼드대학 보들리언도서관

도서관으로 가득 찬 캠퍼스

오래전부터 영국에 꼭 한 번 가보고 싶었다. 세계 최고의 대학 옥스브리지^{Oxbridge}로 통하는 옥스퍼드대학과 케임브리지대학을 한번에 보고, 세계 3대 대학도서관이라는 옥스퍼드대학의 보들리언도서관과 케임브리지대학의 렌도서관을 방문하고 싶었기 때문이다. 800년 세월의 풍상을 겪으며 대학을 지탱해준 도서관이 과연 어떻게 생겼는지 들여다보고 싶었다. 안으로 들어갈 수가 없다면 먼발치에서 쳐다보는 것만으로도 위안이 될 것 같았다. 평생 도서관을 공부한 사람으로서 이 도서관을 보지 못한다면 그동안의 공부가 헛수고로 끝날 것 같아 무리를 해서라도 방문할 수밖에 없었다.

영국에 가면 두 대학과 도서관을 한자리에서 다 볼 수 있다고 생각했다. 하지만 막상 가보니 두 대학은 서로 150킬로미터나 떨어져 있고, 옥스퍼드대학은 런던에서 80킬로미터 북서쪽에, 케임브리지

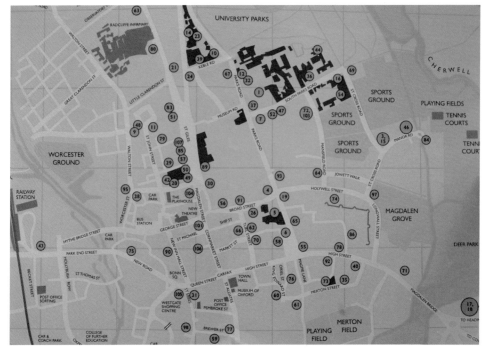

캠퍼스를 가득 메운 107개 도서관의 모습. 중세의 척박한 환경에서 800년의 대학 역사를 오늘까지 이어오는 동안 이만큼 많은 도서관이 필요했던 이유는 과연 무엇일까.

대학은 런던에서 80킬로미터 떨어진 동북쪽에 있었다. 이렇게 세 도시는 삼각형 구도를 하고 있다.

대학을 찾아가서 한두 도서관만 보면 될 줄 알았는데, 옥스퍼드 에만 40개의 칼리지에 107개 대학도서관이 있고, 케임브리지에도 31개의 칼리지에 120개 도서관이 있다는 사실도 모르고 찾아온 나 의 무지함이 그대로 드러났다. 두 대학 모두 하버드대학의 도서관 숫자보다 더 많은 도서관이 있다는 사실도 여기에 오지 않았더라면 몰랐을 것이다. 중세의 척박한 환경에서 800여 년의 대학 역사를 오늘까지 이어오는 동안 이만큼 많은 도서관이 필요한 이유가 반드

옥스퍼드대학도서관 길안내 표시. 40개의 칼리지, 폴리텍 전문학교, 비서 전문학교,
여름학교, 아카데미, 어학연수 학원 등 많은 시설이 '옥스퍼드'라는 이름을 달고 있다.

시 있었을 것이다. 나는 그 깊은 뜻을 알고 싶었다.

런던 빅토리아코치 역 앞에서 셔틀버스로 두 시간을 달려 도착
한 옥스퍼드대학은 여느 오래된 대학도시처럼 시가 전역이 차분한
모습이었다. 중세 대학 건물 아니면 상가뿐이어서 동네 사람들은
보이지 않고 교복을 입은 학생과 관광객들만 거리를 가득 메우고
있다. 길거리에 서서 지나가는 사람에게 "옥스퍼드대학이 어디예
요?"라고 물어본다면 그는 필경 나와 같은 촌뜨기에 해당하는 사람
이다.

사실, 시내 전체는 옥스퍼드의 40개 칼리지와 함께 초·중등학교,

옥스퍼드 캠퍼스 중심부. 중앙 첨탑건물이 보들리언도서관이고,
오른쪽 돔 건물이 래드클리프 과학도서관이다.

폴리텍 전문학교, 비서 전문학교, 여름학교, 사설아카데미, 여러 종
류의 어학연수 학원 등 모두가 '옥스퍼드'라는 이름을 달고 있기 때
문에 진짜 대학이 어디서부터 어디까지인지 헷갈릴 수밖에 없다.
그만큼 온 동네가 옥스퍼드라는 명함으로 먹고산다고 해도 과언이
아니다. 여기서 어떤 여름학교에 잠시 참여했거나, 어느 단체에서
몇 달간 수학하고 돌아온 선남선녀들의 모임인 '옥스퍼드대학 동
창회'가 '서울대학교 동창회' 회원 수보다 많다는 말이 그저 우스갯
소리만은 아닌 것 같다.

    아무리 오래된 대학이라지만 하나의 대학교 안에 이렇게 많은 칼리지와 도서관이 존재한다니 놀랍기만 하다. 대학에서 준 도서관 지도를 보니 캠퍼스가 온통 도서관으로 꽉 차 있다. 하루에 하나씩 도서관만 탐방하는 데도 꼬박 석 달 보름이 걸리겠다. 지도에 드러난 대학 시설물 중에 둥근 점을 찍은 도서관을 빼버리면 대학에서 남는 것은 과연 무엇일까 하는 생각이 들 정도로 옥스퍼드도서관의 역사는 세포조직처럼 늘어나고 그렇게 성장해왔다.

    하염없이 도서관을 쳐다보고 있노라면, 누군가 "대학의 심장은 도서관"이라고 한 말은 틀린 것 같다. 한 생명체 안에 웬 심장이 이렇게 많을 수 있는가. 다시 말을 고쳐 도서관은 대학의 중추신경이고, 살아 있는 세포라고 불러야 할 것 같다.

두 대학의 기원은 중세 수도원 시절로 거슬러 올라간다. 당시 옥스브리지는 스콜라 철학의 본거지였고 튜더 왕조 이후에는 최고 관리를 양성하는 교육기관이었다. 학문과 지성의 큰 별이던 두 대학은 18세기까지 600년 동안 영국의 유일한 대학이어서 천하에 지고한 존재였다. 유럽의 다른 지역에서는 볼 수 없는 영국만의 현상이다. 이곳 옥스퍼드대학에서만 5명의 국왕이 수학을 했고, 2010년 5월 새로 취임한 캐머런 총리를 포함하여 영국의 역대 총리 55명 중 26명을 배출했다. 나아가 지금까지 40명의 노벨상 수상자와, 오스카 와일드를 비롯한 수많은 작가와 문호들이 이 문을 나왔다.

이렇듯 영국을 이끄는 고위 관료의 절반 이상과 법조계, 금융계, 언론계 등 엘리트 그룹의 대부분을 두 대학 출신들이 차지한다는 사실은 아직도 변함이 없다. 특히 옥스퍼드가 인문·사회과학이 강하다고 알려져 있는데, 마거릿 대처와 토니 블레어, 그리고 현재 데이비드 캐머런을 위시한 대부분의 총리를 배출했기 때문에 그렇게 말하는 것 같다. 반면에 케임브리지대학이 자연과학에 강하다는 대중적 인식은 아마도 아이작 뉴턴과 찰스 다윈, 스티븐 호킹 같은 세계를 움직인 과학자가 여기서 터를 잡고 연구했기 때문일 것이다. 또한 노벨상 수상자가 옥스퍼드대학보다 훨씬 많다는 선입견 탓이

기도 할 것이다. 하지만 여기서는 한국인들의 사고처럼 이분법으로만 생각하지 않는다고 한다. 그저 영원한 동반자이면서 숙명의 라이벌일 뿐이라고 본다.

황소가 건너는 여울, 옥스퍼드

두 대학은 모두 강가에서 태어나고 거기서 성장했다. 케임브리지대학 이름이 캠 강$^{Cam R.}$의 다리^{bridge}에서 유래했듯이, 옥스퍼드대학은 템스 강$^{Thames R.}$에 황소^{ox}가 건너는 여울^{ford}에서 이름을 따왔다. 옥스퍼드대학은 당시 한창 번성하는 상업도시이자 모직과 직물의 중심지였다. 헨리 2세는 1155년 헌장^{Chart}을 내려 상인 길드에 무역특권을 부여했는데, 이는 도시민이 자아의식을 획득하는 계기가 되어 결국 대학을 설립하는 끈으로 연결되었다.

옥스퍼드는 정확한 창립연대가 나와 있지 않다. 1167년 무렵 파리에서 온 영국인 학자와 학생들이 함께 대학을 세웠다고도 하고, 로마 앨프리드 왕이 몇 명의 그리스 철학자를 데리고 옥시나^{Oxina} 부근에 대학을 세웠다고도 하지만 모두 정설이 아니다. 그때만 해도 왕실이나 교황의 허락 없이 대학을 세울 수 있었기 때문에 옥스퍼드는 출생기록이 없다. 다만 대학의 규율은 수도원같이 엄격히 지켰다. 수도사의 정신에 입각해 강의실이나 도서관을 출입할 때에는 반드시 검은 가운을 입어야 하고, 공식어인 라틴어를 사용해야만 했다.

당시 학생들이 공부하던 여러 학과의 명칭을 건물의 문마다 진한 푸른색 바탕에 황금색의 라틴어 문자로 적어놓았다. 공부는 3학^{논리·문법·수사}에서 출발하여 4학^{산술·기하·천문학·음악}에 이르는 일곱 과목으로 진행했다. 이 7개 자유학과를 7년 동안 공부하여 학사학위를 받았다. 윗 단계인 석사학위를 획득하려면 철학·역사·고전어를 공부하거나 의학·법학 등 실용학문의 고급과정을 거쳐야 했다.

초기 옥스퍼드대학은 이탈리아의 볼로냐대학과 파리대학을 모델로 하여 법학·의학·교양과목을 개설했지만 그 중심은 신학에 있었다. 옥스퍼드에 속해 있는 저 유명한 크라이스트 처치^{Christ Church}, 지저스^{Jesus}, 트리니티^{Trinity}, 올 소울스^{All Souls}, 코퍼스 크리스티^{Corpus Christi} 같은 칼리지가 모두 신의 이름을 대신하고 있다는 사실이 이를 뒷받침한다.

이곳의 칼리지 개념은 우리가 흔히 '단과대학'으로 직역하는 뜻과는 한참 다르다. 종합대학에서 필요에 따라 의도적으로 만든 단과대학이 아니라 왕실이나 귀족 또는 실력 있는 주교들이 임의대로 대학을 설립하여 독립된 재정과 시스템을 가지고 운영했다는 점에서 차이가 난다. 그 전통은 지금도 고스란히 남아 유지되고 있다.

그보다 초기에는 칼리지의 전신이라 할 수 있는 홀^{Hall}에서 교수와 학생들이 학업을 진행했다. 교수들은 고정된 건물도 시설도 없는 사설 숙박소나 기숙사에서 강의가 끝나면 수도사들처럼 신을 위한 기도와 책을 읽는 것이 하루 일과였다. 이렇게 홀에서 출발한 여러 개의 칼리지가 독립 법인체로 정착되어 수세기를 거쳐오다가, 12세기 말 무렵 하나의 대학^{University}으로 통합하게 된다. 이것이 오

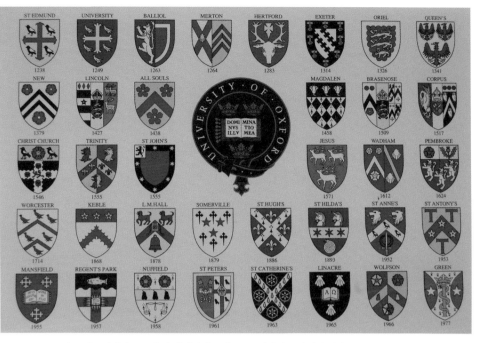

옥스퍼드대학의 로고와 각 칼리지의 문장(seal). 저마다 중세시대 기사들의 문장처럼 특색을 갖춘 도안들로 아름답게 채색되어 있다. 각 문장 아래에는 칼리지 창립연도를 적어놓았다.

늘의 옥스퍼드다.

이로써 옥스퍼드는 1088년에 설립된 볼로냐대학, 파리대학과 함께 등장한 첫 번째 근대적 대학이다. 창립 800주년을 맞이한 케임브리지대학[1209]이나 프라하대학[1348], 하이델베르크대학[1386] 등은 한참 뒤에 생긴 것들이다.

옥스퍼드대학은 로고와 각 칼리지의 문장이 이채롭다. 대학의 표상인 로고가 요즘 대학들처럼 단순하지 않고 좀 산만해 보이지만 말이다. 예를 들어 옥스퍼드대학의 로고에는 대학 이름을 쓴 둥근 띠 안에 세 개의 왕관이 있다. 그 중앙에는 큰 책이 한 권 펼쳐 있고 책 모서리에 일곱 개 봉인이 달려 있다. 책에는 라틴어로 "DOMINUS ILLUMINATIO MEA", 즉 "주께서 나를 밝히시도다"라는 『성경』 「시편」 27장 1절 말씀을 적어놓았다. 설립 당시 종교적 분위기를 이해 못할 바는 아니지만 시의에 맞지 않는 전통인 것 같다. 그래도 수백 년간 간직하고 있는 그들의 자부심이 마냥 부럽기만 하다. 칼리지의 로고는 저마다 중세시대 기사들의 문장처럼 특색을 갖춘 도안들로 아름답게 채색되어 있으며 아래에 칼리지 창립연도를 적어 대학들의 나이를 쉽게 알 수 있다.

책의 도시, 음악의 도시, 건축의 도시

옥스퍼드는 1년 내내 관광객의 발길이 끊이지 않는 유럽 6대 문화 중심지로서 자랑할 게 너무 많다. 우선 책의 도시, 출판의 도시, 사전의 도시로 유명하다. 『옥스퍼드영어사전』OED: *Oxford English Dictionary*은 40만 단어와 180만 용례를 수록하고 있어 '세계 최대'와 '표준 영어사전'이라는 명칭으로 수세기 동안 굳어져 통용되어 왔다.

1478년 창립한 옥스퍼드대학출판사OUP: Oxford University Press는 케임브리지대학출판사보다 역사는 짧지만 책의 발행 종수는 4배 더 많아 런던 다음가는 출판 중심지로 통하고, 옥스퍼드의 책Oxford Books은 이미 세계 책들의 대명사가 되었다. 또한 '순교자의 거리'라 불리는 브로드가는 서적상의 거리이기도 하다. 거리 초입에 있는 워터스톤스와 길 끝 보들리언도서관 사이의 공간은 오래전부터 책을 좋아하는 사람들의 천국으로 알려져왔다.

또한 옥스퍼드는 음악의 도시다. 인구 15만 명의 조그마한 도시에는 대학 구성원들로만 이루어진 두 개의 오케스트라가 있고, 시민들과 함께하는 여러 형태의 실내악단과 합창단이 있다. 인구 350만 명인 한국 제2의 도시에 스무 개가 넘는 종합대학과 단과대학들이 있지만 하프오르간을 두고 완벽한 오케스트라 구성을 갖춘 대학이 단 한 개도 없다는 사실에 비하면 놀라운 일이 아닐 수 없다.

이곳 홀리웰 음악당을 찾는 관객들의 수준 역시 최고라 알려져 있다. 한번은 여기서 일반에게 잘 알려지지 않은 작품을 연주할 때였는데, 마침 오르간 연주자가 교통체증 때문에 도착하지 못했다. 결국 지휘자가 나와 관객을 향해 이렇게 물었다. "여기 어느 분이든 드보르자크의 「레퀴엠」을 연주하실 수 있는 분이 계십니까?" 그랬더니 객석에서 금방 13명이 손을 번쩍 들더라고 한다. 세상 어느 도시에 이만한 수준의 관객이 또 있을까.

다음으로 옥스퍼드는 건축의 진열장이다. 노르만 양식의 종교 건축물에서부터 포스트모던까지 좁은 도시공간에 영국건축사가 모두 담겨 있다. 그래서 고딕, 르네상스, 신 고딕, 조지왕 시대와 빅토리아여왕 시대의 양식 등 모든 시대의 건축사를 알고 싶다면 이곳을 찾아보라 한다. 100여 개 옥스퍼드대학도서관 건축물에서 옥스퍼드의 역사와 영국의 건축사를 모두 볼 수 있다고 한다.

옥스퍼드는 개인의 기숙사 같은 홀을 벗어난 칼리지가 생겨나고 특유의 대학 건축물이 등장함으로써 비로소 오늘날 대학으로 자리매김했다. 그 선구자는 1264년에 머턴 주교가 세운 머턴칼리지Merton College였다. 지금 옥스퍼드를 만든 기본 틀이자 모태인 곳이다. 빌 클린턴은 자신이 수학한 유니버시티칼리지University College, 1249가 가장 오래되었다고 자랑하지만 그것은 설립자 기부명단의 기록이고, 공식적으로 등록된 것은 그보다 한참 뒤인 1280년이다.

그 후 밸리얼칼리지Balliol College, 1263가 설립되고, 한참 뒤 오리얼칼리지Oriel College, 1326, 퀸스칼리지Queen's College, 1341와 영국 건축사에서 가장 인상적이라는 뉴칼리지New College, 1379가 설립되었으며, 모들린칼리지Magdalen College, 1458, 트리니티칼리지Trinity Hall College, 1555, 함스워스Vere Harmsworth, 2001 미국학 전문도서관이 설립됨으로써 오늘날 이만큼의 칼리지와 도서관이 존재하고 있다.

지금 옥스퍼드 안에 '도서관' 간판을 달고 있는 곳은 54개의 유니버시티도서관, 42개의 칼리지 또는 홀 도서관, 기타 도서관 11개로, 모두 107개에 이른다. 이중에 옥스퍼드를 대표하고 세계적으로 알려진 유서 깊고 아름다운 도서관이 숱하게 많다.

중세 때 지은 머턴칼리지 위층에 있는 머턴도서관은 옛 옥스퍼드의 분위기를 가장 잘 간직한 장소로, 열람실이 박스 형태를 띠고 있다. 르네상스 장식의 참나무 책장들을 벽과 직각으로 세우고 그 사이 독서대와 열람 의자를 두었다. 공간도 절약하고 박스 안에 있는 것 같아서 독서 분위기도 돋운다.

크라이스트처치도서관은 건물 길이만큼 긴 홀이 있어 옥스퍼드를 통틀어 아름다운 공간 중에 하나로 정평이 나 있다. 초상화와 흉상들로 가득한 작은 갤러리와 화려한 석고 장식의 책장 속에는 귀중본들이 가득하다. 사실 옥스퍼드칼리지들이 소장하고 있는 귀중한 예술품이 정확히 어느 정도로, 얼마만큼, 어디에 있는지 아무도 모른다고 한다. 다만 보물의 대부분이 여러 칼리지 도서관 수장고 안에 깊숙이 숨어 있다는 것만은 확실하다고 한다.

옥스퍼드대학도서관은 광채가 나는 예술품을 제외한 기록물과 책을 모두 목록을 만들어 공개하는 것이 그들의 사명이고 원칙이다. 1605년 국왕 제임스 1세의 도서관 방문을 기념해 675쪽에 달하는 첫 번째 인쇄목록을 발행했다. 그 후 4세기가 흐른 지금, 옥스퍼드의 모든 도서관은 2000년부터 자동화 시스템이 구축되어 도서관 서비스OURS: Oxford University Library Service를 실시하고 있다. 온라인 목록OPAC: Online Public Access Catalogue을 통해 정보 시스템OLIS: Oxford Library Information System과 온라인 검색SOLO: Search Oxford Library Online, 정보 플랫폼OxLIP+: Oxford Libraries Information Platform, 온라인 시험 시스템OXAM: Oxford Examination Papers Online 등을 운영하여 최대한 이용자와 가까워지려고 노력한다.

저자의 영혼이 깃든 책을 만나다

옥스퍼드 내 100개가 넘는 도서관 중심에는 1602년에 설립된 보들리언도서관이 당당히 버티고 있다. 독일의 작가 페터 사거Peter Sager가 보들리언을 직접 보고 쓴 책,『옥스퍼드와 케임브리지』에서 '책의 우주'라고 표현할 정도니 그 규모와 장서가 얼마나 대단한지 짐작이 간다.

장서가 1,100만 권이니 가히 책의 우주라고 할 만하다. 실제 사서들이 책의 수량보다 해마다 3.2킬로미터씩 늘어나는 서가가 현재 190킬로미터나 된다는 사실을 자랑으로 대신하는 것을 보니 세계 3대 대학도서관으로서 자존심을 잃지 않는 듯하다.

도서관 역사를 설명한 리플릿에는 1320년경 대학에 인접한 성매리교회Church of St. Mary 안에 처음 도서관을 세웠다고 적혀 있다. 도서관의 모양이나 장서 규모도 알려지지 않은 채 이름만 전해져올 뿐이다.

공식기록으로는 그보다 1세기 후인 1426년 신학부 건물에 최초로 도서관이 세워졌다. 지금은 큰 예배당처럼 생긴 홀 내부에 열람대와 의자를 없애고 벽 주위에 세워두었을 서가까지 치워 도서관 흔적을 모두 없애버렸다. 대신에 아름다운 창틀과 벽면, 장엄하고 화려한 황금색 문양의 천장을 자랑하는 옥스퍼드의 명소로 하루 세 차례씩 관광객을 맞아들이고 있다.

보들리언도서관과 T자형으로 맞닿아 있는 험프리공작도서관Duke Humfrey's Library은 1488년 창립된 이후 지금까지 옛 모습을 유지하고 있는, 옥스퍼드대학 명품 중에 명품 도서관이다. 620년 전, 국왕 헨리 5세의 동생이자 옥스퍼드 학자인 험프리 공작이 당대 영국에서 최고로 평가되는 자신의 개인도서관에 있던 필사본 281점과 도서 600여 권을 신학부 건물 2층 자리로 옮겨왔다. 고풍스런 서가, 침침한 조명 속에서 생명을 이어온 귀중한 이 책들은 옥스퍼드의 보석상자이며 핵심이라 할 만하다.

대학원생 이상만 이용할 수 있는 열람실 천장에는 보들리 가문의 문장과 옥스퍼드 문장이 격자형으로 박혀 있고 벽에는 오래된 고서들 사이로 아리스토텔레스부터 마르틴 루터에 이르는 200여 명의 얼굴이 띄엄띄엄 붙어 있다.

여기에 있는 책들은 적어도 1757년까지 쇠사슬에 묶여 있었다. 사람들의 손이 자주 가는 대형 그림책이나 큰 사전류, 그리고 학생들의 참고도서였다. 그 당시 책은 귀하고 값진 물품이었다. 장서목록도 없고 감독도 소홀했기에 학생들이 유혹을 못 이기고 몰래 훔쳐가는 경우를 방지하기 위해서였다. 책에 무거운 쇠사슬을 달아두었지만 이런 조치만으로는 충분치 못했다. 오래전부터 관습화된 전통 때문에 불쌍한 책들은 수세기 동안 어둠침침한 서가 속에 갇혀 있는 신세가 되었다. 이렇게 세월의 먼지를 한껏 머금고 있는 책들을 보면 책이 잠들어 있는 것이 아니라 저자의 영혼이 책과 함께 숨 쉬고 있는 것만 같다.

도서관 안에서 걸음을 옮길 때마다 지극히 성스럽고 엄숙하며 적막한 분위기를 떨칠 수가 없다. 당시 세상을 주름잡던 인물들의 영혼이 숨 쉬고 있다는 생각이 들 정도라면 그 분위기를 알 만하지 않은가. 아무 감정이 없을 책들이 유기체인 생명으로 느껴졌다면 과장된 표현일까?

서가에 또는 열람대에서 포로가 된 책들은 비록 쇠사슬에서 해방되긴 했지만 아직도 보들리언은 고답적이고 폐쇄적인 도서관으로

1426년에 세워진 옛 신학부 도서관의 모습. 지금은 의전용 홀로 사용하고 평상시에는 관광객을 맞이한다. 홀 내부에 있었을 의자와 서가를 모두 치워버려 도서관의 옛 모습을 찾아보기는 힘들다.

열람실 천장에 격자로 새겨놓은 옥스퍼드대학 문장과 보들리 가문의 문장.
열람실은 대학원생 이상만 이용할 수 있다.

소문이 나 있다. 도서관 책의 관외 대출은 설립 초기부터 일절 금지
되었다. 1645년 국왕 찰스 1세조차 대출을 거부했다는 기록을 도
서관 팸플릿에 그대로 남기고 있으며, 수상 크롬웰도 대출을 부탁
했다가 책 대신에 사서로부터 대출을 금지한다고 필사한 '보들리
언 규정집'을 받았다는 일화도 오늘날까지 전해져 내려오고 있다.

　열람실 분위기는 어떠했을까. 이때까지만 해도 도서관의 장서는
이용보다 보존이 주목적이었다. 각 칼리지의 작은 도서관 장서량이
기껏해야 몇백 권에 불과했고, 큰 도서관이라야 1,000여 권밖에 되
지 않아 매우 빈약했다. 그러나 희귀장서가 공개되자 유럽 각 지역
에 전해진 유명세로 도서관은 사람들의 발길이 끊이지 않았다.

실제로 1856년까지 학적부에 적힌 학부생들에게만 이용이 허락되었고, 다른 사람들은 많은 제약이 따라 출입도 자유롭지 못했다. 학생들은 도서관을 출입할 때마다 출입기록을 남겨야 하고, 반드시 대학모와 망토를 걸친 정장을 갖추어야 하며, 필기구는 먹물 또는 잉크가 아닌 연필만 사용해야 했다. 이러한 전통은 지금도 영국 국립도서관이 그대로 계승하여 도서관 안에서는 만년필이나 볼펜을 사용치 못하게 하고, 반드시 연필만 들고 오게 한다.

1831년 당시 통계를 보면, 하루에 열람실 이용자가 3~4명 정도였으며, 7월에는 이용자가 한 사람도 들지 않았다. 열람실은 1845년까지 난방이 안 되었고, 처음 전기가 들어온 것은 우리나라와 별반 차이가 없는 1929년이었다. 열람 시간은 겨울에는 오전 10시부터 오후 3시까지이고, 여름에는 아침 9시부터 오후 4시까지였다. 그리고 19세기가 끝날 무렵, 보들리언을 포함한 전 대학의 장서가 해마다 3만 권씩 늘어나 1914년 마침내 장서 100만 권을 돌파했다. 도서관 설치 역사의 차이는 크지만 장서 100만 권을 확보한 시기가 미국 하버드대학과 거의 일치하는 것도 주목할 만하다.

옥스퍼드의 상징 보들리언도서관

찾아간 곳은 옥스퍼드의 중추신경 보들리언도서관이다. 일명 'Bod'라 부르는 이 도서관은 옆에 보들리언 신도서관New Bodleian Library이 있어 구도서관Old Library이라 부르기도 한다. 보들리언 신도서관과 래드클리프 카메라Radcliffe Camera: 흔히 'Rad Cam'으로 호칭된다.

저자의 영혼이 깃들어 있는 도서관과 천장 끝까지 가득 찬 서가의 책들. 보들리언을 포함한 전 대학의 장서가 해마다 3만 권씩 늘어나 1914년 마침내 장서 100만 권을 돌파했다.

보들리언도서관은 법학도서관과 교육도서관, 사회과학도서관, 동양연구소도서관,
일본학도서관, 중국학도서관, 아프리카 및 연방도서관 등 모두 15개의 부속도서관을
거느리고 있다. (그림: 동쪽에서 바라본 도서관 안뜰, 데이비드 로건, 1675)

camera는 방을 뜻하는 라틴어다, 그리고 과학도서관이 길 건너 지하통로로
연결되어 있고, 띄엄띄엄 떨어져 있는 법학도서관과 교육도서관,
사회과학도서관, 동양연구소도서관, 일본학도서관, 중국학도서관,
아프리카 및 연방도서관 등 모두 15개의 부속도서관을 거느리고
있다.

나를 안내하는 베트남 출신의 중국학도서관 책임자 민 청Minh
Chung의 말로는 여기서 영화 「해리포터」를 촬영했다고 한다. 자세히

살펴보니 예사스러운 곳이 아니다. 대영제국의 역사와 옥스퍼드의 영광을 적은 기록을 한 방에 가득 보관하고 있어 위대한 도서관이라는 말 이외에 다른 수식어가 필요 없을 것 같다. 모든 책을 귀중서로 취급하고 있어서 도서관 밖으로 반출은 물론 사진을 일절 찍을 수 없고, 일반 책은 신도서관 또는 30개로 나누어진 주제별 열람실로 가야 대출이 가능하다고 한다.

보들리언도서관 설립자 토머스 보들리^{Thomas Bodley}는 머턴에서 그리스어와 히브리어를 가르치던 교수였다. 국왕 엘리자베스 1세의 사절로 해외에서 근무하다 물러난 후 1598년 옥스퍼드에 부임하여 도서관 건립에 착수했다. 신학부 건물 뒤에 방치된 큰 건물을 자비로 재보수하고 인쇄본 1,700권, 필사본 299점 등 그의 애장서 2,500권으로 1602년 11월 8일 자신의 이름을 단 도서관을 개관했다.

보들리언도서관은 옥스퍼드의 랜드마크다. 건물의 전면은 마치 중세의 건축 도안집을 펼쳐놓은 듯 후기 고딕양식 아치들로 가득 차 있다. 길게 치솟은 아치형 창틀 장식을 4단으로 쌓아올린 고딕양식은 그보다 200년 앞서 지어진 신학부 건물과 멋진 대조를 이루고 있다.

도서관 입구에는 펨브록칼리지^{Pembroke College} 설립자이며, 당시 옥스퍼드 총장이던 윌리엄 펨브록 백작의 동상이 위엄 있게 자리를 지키고 있다. 설립자 보들리는 도서관 서가 한편에 흉상으로 남아 책을 지키는 파수꾼이 되어 있었다. 건물 현관에는 라틴어로 "옥스

보들리언도서관 앞에 위엄있게 서 있는 윌리엄 펨브록 백작의 동상.
그는 펨브록칼리지의 설립자이며 당시 옥스퍼드대학의 총장이었다.

보들리언지하도서관. 지하에 있는 단일 도서관으로서는 세계에서 제일 크다고 한다.
안내해주던 사서가 이동식 서가를 세워둔 서랍을 열고 닫듯이 움직이고 있다.

퍼드대학과 학자들의 공화국을 위하여"라고 적혀 있고, 아치문을
열고 들어서면 대형 『성서』 위에 그리스어로 "그들은 예수님이 성
전에서 학자들과 함께 있는 것을 발견했다"라고 적어놓았다.

보들리언 구도서관 길 건너편에 있는 신도서관은 연면적 2만
247평방미터에 500만 권의 장서를 수용할 수 있는 옥스퍼드에서
가장 큰 도서관이다. 1946년 국왕 조지 6세가 개관 테이프를 끊었
다. 비교적 신식 건물임에도 주위의 중세시대 건물과 맞물려 고건
물처럼 보인다. 미국 록펠러재단의 재정 지원으로 자일스 스콧이 3
년간 공사 끝에 1940년에 완공한 것이다. 겉은 4층 높이의 정사각
형 벽돌로 축조된 건물이지만 안은 철강구조로 서고의 무거운 도서
와 중앙열람실을 튼튼히 받쳐주고 있다. 여기에 정치·철학·경제·

동양학 자료실과 지도실, 그리고 음악도서관이 있다고 한다.

구보들리언 밑을 중심으로 지하터널을 통해 신구 보들리언과 래드캠도서관이 연결되어 있다. 높이 약 2미터, 폭 약 3미터, 총길이 100여 미터의 긴 터널은 사람의 이동통로이면서 옆에는 컨베이어 벨트가 책을 실어 나르는 다목적 통행로다. 개인이 요청하는 도서는 모두 이 통로를 통해 전달되는데, 평균 3시간이면 어디서든지 독자 손으로 도착된다고 한다.

터널을 통과하는 코스에 빠트릴 수 없는 곳으로 보들리언지하도서관이 있다. 지하에 있는 단일 도서관으로는 세계에서 가장 크다고 한다. 지하서고의 독특한 모양은 난생처음 본다. 이동식 서가인데 서가가 옆으로 이동하는 것이 아니라 세워둔 서랍을 열고 닫듯이 움직인다. 나를 안내해준 여자 사서가 무거운 서가를 안으로 밀어넣었다 당기곤 했다. 약간 어둠침침한 서고 안을 가만히 들여다볼수록 어디선가 사건이 일어날 것 같은 신비감마저 흐른다. 그래서일까? 이 지하도서관을 무대로 벌어지는 매튜 스켈턴의 판타지 소설『비밀의 책: 엔디미온 스프링』은 여기서부터 이야기가 시작된다.

지하 터널을 빠져나와 계단으로 올라가니 래드캠 원형 열람실이 눈앞에 나타난다. 영국의 베드로성당이라 불리는 이 도서관은 국왕 윌리엄 3세의 궁정 의사이던 존 래드클리프가 기금을 지원하여 이탈리아 양식을 채택, 영국 최초의 원형 도서관을 만들었다. 제임스 깁스가 12년간의 긴 공사를 거쳐 1749년에 완공한 이 건물은 둥근 지붕 꼭대기의 정탑과 코린트식 기둥, 아티카식의 난간이 둘레를 감싸고 있어 장엄해 보인다.

이곳은 옥스퍼드대학의 상징으로서, 홍보사진에 단골로 등장하는 명소다. 로툰다rotunda: 지붕이 둥근꼴의 건축물 1층의 큰 카메라는 둥근 벽을 따라 웅장한 아케이드의 중간쯤 높이로, 홀의 벽을 따라 둘러 있는 책장에 책들이 빼곡하고 그 가운데는 열람좌석으로 가득 차 있다. 그리고 상하층을 잇는 나선형 계단이 황홀하도록 아름답다. 당시 갤러리로 사용하던 이 장엄한 홀에서 1814년 6월 15일 러시아 황제 알렉산드르 1세와 프로이센의 프리드리히 빌헬름 3세가 나폴레옹 전쟁의 승리 축하연회를 열어 화제가 된 현장이기도 하다.

책의 우주는 지금도 팽창하고 있다

영국 국립도서관, 케임브리지대학도서관과 함께 영국의 3대 납본도서관으로 지정된 보들리언도서관. 책의 우주는 지금도 끊임없이 팽창하고 있다. 1610년 영국과 아일랜드에서 출판되는 모든 서적을 한 권씩 납본받을 수 있도록 제도화한 사람이 보들리다. 그의 힘으로 등장한 영국 최초의 납본도서관은 그 후 체계적이고 지속적인 수집으로 장서가 급속도로 늘어났다.

현재 보들리언도서관장인 사라 토머스는, 옥스퍼드도서관은 1,100만 건의 자료를 확보하고, '구글 도서검색'과 제휴하여 소장하고 있는 19세기 책과 18세기 영어책 20만 권을 디지털 도서관에

보들리언지하도서관의 지하 터널을 빠져나오면 래드캠 원형 열람실이 나타난다.
영국의 베드로성당이라 불리는 이 도서관은 이탈리아 양식으로 지어졌다.

래드클리프 원형 홀. 상하층을 잇는 나선형 계단이 무척 아름답다. 이곳에서 러시아 황제
알렉산드르 1세와 프로이센의 프리드리히 빌헬름 3세가 나폴레옹 전쟁의 승리를
축하하는 연회를 열기도 했다.

서 온라인으로 제공하며, 바드BARD: Bodleian Access to Remote Databases를
통해 전 세계의 중요 도서관과 연결되어 있다고 자랑했다.

납본된 도서 6만 8,000권, 구입한 도서 2만 5,000권, 기증 및 교
환 도서 9,000권으로 총 10만 2,000권의 책이 매년 보들리언도서
관으로 들어오는데, 이는 1714년 당시 소장하고 있던 옥스퍼드 전
체 장서량의 2배에 달한다. 2009년 3월, 이장무 서울대학교 총장이
김정호의 『대동여지도』 사본과 규장각 자료 사본 등 국학자료 400
여 권을 직접 토머스 관장에게 기증한 책도 물론 여기에 포함된다.

중국학도서관과 일본학도서관이 저마다 독립기관 기능을 하고
있는 데 비해 아직 한국관은 없다. 서울대학교에서 기증한 책은 아

신 보들리언도서관의 전경. 보들리언도서관은 영국 국립도서관,
케임브리지대학도서관과 함께 영국 3대 납본도서관으로 지정되었다.

마도 신도서관 안 동양학 자료실에 비치되었을 것 같다. 문화강국
을 지향하는 대한민국의 국력이 왜 여기까지는 미치지 못할까.

　도서관은 1849년 22만 권의 장서와 2만 1,000점의 필사본을 확
보한 이후, 2005년 7월 31일 공식집계로 도서 742만 8,000권, 지
도 124만 1,000점, 마이크로폼 98만 9,000점을 보유한 것으로 기
록되어 있다. 기원전 3세기 파피루스 원본을 비롯해 중세 필사본,
『구텐베르크 성서』는 오래전부터 귀중도서로 지정되었고, 초기 활
판 인쇄물은 영국에서 두 번째로 많다. 1840년 이후 발행된 영국
정부간행물을 네 번째로 소장한 도서관으로 기록되었고, 당대 옥스
퍼드 교수들의 강의노트, 『돈키호테』 초판본, 마르코 폴로의 『동방

견문록』등 유명 작가들의 육필원고와 활판 인쇄본, 심지어 최초의 전화번호부까지 수집되어 있다. 학교 안에 중국어를 아는 사람이 하나도 없을 때 구입한 공자에 관한 전집은 중국에도 없는 희귀본이라고 하니 그 명성을 알 만하다.

　이상이 내가 주마간산한 보들리언도서관의 모습이다. 안내자 민청에게 아직 못 가본 머턴도서관이나 크라이스트처치도서관 또는 뉴컬리지도서관을 더 보고 싶다고 했더니 그곳은 소속이 달라 새로 절차를 밟아야 한다고 정색을 해서 더 이상 탐방할 엄두를 못냈다. 이것이 옥스퍼드의 독립 시스템이라고 이해할 수밖에 없었다.

　설령 모든 도서관을 보여준다고 하더라도 혼자서 100개가 넘는 도서관을 모두 볼 수도 없었을 것이다. 운 좋게 다 본다고 해도 불과 몇십 년 공부한 짧은 지식으로 1,000년을 지켜온 도서관을 한번에 이해하려는 것 자체가 분에 넘치는 욕심이라고 자위할 수밖에 없었다. 과욕을 누르고 다음 행선지인 케임브리지대학으로 발걸음을 옮기기로 했다.

Bodleian Library
Oxford University, Broad Street, Oxford OX1 3BG
UK
www.ouls.ox.ac.uk/bodley

5 800년 역사에 빛나는 지식의 전당

케임브리지대학 렌도서관

숙명의 라이벌 옥스퍼드와 케임브리지

영국의 학문과 지성을 이끄는 두 개의 큰 별, 이른바 옥스브리지 Oxbridge로 부르는 옥스퍼드대학과 케임브리지대학은 서로 가까운 사이지만 150킬로미터 떨어진 거리만큼 정서도 다르다. 따라서 두 대학은 여러 면에서 유사성도 많지만 차이성도 적지 않다. 두 대학끼리 자존심의 문제만은 아닌 것 같다.

그들에게 상대는 가장 가까운 곳에서 8세기를 함께해온 세계 최고의 대학, 오직 서로만이 있을 뿐이다. 우리는 두 대학을 미국 상위급 대학에 견주어 과소평가하는 경향이 없지 않다. 하지만 사실 영국『더 타임스』가 해마다 조사하는 세계 대학 순위에는 하버드보다 앞서는 분야가 더 많이 나오기도 한다. 학교 역사가 길어야 100여년에 불과한 우리나라 대학들이 '지상의 과제'로 노벨상 하나 확보하기 위해 목을 메는 데 비해, 케임브리지대학이 배출한 노벨상 수

시내 곳곳 길거리에 창립 800년을 알리는 깃발과 트리니티칼리지 옆에 왕궁의 병풍처럼
서 있는 킹스칼리지 전경. 케임브리지대학은 120개의 크고 작은 도서관을 갖추고 있다.

상자는 이미 81명이나 된다. 하버드대학 43명, 옥스퍼드대학 40명의 두 배로 세계 어느 나라, 어느 대학도 범접하지 못하는 수치다.

그래서 나이가 800년이나 된 큰형들의 눈에는 370년밖에 되지 않는 미국의 하버드대학도 별로라고 생각한다. 하버드대학, 예일대학 등 아이비리그 모두가 옥스브리지를 모방했고, 강의 체계를 비롯한 온갖 학제들이 이들 대학의 전철을 밟았기에 그만큼 성장했다고 생각한다.

도서관도 예외가 아니다. 하버드가 90여 개의 도서관을 갖췄다고 그 규모를 자랑할 때도 케임브리지와 옥스퍼드는 120개, 107개라고 응수한다.

그들의 눈으로 보면 세상에는 단지 서로만이 존재할 뿐이고, 태생부터 숙명적으로 만난 선의의 파트너이자 양보할 수 없는 영원한 라이벌만 있을 뿐이다. 영국은 물론 전 유럽이 지켜보는 가운데 치러지는 두 대학 간 조정경기는 하버드·엠아이티, 게이오·와세다, 고려대·연세대 경기 이상으로 온 국민의 관심사일뿐더러 반드시 이겨야 하는 싸움이다.

경기의 승패뿐만 아니다. 쓰는 용어까지 라이벌 의식을 감추지 않는다. 해마다 두 대학 간에 열리는 보트 경기를, 옥스퍼드는 8명의 선수가 경기한다는 의미로 에이츠Eights라고 부르는 데 반해, 케임브리지는 5월에 시작한다는 의미에서 메이즈Mays라고 부른다.

관용적으로 쓰는 학교 명칭도 표현이 서로 다르다. 옥스퍼드대학 출판부Oxford University Press, 옥스퍼드 동창회Oxford University Alumni, 옥스퍼드 MBA 석사과정Oxford University MBA Course을 표현할 때도 그렇고, 목각 필동에도 대학 로고와 함께 Oxford University를 새겨놓았다. 반면 케임브리지는 University of Cambridge로 어순을 바꿔 표현한다. 같은 철학박사도 옥스퍼드가 D.Phil.로 적으면, 케임브리지는 Ph.D.로 표기하고, 백과사전도 옥스퍼드에서는 a가 들어간 Encyclopaedia로 쓰면, 케임브리지에서는 a를 뺀 Encyclopedia로 적는다. 세계 양대 백과사전인 『브리태니커 백과사전』은 옥스퍼드 대학식으로 a를 넣고, 『아메리카나 백과사전』은 케임브리지대학식으로 a를 빼서 책 이름을 달리하고 있다는 사실도 오래된 상식에 속한다.

안뜰이 있는 칼리지 건물을 지칭할 때도 옥스퍼드에서 쿼드Quad라고 하면, 케임브리지에서는 코트Court라고 불러 자기들의 정체성을 지키려 한다. 두 대학의 칼리지를 모두 합하면 70개가 넘지만 똑같은 이름을 가진 대학도 8개나 된다. 모들린·세인트 존스·세인트 캐서린스·지저스·코퍼스 크리스티·퀸스·트리니티·펨브록칼리지가 그것이다. 그러나 대학 이름을 찬찬히 들여다보면 나름대로 표현을 달리해놓았다.

예를 들면 모들린칼리지를 옥스퍼드에서는 Magdalen으로 적고 케임브리지는 Magdalene으로 쓴다. 세인트 캐서린스칼리지도 옥스퍼드가 St. Catherine's로, 케임브리지는 St. Catharine's로 달리 부른다. 퀸스칼리지도 마찬가지다. 옥스퍼드대학은 한 명의 여왕이 설립했다는 의미로 Queen's College라 부르고, 케임브리지에서는 두

명의 여왕이 관여했다고 해서 Queens's College로 호칭한다. 이화여자대학교가 영문으로 Ewha Womans University로 적고, 서울여자대학교가 Seoul Women's University로 쓰고 있는 이유를 몰랐는데, 영국의 두 대학을 보고 그들만의 고집을 이해했다.

도서관을 탐방하기 몇 주 전, 이메일로 방문을 청하는 글을 같은 시간에 두 대학으로 보냈다. 옥스퍼드대학에서는 정중한 답장이 왔고, 케임브리지대학에서는 아무런 답장이 없었다. 실제 옥스퍼드대학에서는 고맙게도 두 사람의 사서가 끝까지 데리고 다니면서 안내를 해주었는 데 비해, 케임브리지대학에서는 안내는커녕 사진 한 장도 못 찍게 가로막았다. 대신에 렌도서관을 비롯한 명소 몇 곳을 지정해주고 3월부터 10월 사이 성인 1인당 2.5파운드약 5,000원씩 안내비용을 받는 것이 옥스퍼드대학에서는 볼 수 없었던 풍경이다. 관심과 무관심, 무료와 유료로 구분되는 두 대학 간의 또 다른 차이점을 하나 더 발견한 것이다.

2월의 날씨는 매우 싸늘하고 을씨년스러웠다. 옥스퍼드 시내가 잘 정제된 도시라면 케임브리지 시가는 겨울 날씨처럼 좀 어수선하다. 킹스칼리지가 왕궁의 병풍처럼 펼쳐 있는 도시 한복판에 전체 캠퍼스 조감도가 동판으로 부조되어 있다. 친절하게도 큰 글씨로 점자까지 찍어두어 손바닥으로 한 바퀴 쓰다듬으면 눈을 감아도 캠퍼스 전체를 조망할 수 있겠다. 하지만 동판 위가 너무 더러웠다. 누군가 담배꽁초와 쓰레기를 마구 버려 실제 시각장애인들이 활용하려면 난감할 것 같고, 도시 이미지에도 좋지 않았다.

시내 한복판에 설치되어 있는 캠퍼스 조감도 동판.
점자를 찍어두어 장애인도 캠퍼스를 한눈에 조망할 수 있도록 배려했다.

　돈을 지불하고 투어에 합류하고 싶었지만, 애초에 계획해둔 여행
목적에도 맞지 않고 시간도 어긋나 방향을 바꾸었다. 투어 시스템
을 모르고 찾아간 나의 무지를 탓하면서 바로 도서관으로 향했다.
결국 도서관 탐방은 안내 가이드도, 참고자료도 없어 눈으로만 감
상했고, 비신사적이지만 실내 사진은 카메라로 몰래 몇 컷 확보하
는 정도로 만족해야 했다. 따라서 정확한 정보를 찾기 위해 케임브
리지대학과 트리니티칼리지의 공식 홈페이지와 팸플릿, 그리고 나
보다 먼저 이곳을 개척한 라우비어와 페터 사거의 자료에 의지할
수밖에 없었다.

800년의 역사, 근대 학문의 요람

세계 최고의 명문대학인데도 출생연도가 불분명한 옥스퍼드대학에 비해 케임브리지대학은 명확하다. 2009년 건학 800주년을 맞이한 케임브리지는 1209년 옥스퍼드 출신 학자들에 의해 설립되었다. 공인된 것은 아니지만, 두 명의 옥스퍼드 학생이 창녀를 살해한 혐의로 법정에서 재판을 받고 처형되자 옥스퍼드 교수 몇 명이 항의하는 뜻에서 '달마가 동쪽으로 가듯' 동으로 자리를 옮겨 새로운 대학을 설립했다. 그 대학이 오늘날 케임브리지다.

지금 케임브리지 시가에는 온통 대학 창설 800주년을 알리는 현수막을 전신주와 가로등마다 걸어놓아 어디까지가 도시이고 어디까지가 대학인지 분간할 수 없도록 경계를 허물어버렸다. 한 도시, 한 대학의 역사를 알려주는 '800년'의 의미가 얼마나 장하고 엄청난 것인지 알 만하다.

이탈리아에서 프레드릭 대왕이 1088년 교원과 학생들의 집단을 볼로냐대학으로 승인한 것이 사실상 유럽 근대 대학의 효시다. 1162년 프랑스에서도 법학교와 의학학교를 합해 파리대학을 만들었지만, 공식적으로 아우구스트 황제가 승인한 1200년에야 비로소 대학으로 인정받았다.

영국에서 케임브리지대학은 1209년 일단 설립되었으나 1225년에야 국왕 헨리 3세로부터 독립된 대학으로 인가받아 마침내 자율권을 획득했다. 그렇지만 옥스퍼드대학처럼 그들도 건물이나 시설을 갖추지 못한 채 적당한 공간을 임대했다. 학생들은 처음부터 학장의 감독 아래 홀이나 호스텔^{학생 기숙사}에서 생활하고 공부했다. 당시 케임브리지대학으로 자식을 보낸 사람은 귀족이나 영주보다는 지방의 소지주들과 도시의 상류층들이었고 학교에 대한 기여는 별로 없었다. 1280년 독자적인 법적 형식과 기금을 갖춘 후, 한 세기가 지난 1370년 무렵 모두 12개의 호스텔과 8개의 칼리지가 정착될 수 있었다.

이때만 해도 케임브리지대학 역사에 도서관은 없었다. 학생들은 교수들이 소유한 작은 규모의 개인도서관에서 장서를 빌려보거나 도서판매인^{stationary}으로부터 구매하거나 대여받았다. 도서판매인이 대학 주변에 많이 생기면서 조합을 만든 것이 결국 대출도서관^{lending library}으로 발전하게 된다. 각 칼리지들은 독자적으로 장서를 확보하고 일부는 대출도서관을 흡수하지만 인쇄술 발명 이전까지 장서의 양은 얼마 되지 않았다. 시작은 보잘것없었지만 이것이 대학에서 도서관이 잉태되는 계기가 되었다.

지금 케임브리지대학은 인문 및 사회과학·예술·의학·자연과학·공학 등 모든 학문을 포괄하는 종합대학으로서, 21개의 학부와 50개의 학과, 그리고 31개의 칼리지로 구성되어 있다. 여기에 소속되지 않고는 케임브리지대학의 학생이 될 수 없다.

케임브리지대학은 누가 뭐래도 근대 학문의 요람이 아닐 수 없다. 만유인력의 법칙을 발견한 아이작 뉴턴과 진화론을 주장한 찰스 다윈을 위시해서 워즈워드·바이런·밀턴 등의 낭만파 시인들, 베이컨·러셀·무어 등의 철학자, 하버드대학 설립자 존 하버드 목사, 그리고 81명에 달하는 물리·화학·생물·의학 등 각 분야에 걸친 노벨상 수상자들과, 이론물리학과 빅뱅 우주론을 설파한 스티븐 호킹 등은 케임브리지대학뿐만 아니라 세계를 움직인 슈퍼스타들이다.

빌 게이츠가 만든 사이언스파크는 미국 실리콘밸리에 비견되는 첨단과학단지다. 69개의 생명공학·정보통신·하이테크 신소재·소프트웨어 산업이 주류를 이루고 있으며, 산업 중심으로 정착한 벤처 연구소는 끊임없이 새로운 일을 개척해낸다.

뉴턴과 바이런을 배출한 명문 트리니티칼리지

케임브리지대학의 31개 칼리지 중 가장 큰 트리니티는 1546년 헨리 8세에 의해 창립되었다. 국왕은 두 개의 옛 칼리지 격인 마이클하우스와 킹스 홀을 허물고 그 자리에 대학을 건립했다. 트리니티Trinity는 그리스도교에서 거룩한 삼위일체를 뜻한다. 케임브리지대학의 트리니티칼리지는 아일랜드 더블린에 있는 트리니티칼리지와 혼동하기 쉽다. 1592년에 설립된 더블린의 트리니티칼리지에는 케임브리지보다 46년 앞선 세상에서 가장 아름다운 도서관이 있다.

영국의 트리니티칼리지는 대학 내에서 클레어Clare, 1326, 펨브록Pembroke, 1347, 코퍼스 크리스티Corpus Christi, 1352, 킹스King's, 1441, 퀸스Queens', 1448, 지저스Jesus, 1496, 크라이스츠Christ's, 1505 등의 칼리지들에 비해 역사는 다소 짧지만, 옥스퍼드와 케임브리지대학의 칼리지들을 통틀어 가장 많은 숫자인 29명의 노벨상 수상자를 배출해 명문 중에 명문 대학으로 손꼽힌다. 케임브리지가 오늘날 자연과학 분야에서 단연 두각을 나타내는 이유는 무엇보다 트리니티 학파들의 저력 때문이라 할 수 있다.

트리니티칼리지 정문은 킹스칼리지 바로 옆에 있다. 벽돌로 된 튜더풍의 사각탑이 높이 솟아 있다. 이곳은 에드워드 3세가 1337년에 설립한 옛 킹스 홀의 입구이기도 하다. 탑 위에는 에드워드 3세의 깃발이었던 트리니티칼리지 깃발이 항상 나부끼고 있다.

이 거대한 문을 들어서면 여러 건물로 둘러싸인, 케임브리지대학에서 가장 넓고 푸른 잔디 마당이 눈앞에 파노라마처럼 펼쳐진다. 이 거대한 코트는 정방형 사각이 아니다. 잔디밭이나 통로는 전혀 대칭을 이루지 않으며, 문이 딸린 3개의 탑 중 어느 것도 건물 중앙에 있지 않은 것이 특징이다. 한겨울인데도 안뜰의 커다란 분수에서 흘러내리는 물줄기는 고즈넉하다. 고색창연한 중세 대학 건물은 초록색 잔디와 함께 대학 홍보자료나 그림엽서에 자주 등장하는 중심축이라 할 수 있다.

케임브리지에서 가장 매력적인 칼리지로 소문난 트리니티에는 눈에 띄는 인물이 수두룩하다. 고고인류학을 공부한 찰스 왕세자를 비롯해 베이컨과 바이런, 러셀, 뉴턴 등이 모두 이곳 출신이다. 뉴턴은 35년을 트리니티칼리지에서 보냈다. 1669년에 그의 지도교수는 27세의 젊은 제자 뉴턴의 능력이 자신보다 더 뛰어나다는 이유로 수학과 교수직을 물려주고 은퇴했다고 한다.

트리니티칼리지에 있는 튜더풍의 정문 타워. 캠브리지대학 31개 칼리지 중 가장 큰 트리니티칼리지는 1546년 헨리 8세에 의해 창립되었다. '트리니티'는 그리스도교의 거룩한 삼위일체를 뜻한다.

　뉴턴은 휴식을 취할 때 숙소 앞에 있는 정원을 거닐곤 했다. 1665년 여름, 그는 이곳에서 사과가 떨어지는 것을 보고 중력 이론을 발견했다. 이 자리에 있던 사과나무는 몇 번이나 바뀌고 또 바뀌었다고 한다. 지금 있는 사과나무는 1954년 뉴턴 생가에 있던 후대의 나무를 다시 꺾꽂이한 것이란다.

　시성 바이런은 여기서 공부할 때, 곰을 데리고 잔디밭을 거닐고, 날씨가 좋을 때는 분수 아래서 나체로 목욕해 말썽을 일으키곤 했다고 한다. 귀족이면서 독신으로 지낸 그는 트리니티칼리지에 다닐 때 시종 한 명과 한 필의 말을 데리고 왕자처럼 기거했다고 한다. 2

트리니티칼리지 정문에 들어서면 케임브리지대학에서 가장 넓은 잔디마당이 눈앞에 파노라마처럼 펼쳐진다. 왼쪽에 보이는 분수대에서 바이런이 자주 목욕을 해 말썽을 일으키곤 했다고 한다.

층에 있는 그의 방에서 밖을 내려다보면 바이런의 대리석 기념비 바로 앞에 렌도서관이 자리 잡고 있다.

케임브리지의 보물상자 렌도서관

케임브리지대학이 오늘날 세계 최고의 대학으로 자리매김하는 데는 트리니티칼리지의 렌도서관을 비롯한 120개에 달하는 전문화된 도서관이 있었기에 가능했다. 트리니티대학뿐만 아니다. 1934년 설립된 케임브리지대학도서관UL: Cambridge University Library을 위시하여 각 칼리지 및 학과에 소속된 크고 작은 120개 전문 도서관에 900만 권의 도서와 300만 부의 정기간행물, 각종 희귀문서, 역사적 인물들의 논문과 세계사적으로 영향을 끼친 귀중한 기록물 등의 자산이 없었다면 과연 오늘의 케임브리지대학이 있었을까.

렌도서관은 케임브리지대학에서 중요한 도서관으로 영국에서 가장 오래된 책을 보관하고 있으며, 영국 고전 건축물의 에베레스트로 통한다. 얼핏 보아도 남성적인 위엄과 엄숙함, 기능주의적 걸작으로, 유럽 최고의 도서관임이 틀림없다.

원래 수학자이자 천문학자이던 크리스토퍼 렌Christopher Wren은 우연한 기회에 옥스퍼드 대극장의 지붕 보수 책임을 맡아 훌륭히 처리함으로써 건축가의 길로 접어들었다. 황폐화된 런던의 도시 재건 사업에 참여하여 52개의 교회 건물과 대성당 건축을 진행하다 도서관 건축에 참여했다. 그는 옛 도서관을 헐고 그 자리에 케임브리지대학의 가장 대표적인 상징물을 짓기로 했다. 다른 작업을 모두 멈추고 오직 이 일에만 몰두하여 1676년 착공한 후, 10년 공사 끝에 1686년 마침내 완공했다.

영국 건축계의 거장 펩스너는 "이 도서관은 초창기의 고전 건물을 그대로 재연한 케임브리지대학의 대표적인 상징물이다. 과장되지 않은 정통 로망스풍에 주변과 조화를 이루고, 단순함과 편안함을 강조하면서 격조 높은 고귀함을 우리에게 선사한다. 이탈리아의 영향을 받았음에도 프랑스풍에 가까운 양식이 돋보이는 수작이다"라고 도서관 광경을 한껏 자랑했다. 하지만 그가 본 것은 외부에 드러난 모양뿐이다. 도서관 내면에 담긴 깊은 뜻은 잘 모르고 한 말이

텝스 강가의 옥스퍼드대학처럼 케임브리지대학 렌도서관 뒤편으로 캠 강이 흐른다.
물이 생리학적으로 머리를 식혀주는 작용을 하기 때문에 강 근처에 도서관을 세운 것이다.

었다.

지자요수^{智者樂水}: 지혜로운 사람은 물을 좋아한다라고 하지 않았던가. 생리학적으로 물은 머리를 식혀주는 작용을 한다고 했다. 때문에 머리를 많이 쓰는 사람은 물을 자주 보고 대하는 것이 좋다고 한다. 그래서인지 유럽이나 미국의 대학 캠퍼스는 강이나 호수와 가까운 곳이 많다. 그러한 환경이 못 되면 도서관 주위에 '지혜의 샘' 또는 '지식의 원천'이라는 이름으로 아름다운 분수를 설치한다. 텝스 강가의 옥스퍼드대학처럼 케임브리지대학 렌도서관도 캠 강과 맞닿은 곳에 위치하고 있다.

프랑스 국립미테랑도서관도 센 강을 옆에 두고, 체코 국립도서관도 블타바 강을 끼고 있다. 이런 강이 주변에 없는 미국 의회도서관,

뉴욕공공도서관은 도서관 근처에 조각분수를 만들어 밤낮으로 물을 뿜어내고 있다. 조선조 규장각 앞뜰에 부용지芙蓉池를 조성하고 어수문魚水門을 만든 것도 같은 이치가 아닐까. 수세기가 흐른 지금, 외국의 많은 도서관을 관찰해왔고, 도서관을 잘 이해한다고 자처하는 우리의 대학도서관이나 공공도서관은 과연 선조의 심오한 뜻을 알고 있을까?

직사각형 석조 건물은 잔디 광장을 중심으로 개방식 열주가 ㄷ자로 연결되어 2층과 3층을 떠받치고 있다. 따라서 외형이 서로 다른데도 여러 건물이 하나로 통합한 듯 균형이 잡혀 있어 우아하면서 근엄해 보인다.

고대 체육관과 흡사한 이 웅장한 도서관을 설계할 때, 렌은 르네상스 명장들의 작품, 특히 미켈란젤로가 만든 피렌체의 라우렌치아 도서관과 베네치아의 산소비노도서관을 모방했다고 한다. 이 말이 사실인 듯 건물에서는 거장의 분위기가 어렴풋이 풍긴다.

지붕 사방에 귀족 저택의 베란다처럼 아름다운 난간을 설치했다. 난간을 따라가다 건물 가운데를 쳐다보니 신학·법학·물리학·수학을 뜻하는 4개의 석상이 교정을 내려다보고 있다. 이 형상들은 윌리엄 3세의 궁정조각가 가브리엘 시버의 작품으로 알려져 있다.

거리가 멀어 어떤 것이 신학이고, 어떤 것이 법학인지 각 형상들의 특징이 잘 보이지 않지만, 다른 분야가 아닌 오직 4개의 학문을 택한 데는 분명한 이유가 숨어 있을 것이다. 그렇다. 신학·법학·물리학·수학은 근대 학문의 모체이기 때문이다. 신학은 인문학의 원

트리니티칼리지 렌도서관 원경.
신학·법학·물리학·수학의 상징인 4개의 석상이 교정을 내려다보고 있다.

조이고, 법학은 사회과학의 원류이며, 수학·물리학은 자연과학의 뿌리다. 이러한 기초학문의 성과로 인해 오늘날 세계 학문이 이만큼 발전한 것이다. 아마도 조각가는 장구한 대학 역사의 바탕이 되는 학문이 도서관에 있음을 보여주고 싶었던 것은 아니었을까?

건물 내부의 화려한 장식에 비해 강 쪽에 세 개의 기둥 문으로 나누어져 있는 전면 장식은 단순하면서도 엄격하다. 대열람실은 건물의 길이만큼 길게 뻗어 있고 수평으로 열린 아치형 구조물이 지탱하고 있다. 이러한 배열은 렌이 창안한 독창적인 이중해법을 완벽하게 감출 수 있었다. 이 건축기법은 중세 건축술의 원형이라고 한다. 건물 자체가 강가에 접해 있어 각 기둥에 아치를 회전시켜 앉혀놓고 천장을 높임으로써 습기를 가급적 차단한 것도 눈여겨볼 만하다.

전면의 아치는 박공gable: 삼각꼴을 한 지붕 형태으로 처리해서 무거운 책과 열람자의 하중을 덜 받게 했다. 아치가 벽과 지붕, 두 줄의 바깥 아치 사이에 감추어진 돌기둥 바닥을 지탱하도록 한 것도 돋보인다. 신중한 기술력으로 1층 서고에 장방형으로 된 26개 기다란 창문과 2층 홀에 같은 수의 아름다운 아치창을 낼 수 있었다. 이로써 비가 오는 궂은 날씨에도 많은 창을 통해 이용자들에게 밝은 채광을 선물하도록 배려했다. 기둥을 자세히 보니 아래 부분의 처마는 고전적 도리스식으로 장식했고, 퇴창 쪽 기둥은 코린트식으로 장식을 달리한 것도 특징이라 할 수 있다.

바로크 양식의 탁월한 공간구조

렌도서관 탐방을 미리 요청했음에도 아무런 연락이 없어 결국 '초대받지 않은 손님'으로 도서관을 찾아갔다. 육중한 문을 열고 들어가 한국에서 복사해간 방문의뢰서를 조심스레 꺼내 보이며 여기까지 찾아온 뜻을 이야기했다. 사서가 아닌 포터porter라고 부르는 칼리지의 늙수그레한 수위님이다. 이곳 포터는 '짐꾼'이 아닌 학생들을 관리하는 칼리지의 정직원으로, 대학 안의 모든 정보에 정통해 자부심이 대단하다. 탐방 요청에 대해 아무런 연락도 받지 못했으나 이왕 왔으니 한번 둘러보고 가란다. 다만 사진 찍는 것은 절대 안 된다고 미리 못을 박았다.

1층 서고는 한번 들여다보지도 못하고, ㄱ자로 꺾인 계단을 지나 2층 대열람실로 올라갔다. 확 트인 홀은 길이 58미터, 폭 12미터, 높이 11.4미터로 그렇게 큰 건물은 아니었다. '책의 궁전'에는 벽을 따라 직각으로 책장이 줄지어 있고 그 사이마다 책을 쌓은 서고가 ㄷ자 형태로 설치되어 있다. 천장은 아무 장식이 없어 단정하면서도 화려하지 않다. 실용성에 주안을 둔 듯 내부 장식은 건축가의 기능주의적 비전을 보여주면서 공간처리를 절묘하게 구성해 복잡스럽다는 인상을 탈피했다. 여러 곳에서 포인트를 주기 위해 11개의 벽감壁龕 곳곳마다 장식물을 진열했다. 벽마다 삼면이 둘러싼 박스형 구조와 유럽 대륙의 홀 시스템을 혼합한 구조로, 공간을 잘 활용해 안정감이 있어 보인다.

각 서가 귀퉁이 키 높이 정도 위치에 특이한 문자나 부조를 붙여

렌도서관 서가에 위치한 장엄한 홀. 자연조명을 받기 위해 홀 남쪽에 스테인드글라스를 사용했다.
서가 옆에는 소크라테스·키케로·셰익스피어·베이컨 등 렌도서관을 상징하는
역대 문인과 학자들의 흉상을 도열해놓았다.

두고, 서가 바닥 쪽 여러 곳과 각 서가 위에 대리석^{석고상 같기도 했지만} ^{자세히 확인해 보지는 못했다}으로 소크라테스·키케로·셰익스피어·베이컨·벤틀리 등 그리스·로마·영국의 사상가와 문인들, 그리고 뉴턴 같은 트리니티 유명 인물들의 흉상을 줄지어 도열해놓았다.

이용자들이 한꺼번에 많은 책을 볼 수 있도록 만든 큼직한 회전용 독서대는 옛 도서관의 정취를 가감 없이 전해준다. 몬드리안의 그림같이 흑백 대리석에 체크무늬를 수놓은 바닥을 밟고 남쪽 홀 끝까지 걸어가면 커다란 창문 앞에 우윳빛 대리석으로 만든 바이런 선생이 책을 들고 높은 좌대에 앉아 있는 조각상이 보인다.

석상 바로 뒤편에는 바로크 양식의 스테인드글라스가 도서관을 환하게 장식하고 있다. 1774년 렌은 홀 남쪽에도 자연조명을 조성하기 위해 만든 아치창에, 그림을 넣은 스테인드글라스를 쓰기로 결정했다. 성당도 교회도 아닌 도서관에 화려한 스테인드글라스는 보통 금기사항이다. 하지만 렌은 이런 금기를 깨고 대학의 사상을 압축적으로 상징할 수 있는 그림을 고집해 결국 자기 뜻대로 완성했다.

그림을 들여다보니 중앙에는 이 대학 출신이며, 세계적 인물인 아이작 뉴턴과 프랜시스 베이컨이 국왕 조지 3세를 알현하는 장면과 함께 하늘에서 나팔을 부는 아기 천사들의 그림이 스테인드글라스에서 화려하게 빛을 발하고 있다. 지금 이곳은 케임브리지대학의 상징이 되어 대학을 찾는 귀빈이나 일반 외래객에게는 빠트릴 수 없는 명소다.

렌도서관에 소장하고 있는 서적. 맨 위 왼쪽부터 밀턴의 자필 원고,
에드윈의 시편, 트리니티의 「요한계시록」, 뉴턴의 자필 원고.

이렇게 도서관은 우리에게 아름다움과 상징성을 동시에 전달해 주고 있지만, 한때 영국 건축가들 사이에는 지나치게 화려한 이 도서관이 전통을 고수하고 있는 대학 정서에 맞지 않고, 단순한 보색과 천연 나무색으로 처리하고 있는 기존 분위기에도 역행한다며 곱지 않은 시선을 던지기도 했다.

주어진 시간이 길지 않기에 실내를 대충 둘러보고 포터를 다시 찾아갔다. 여기에 전시되어 있다는 뉴턴의 자필 원고와 그의 머리카락을 한 번 보기를 청했다. 고맙게도 그는 홀의 한구석으로 나를 데리고 가 누런색 천으로 덮어둔 유리장 전시대 하나를 열어 보였다. 직경 약 10센티미터의 옛날 가루분 화장품 같은 통 속에 엉켜 있는 노랑색 솜털이 뉴턴의 머리카락이다. 그 옆에는 빛이 바랜 공책에 펜으로 쓴 수학 공식 같은 기호가 깨알같이 적혀 있다. 뉴턴이 쓴 자필 원고란다. 얼마간 들여다보다 보자기를 덮으려 하기에 혹시나 하고 카메라에 손을 대면서 눈짓을 하자 그 포터는 지레 질겁하면서 손사래를 쳤다. 안 되는 줄 알면서도 굳이 사진을 찍어보겠다고 시늉을 해본 내 손이 오래도록 부끄러웠다.

300만 권이 소장된 렌도서관은 케임브리지대학에서 가장 오래된 보물을 간직하고 있다. 8세기경 아일랜드 수도사의 라틴어 필사본 '사도 바울의 편지'와 트리니티가 간직한 「요한계시록」을 비롯하여 1,250점의 중세 필사본, 그리고 15세기 초기 요람본과 고사본, 1820년 이전에 출간된 5만 여 권의 고서, 셰익스피어의 역대

전집, 뉴턴의 개인장서와 연구 노트, 탄생 200주년을 맞이한 찰스 다윈의 초고본, 밀턴의 자필 원고, 러셀의 글, 식물학자들의 성서로 꼽히는 『식물의 역사』[1686] 등등 헤아릴 수 없이 많다.

새로 알게 된 보물 케임브리지대학도서관

렌도서관에 열중하다가 그만 빠트린 곳이 하나 있다. 케임브리지대학도서관이다. 케임브리지대학 안에는 개인의 이름을 붙인 칼리지도서관, 패컬티 및 홀 도서관, 연구소 도서관이 숱하게 많지만 '케임브리지대학' 이름을 가진 도서관은 이곳이 유일하다.

서울대학교에 규장각이 있다면 옥스퍼드대학에는 보들리언도서관이 있고, 케임브리지대학에는 렌도서관이 있다. 옥스퍼드대학에서는 보들리언도서관이 대학의 중앙도서관 자격으로 모든 도서관을 관할하고 있는 데 비해, 서울대학교의 도서관 규장각과 이곳의 렌도서관은 대학 도서관의 정규 조직에서 벗어나 중앙도서관의 간섭을 받지 않고 독자적으로 운영된다는 것이 차이점이다. 지금까지 나는 케임브리지대학의 중심 도서관을 본다면서 케임브리지대학의 규장각에 해당하는 렌도서관만 보았을 뿐, 거대한 중앙도서관은 보지 못했던 것이다.

중앙도서관이 케임브리지 시내 중심가를 벗어나는 위치에 있기 때문이기도 할 것이다. 시내 강 서편 끝자락에 자리 잡아, 캠퍼스 전체를 상징하는 48미터 타워세인트 존스칼리지 교회 탑보다 2미터 낮고, 킹스칼리지보다 3미터 더 높다가 있는 6층 건물로 적갈색의 벽돌, 엄격한 대칭을 한 수직 창문을 가진 도서관 같지 않은 도서관이다. 옥스퍼드 뉴 보들리언도서관을 설계한 자일스 스콧이 1931년 착공해서 1934년에 근대식 건물로 완성했다.

알렉산드리아도서관에 비견할 정도로 웅장한 이 도서관도 처음에는 대학 교재가 담긴 궤짝 몇 개를 보관한 것이 고작이었다. 그 궤짝들은 올드스쿨의 동쪽 익랑에 있는 보물창고에 대학의 다른 귀중품들과 함께 보관되어 있었다. 지금은 기차역 대합실만큼 큰 본관 열람실에만 6만 권의 참고도서가 꽂혀 있고, 총 서가 길이만 해도 180킬로미터가 넘어 유럽 최고의 개가제開架制 도서관, 가장 큰 서고 공간을 갖춘 도서관이라고 한다.

케임브리지대학도서관은 기능상으로 또는 행정상으로 케임브리지를 대표하는 도서관이다. 앞서 말했듯이 케임브리지대학에서 '대학도서관' 명칭을 붙인 단 하나뿐인 도서관으로서, 의학도서관·수학센터인 베티 앤드 골던 무어도서관, 종전 과학잡지 도서관인 과학센터도서관, 법학도서관을 직접 관장한다. 그럼에도 워낙 유명한 렌도서관에 가려져 많은 여행자들은 이 도서관의 존재를 모르거나 빠트리기가 일쑤다.

이곳은 영국의 3대 납본도서관으로 지정되어 영국과 아일랜드에서 발행되는 단행본·잡지·지도·음악 자료·기타 인쇄물을 자동적으로 수집함으로써 2009년 4월, 장서 700만 권과 잡지 120만 권을 보유하게 되었다. 이 도서관이 수장하고 있는 귀중도서는『구텐베르크 성서』를 비롯하여 찰스 다윈의 아카이브스, 가톨릭 역사서,

모리선의 인쇄물, 왕립 그리니치 천문대의 문서 등 일일이 예를 들기에는 지면이 너무 부족하다. 그래서 그들도 자세한 도서관 검색은 인터넷 홈페이지에서 찾아보라고 권한다.

애석하게도 나는 이 위대한 도서관을 직접 눈으로 확인하지 못하고 집으로 돌아왔다. 이렇게 중요한 도서관이 케임브리지대학 울타리 안에 고고하게 서 있다는 사실을 미처 몰랐기 때문이다. 렌도서관에 흠뻑 빠져서일까, 아니면 안내자를 못 만나서일까. 그것도 아니면 외부의 도움 없이, 빠듯한 일정에 제한적으로 움직일 수밖에 없는 혼자 하는 여행이었기 때문일까.

요즘 인기 있는 TV여행프로그램 「○○○ 세계 속으로」 「○○ 테마기행」은 매 편마다 피디와 작가, 사진작가, 코디, 현지 가이드 등 등 열 명이 넘는 사람이 동원되고, 충분한 일정과 재정 지원으로 넉넉하고 여유 있는 여행을 소개한다. 매번 즐겁게 보지만, 볼 때마다 부러운 한편 이질감도 느끼곤 한다. 수많은 문화기행, 역사기행, 건축기행, 박물관기행, 음식기행, 심지어 화장실기행까지 있어도 도서관기행은 아직 보지 못했기 때문이다. 왜 우리 삶에는 도서관이 없을까. 모두가 도서관을 쉽게 말하면서도 현실에서 체감하는 도서관은 왜 저만치 멀리 있을까. 이것이 우리 문화의 현주소이고, 의식의 수준을 드러내는 것이라면 우리의 미래가 실로 걱정되지 않을 수 없다.

The Wren Library, Trinity College
University of Cambridge
Cambridge CB2 1TQ
UK
www.trin.cam.ac.uk/library

Cambridge University Library
University of Cambridge
West Road, Cambridge CB3 9DR
UK
www.lib.cam.ac.uk

6 도서관 기부로 노블레스 오블리주를 실천하다
헌팅턴도서관·게티센터

도서관, 기부문화의 실천지

요즘 신문과 방송을 보면, 나눔의 행복을 강조하고 희망나눔 캠페인을 벌여 보다 나은 사회로 이끌고 있어 자랑스럽다. 콩나물을 팔아 평생 모은 돈을 이웃을 위해 서슴없이 내놓기도 하고, 이름도 밝히지 않은 독지가가 수십억 원을 사회에 흔쾌히 기부하는 것을 보면 우리도 선진사회로 진입하고 있음을 헤아리게 한다.

나는 이 신선하고 유쾌한 기사를 즐겨 보면서 동시에 '이 돈을 어떻게 더 멋있는 곳에 쓸 수는 없을까, 지금보다 한 단계 높은 용도로는 사용할 수 없을까'라는 생각을 가끔 해본다. 내가 만일 형편이 된다면 마땅히 사회 전체의 지식 인프라를 업그레이드할 수 있는 도서관을 만드는 데 목표를 두고 싶다.

구미 선진국에 가면 시민이 애용하는 도서관이나 공공건물 입구, 시선이 가는 대리석 벽 또는 동판에 새겨놓은 기부자의 이름을 흔

헌팅턴도서관은 대부호 헌팅턴이 만든 사립도서관이다. 인문학 중심의 장서, 미국 및 영국의 역사와 문학에 관한
귀중도서와 중세시대 필사본, 희귀본 등 도서 700만 점을 보유하고 있다.

히 볼 수 있다. 로스앤젤레스 근교 요바린다에 있는 닉슨대통령도서관에 들렀더니, 설립 또는 운영을 위해 기부한 사람의 이름을 적어둔 황금색 현판을 수위들이 윤이 나도록 닦고 있었다. 매일 이렇게 열심히 닦는 이유는 기부자에 대한 감사의 표시이자 더 많은 사람들의 참여를 독려하려는 뜻일 터다.

부자가 아니라도 많은 사람들이 자선과 기부에 동참한다. 빌 게이츠나 워런 버핏, 조지 소로스 등 거액의 특별한 기부자를 두고 하는 말이 아니다. 많은 부자들이 평생 모은 재산을 자식한테 대물림하지 않고 모두 사회에 환원하는 것이 통례다. 이들이 존경받는 이유는 돈이 많아서가 아니라 이웃에 나눔을 베풀고 노블레스 오블리주를 실천하기 때문이다. 그들은 죽어서, 또는 살아 있을 때 건물에 이름을 남긴다. 학교를 설립하고 도서관을 만들고 필요한 시설물을 짓고 그곳에 자신의 이름이 새겨진 간판을 달아 이 세상에 영원히 남겨 후세까지 존경을 잇고 있다.

언제부터인가 한국에서도 가뭄에 단비처럼 이런 사례가 생기기 시작했다. 한화그룹 김승연 회장은 서울대학교의 도서관에 장서 기금으로 250억 원을 기부하여 그의 이름을 새겼고, 포스텍도서관은 청암 박태준 회장의 호를 따서 '청암학술정보관'으로 명명했다. 또 태성고무화학 정석규 전 회장은 31억 원을 기부하여 서울대학교 신양학술정보관을 세웠고, 재미동포 이종문 씨는 200만 달러를 들여 카이스트에 이종문도서관을 지었으며, 기업가 성암 염홍섭 씨는 조선대학교 도서관에 성암인터넷실을 만들었다.

이번 미국 도서관 방문에 많은 도움을 준 재미 도서관인 김해룡 박사도 그중 한 사람이다. 그는 약 50년 전, 1956년부터 22년간 미국 문화원 도서관장으로 근무하다가 1978년 미국으로 건너가 그곳에서 문화사업과 도서관 활동을 펼치면서 한국의 도서관 발전에 크게 기여하고 있다. 그는 지금 로스앤젤레스에서 헤리 영 재단Harry Young Foundation과 도서관 펀드Library Fund를 운영하고 있다. 그는 한서대학교에 전 재산을 기부하여 그의 이름으로 어린이도서관, 해룡의학도서관, 해룡기록관, 한서대학교 태안비행장 김옥순도서관, 미국 한서대학교 헤리 영 기념도서관Hanseo University in USA, Harry Young Memorial Library 등 다섯 개의 도서관을 설립했다.

김해룡 박사는 평생 모은 귀중한 자산인 50여 만 권의 장서를 이들 도서관에 채우고, 지금도 귀중도서나 흩어진 잡지의 기간호를 찾아 미국 전역을 일일이 돌아다닌다. 이것으로 만족하지 않고 남은 여생 동안 한국과 북한에 다섯 곳의 도서관을 더 지어 열 곳을 채우겠다고 한다. 한국 도서관사에 보기 드문 일이며, 귀중한 언약이 아닐 수 없다. 도서관 문화의 불모지에서 도서관에 대한 사랑과 열정이 없으면 불가능한 일이다. 그런 일을 실천하는 인물이 존재한다는 사실이 우리에겐 큰 축복이며, 우리나라를 선진화하는 값진 자양분이다.

품격 있는 도시 패서디나

미국에서 도서관 기부문화를 확인하기 위해 찾아가는 로스앤젤레스는 미국 서부를 대표하는 대도시로 태평양 연안의 대문 역할을 하는 곳이다. 인구 1,000만 명이 뒤섞여 뉴욕 다음가는 큰 도시로 나날이 발전하고 있으며, 면적만 1,200평방킬로미터로 서울의 2배다. 여기에 코리아타운까지 날로 확장되고 있어 한국인의 미국 여행 1번지에 속한다.

이 도시를 찾는 대부분의 한국인은 할리우드나 디즈니랜드 등에만 익숙할 뿐 그 안에 도서관을 비롯해 훌륭한 문화시설이 많다는 사실을 잘 모르고 있다. 설혹 안다고 해도 찾아가는 데는 매우 인색하다. 지식과 교양을 쌓고 견문을 넓히고, 좋은 여행을 하려면 이곳에 한 번 관심을 가져볼 만하다.

헌팅턴도서관The Huntington Library, Art Collections and Botanical Gardens은 로스앤젤레스 북부 외곽 도시 패서디나에 있다. 1887년 산타페 철도가 개설된 후, 동부 해안의 부유한 사람들이 남부 캘리포니아의 따뜻한 기후를 찾아 정착하기 시작하자 태양을 사랑하는 예술가와 보헤미안들도 이곳에 머무르면서 현재의 화려한 도시를 이룩해냈다. 이 부근에 다다르면 19세기와 20세기 초 상업 건물이 늘어선 12개의 복원된 블록에 빅토리아 양식, 스페인 식민지시대의 아르데코 양식Art déco: 단순성과 직선구조를 특징으로 하는 모더니즘 양식의 건물들이 한눈에 들어온다.

패서디나 안에는 헌팅턴도서관을 비롯하여 9만 2,000명을 수용하는 서부 최대의 풋볼 경기장인 로즈볼 스타디움과 캘리포니아 공과대학Caltech, 그리고 노튼 사이먼미술박물관 등이 있어 문화와 학

헌팅턴도서관 외관. 19세기와 20세기 초 상업 건물이 늘어선 12개의 복원된 블록에 빅토리아 양식, 단순성과 직선구조를 특징으로 하는 모더니즘 양식의 건물들이 한눈에 들어온다.

술, 스포츠센터가 지역의 구심점을 이룬다. 또 이곳과 인접한 산타 모니카에는 게티센터가 있다. 이곳은 게티박물관이라 부르기도 하며, 노튼 사이먼미술관, 헌팅턴도서관과 함께 삼각편대를 형성하여 미국 굴지의 박물관·미술관·도서관으로 꼽힌다.

세계 최고 대학도서관 수준의 개인도서관

나는 위의 세 곳을 알아보기 전에 1990년대 초에 잠시 들른 적이 있는 헌팅턴도서관을 다시 찾아보기로 했다. 20세기 초, 남부 캘리포니아 철도회사를 운영하던 헨리 헌팅턴Henry Edward Huntington은 그가 소유하고 있는 207에이커약 25만 평에 달하는 광대한 부지에 보자르 양식Beaux-arts: 고대 그리스 미술을 미적 규범으로 19세기 파리에서 유행했던 순수하고 강직한 신고전주의 양식의 대저택을 짓고, 1919년 저택 건너편에 도서관을 설립했다. 대저택은 현재 갤러리로 개방하고 있다.

헨리 헌팅턴은 동업자인 숙부 콜리스 헌팅턴이 얼마 후 세상을 떠나자, 그가 운영하던 태평양중앙철도회사를 인수하고, 1913년 63세 나이에 숙부의 미망인이 된 애러밸러와 결혼했다. 대부호가 된 헌팅턴은 숙모이자 아내인 애러밸러와 함께 문화사업의 하나로서 당시 세계 최고 수준의 사립도서관을 만들어 일반에 공개하는 한편 특수 주제를 연구하는 비영리 단체를 조직해서 연구중심 도서관으로 정착시켰다. 그는 그동안 축적해온 막대한 자금으로 미국 및 영국의 역사와 문학에 관한 귀중도서와 중세시대 필사본, 희귀도서 등 인문학 중심의 장서를 집중적으로 구입하여 학자와 연구원에게 대대적으로 공개했다. 전해오는 말로는 이렇게 장대한 도서관을 만드는 데는 헌팅턴 자신의 의지보다 아내의 영향 때문이라고 한다. 이를 증명하는 것인지 도서관 입구에 들어서면 헌팅턴과 그의 아내 애러밸러의 초상이 나란히 방문자를 반기고 있다.

마침내 도서관은 20년 만인 1940년대에 총장서 수가 450만 권에 달하여 비슷한 규모의 장서를 보유한 하버드대학도서관과 쌍벽을 이루는, 세계에서 가장 큰 학술전문 도서관으로 인정받는다. 개인이 만든 도서관이 세계 최고의 대학과 어깨를 나란히 하고 있다니, 헌팅턴이 도서관에 얼마나 많은 정력과 재력을 쏟아부었는지 충분히 짐작이 되며 경탄하지 않을 수 없다.

헌팅턴도서관 갤러리의 내부. 특화된 장서를 다량 보유해,
세계 최대의 연구·학술도서관으로 사랑받고 있다.

　그의 결실인 헌팅턴도서관은 지금 특화된 장서만으로도 세계 최고의 연구도서관으로 평가받고 있다. 2007년 말, 도서·필사본·아카이브스 등 모두 700만 점에 달해 국립도서관과 대학도서관을 제외한 개인도서관으로는 세계 최대의 연구·학술도서관이라고 부르는 데 아무도 주저하지 않는다.

　이를테면 중세 필사본만 300만 권에 이른다. 특히 1410년경 필사본으로 나온 초서의 『캔터베리 이야기』와 현재 세계에서 11부밖에 없다는 독피지vellum로 제작된 『구텐베르크 42행 성서』를 비롯하여 가로 71센티미터, 세로 58센티미터 크기의 초대형 컬러 화집 오더번Audubon의 『미국의 조류』Birds of America를 소장하고 있다. 세계에

오더번의 『미국의 조류』.
세계에 119권밖에 없는 이 책은
가장 비싼 도서경매가인
730만 파운드에 낙찰되었다고 한다.

119권밖에 없는 이 희귀본은 2010년 12월 9일 영국 소더비경매장에서 730만 파운드약 131억 원에 팔려 세계에서 가장 비싼 책이 되었다.

그리고 1623년 발행된 『셰익스피어 희곡집』 초간본, 『햄릿』 첫 번째 사절판같이 미국뿐만 아니라 전 세계에서도 보기 힘든 인류의 귀중한 자산을 소장하고 있다. 그밖에 링컨 대통령의 친필서한, 벤저민 프랭클린의 자서전 원고, 애드거 앨런 포와 마크 트웨인 등 저명 작가의 초판본과 필사 원고본 등을 보유하여 도서관의 품격을 한 단계 높였다.

도서관 본관의 전시실은 누구나 쉽게 들어갈 수 있다. 『구텐베르크 42행 성서』와 『캔터베리 이야기』 원본을 영구 전시해서 귀한 보

1410년 필사본으로 나온 초서의 『캔터베리 이야기』.
이 책은 14세기 영국의 대시인이자 중세 영문학의 최고봉인
제프리 초서(Geoffrey Chaucer)의 설화집이다.
그는 르네상스 문학을 기둥 삼아 사실적이고 인간미 풍기는 글을 썼고,
런던 방언을 세계적인 문학어로 확립했다.

물을 저렴하게 볼 수 있기 때문에 올 때마다 찾아보고 싶은 곳이다. 유럽에서는 이만한 가치의 책이면 철장 속 창고에 가두어 한 번 쳐다보기도 힘든데, 비록 유리상자를 통해서이지만 얼마든지 구경할 수 있고, 플래시를 쓰지 않는다면 마음대로 사진까지 찍게 해주니 미국 부자의 후한 인심이 고맙기만 할 뿐이다.

본관 전시실 말고도 도서관 갤러리와 연결된 서쪽 빌딩에는 귀중한 서책뿐만 아니라 르네상스 시대의 화려한 미술작품으로 당대의 대화가 로히르 반 데르 바이덴Rogier van der Weyden의 「마돈나와 성자」 같은 유명 작품을 걸어두었다. 도서관 로비에는 루이 14세를 위해 헌정한 양탄자 두 장과 함께 18세기 때 만든 명품 가구가 전시되어 있어 눈이 현란하기만 하다.

로비를 지나면 대형 열람실과 서고, 사서 행정실과 귀중도서 수선실이 따로 있다. 큰 열람실까지 갖추어놓았지만 공공도서관이 아니어서 이용자는 정회원으로 등록한 2,000여 명의 학자와 연구원 등으로 한정되어 있다. 예약을 하면 언제든지 자료와 장소를 이용할 수 있다. 그리고 특별회원에 가입하면 문헌연구센터, 영국사 연구센터, 미국사 연구센터, 과학기술 연구센터, 여성 연구센터, 토목유산에 대한 헌팅턴재단 센터에 소속되어 마음대로 연구하고 토론에도 함께 참여할 수 있다.

도서관은 봉사의 일환으로 회원들에게 사진 복사 서비스와 소장자료에 대한 출판허가, 그리고 도서관 간의 상호대출제도inter-library loan를 수행한다. 이곳에 없는 자료는 로스앤젤레스 근처에 있는

헌팅턴 대열람실의 내부 모습. 공공도서관이 아니기 때문에
이용자는 200여 명의 학자와 연구자 등의 정회원으로 한정되어 있다.

UCLA·USC·Caltech 등 9개 명문대학 도서관과 연계하여 확장 봉
사를 하고 있다.

2007년 현재, 발행 70주년을 맞이하는 도서관 전문잡지 『계간
헌팅턴도서관』*HLQ*이 있고, 별도의 소식지로 『헌팅턴도서관 프레
스』를 발행하고 있다. 『계간 헌팅턴도서관』은 도서관을 소개하는
통속지가 아니라, 16세기부터 18세기 영국과 미국의 문학·역사·
예술을 심도 있게 다루어 이 분야의 세계적인 학자들이 대거 참여
하는 권위 있는 잡지에 속한다.

이 잡지의 역사가 말해주듯 게재 조건도 까다롭기로 유명하다.
잡지의 편집위원과 편집 방향이 향후 2년까지 결정되어 있고, 논문

을 게재하려면 엄격한 심사기준에 합격해야 하기 때문에 기고자는 상당한 준비와 각오 없이는 엄두도 못내는 실정이라고 한다. 이 도서관이 더욱 위대한 것은 밖에 드러난 외형보다 '발행 70년'을 자랑하는 명품 잡지가 있기 때문이다.

거기에다 해마다 발행하는 비중 있는 책이 베스트셀러가 되기도 하고, 퓰리처상을 수상하기도 한다. 대외활동으로 학자들의 특강이나 워크숍, 심포지엄 등이 연일 이루어지고 있어 도서관이 단순히 책을 읽는 공간이라기보다 복합적이고 자연과 융합된 미래의 도서관을 보는 듯했다.

볼거리 풍성한 도서관·아트 컬렉션·식목원

서양에서 도서관은 우리 고정관념처럼 단순히 책만 수집하고, 책만 읽는 곳이 아니다. 이곳 도서관의 정문 간판도 "도서관, 아트 컬렉션, 그리고 식목원"으로 적혀 있다. 도서관은 그중에 하나이지만 보통 '헌팅턴도서관'이라고 한다. 아무래도 핵심기관이 도서관이기 때문일 것이다. 여기에 오면, 우선 아트 컬렉션을 갖춘 갤러리의 수가 도서관보다 많고, 전체 부지의 90퍼센트에 달하는 식목원에서 가꾼 1만 5,000종의 희귀식물이 훨씬 볼 만한 구경거리다. 그래서 대부분의 사람들은 하루 소풍을 겸해서 도서관도 방문하고, 예술품도 감상하며, 숲에서 산책과 휴식을 즐기는 일거삼득의 효과를 보려고 이곳을 찾는다.

아트 컬렉션은 헌팅턴갤러리·스캇갤러리·애러밸러갤러리 3개관이 있다. 헌팅턴갤러리는 18세기와 19세기의 영국과 프랑스 회화를 주로 수집한다. 10여 년 전 이곳에 처음 왔을 때 대충 살펴보았기에 이번에 자세히 보려고 했지만 지금은 내부를 개조하느라 장기간 문을 닫았다. 스캇갤러리는 1730년대에서 1930년대까지 200년간의 미국 회화를 소장하고 있으며, 그의 부인 이름을 딴 애러밸러갤러리는 세계적 보물급인 르네상스 시대의 회화와 18세기 프랑스의 유명 조각품, 벽걸이, 도자기, 가구 등을 확보하고 있다.

볼거리가 풍성한 식목원은 1904년 헌팅턴이 조경전문가 윌리엄 허트릭을 초빙하여 조성한, 세계에서 보기 드문 테마공원이다. 이 정원은 전 세계에서 수집한 열대성·온대성 나무와 사막에 자라는 나무들로 구성하여 한곳에서 사계절의 꽃을 동시에 구경할 수 있고, 세계에서 가장 큰 선인장도 관측이 가능하다. 거기에다 12개의 테마 소공원이 있어 더 많은 방문객을 불러 모은다. 어린이정원의 공룡마당과 안개동굴, 프리즘터널, 워터 벨은 어린이들의 마음을 사로잡는다. 그밖에 전 세계 2,000여 종의 장미를 모아 만든 장미정원과, 사막정원·아열대정원·정글정원·야자수정원·동백나무정원·허브정원·셰익스피어정원 등은 하나같이 색다른 의미를 간직하고 있다. 나무와 물이 어우러지는 백합 연못이 독특한 이미지를 풍기는 것도 볼 만하다. 세계적으로 희귀한 품종을 채집하여 특별한 보호 없이 번식할 수 있도록 한 것도 인간은 자연을 벗어날 수 없다는 메시지를 주는 것 같다.

특히 국가 이름의 테마공원인 호주정원과 일본정원이 오래전부터 인기 명소다. 완공을 앞두고 있는 중국정원은 먼발치에서만 볼 수밖에 없었다. 한국정원은 계획에 없느냐고 안내자에게 묻자 시원스레 대답하지 않는 것을 보니 계획이 없는 것 같았다. 어느 독지가가 이 좋은 장소에 한국정원을 만들고 창덕궁의 규장각 같은 아름답고 위엄 있는 도서관을 만들었으면 좋겠다. 그런 사람이 어디 없을까?

헌팅턴도서관은 화요일부터 금요일까지는 정오 12시부터 오후 4시 30분까지 개장하고, 주말에는 오전 10시 30분부터 오후 4시 30분까지 열며, 매주 월요일에는 휴관한다. 입장료로 성인 15달러, 노인 12달러, 12~18세 학생은 10달러, 5~12세까지는 2.5달러를 내며, 나이마다 색이 다른 딱지를 붙여준다.

안내자를 요청하면 주로 노인으로 구성된 자원봉사자들이 그룹을 만들어 도서관 전시홀과 갤러리, 그리고 수목원을 데리고 다니면서 구경을 시켜준다. 다만 도서관 열람실은 제외다. 볼거리도 많고 산책과 휴식공간으로 분위기가 좋아 연간 50만 명의 방문객이 찾아온다. 하루 입장료가 좀 비싼 듯하지만 들어가 보면 돈과 시간이 결코 아깝지 않다는 것을 실제 체험했다.

헌팅턴도서관 근처에 노튼 사이먼 미술박물관이 있다. 1969년 패서디나에 미술박물관으로 처음 개관했는데 개장 초기에 전위미술 중심의 전시를 많이 했다. 건물 개보수 때문에 재정난에 시달리고 있던 그때, 다국적기업을 운영하던 노튼 사이먼이 그동안 축적한 돈으로 1974년 미술관의 부채를 청산해주었다. 그가 1950년대부터 20여 년간 개인적으로 수집해온 아시아와 구미의 예술품과 15~19세기 유럽 거장의 작품과 피카소 그림, 그리고 르네상스와 후기인상파 작품의 정수 4,000여 점을 모아 미술박물관으로 보수하여 자신의 이름을 걸고 운영하고 있다.

헌팅턴도서관에 비해 규모가 작고 건물도 크지 않지만 인도미술에서부터 현대 조각품 등 다양한 컬렉션을 갖추고 있으며, 건물 밖에도 아름다운 정원을 값진 조각품과 가장 잘 어울리도록 배치했다. 그는 폐허가 된 건물을 아름다운 보석으로 만들어 시민의 품으로 돌려주었다. 노튼 사이먼은 부자가 돈을 벌면 어떻게 써야 하는지 하나의 규범을 보여주는 것 같았다. 여기에도 물론 독립된 조그마한 도서관이 있지만 들어가서 확인해보지 않고 갤러리만 대충 둘러보고 나왔다.

복합 문화예술공간 게티센터

헌팅턴도서관을 함께 구경했던 지인이 게티센터를 아느냐고 묻기에, 처음 들어본다고 대답했다. 게티센터가 도서관과 미술 갤러리를 갖춘 문화예술 공간으로 지식인·교양인이라면 누구나 꼭 보아야 할 곳이라며 추천해주었다. 나뿐 아니라 로스앤젤레스를 여행하는 많은 한국인들은 이곳을 잘 몰라 대부분 방문 리스트에 빠트리고 만다. 그럼에도 그곳에서는 지적 호기심을 가진 한국인을 위해 세 종류의 한국어 팸플릿 '지도와 안내서' '건축 및 정원' '구경거리'를 준비해놓고 많이 찾아오기를 고대하고 있다.

게티센터에 진열되어 있는 한국어 안내서. 게티센터는 도서관과 미술 갤러리를 갖춘
문화예술 공간으로 지식인이라면 누구나 꼭 가보아야 하는 곳이다.

이제 우리도 국가 위상이 높아져 웬만한 공항이나 큰 시설물에
한글 광고판을 쉽게 볼 수 있다. 미국 최고의 문화공간에서 한글판
안내서까지 구비해놓는 배려는 매우 반가운 일이다. 굳이 사서가
아니라도 미국의 문화와 예술을 확인해보고 교양과 지식을 쌓으며
동시에 미국 부호들의 사회적 기여와 활동을 살펴보고 싶다면 다른
곳은 몰라도 이곳은 꼭 찾아보라고 권하고 싶다.

석유사업으로 거부가 된 장 폴 게티Jean Paul Getty는 1983년 태평양
해안이 내려다보이는 산타모니카 산 언덕바지에 현재 서울대학교
관악캠퍼스 면적과 맞먹는 750에이커약 91만 8,000평의 땅을 구입했
다. 여기에 미국 최고라고 일컫는 건축가 리처드 마이어를 설계사
로 선정했다. 계획에서부터 완공까지 10억 달러를 투입하여 14년
만인 1997년에 마침내 개관했다.

선로를 따라 솟아 있는 산등성이 쪽에 하얀색 건물 몇 채가 눈에 들어온다.
게티센터로 가기 위해서는 주차장 밖에 위치한 트램을 타고 반대편으로 건너가야 한다.

게티센터는 9만 9,000평방미터^{약 3만 평} 대지 위에 지은 6개 동 건물 사이마다 사시사철 꽃이 피는 정원을 갖춘 복합문화단지다. 건물 주위에는 물기가 많은 관목을 심고, 외벽은 모두 이탈리아에서 가지고 온 내화성 석회암으로 치장했다. 여기에다 지하에 저장해둔 400만 리터 저수지와 연결된 스프링클러 덕분에 얼마 전 로스앤젤레스 근교에서 일어난 대형 산불에도 이곳만은 거뜬히 버텨냈다는 일화가 지금도 전해지고 있다.

게티센터 정문에서 주차장 밖으로 나오니 있어야 할 건물은 보이지 않고 트램이 기다리고 있다. 선로를 따라 저만큼 솟아 있는 산등성이 쪽에 하얀색 건물 몇 채가 모여 하나의 성^城을 이루고 있다. 바로 게티센터다. 여기서부터 트램을 타고 5분^{걸어서 15분} 정도 올라가야 한다. 알프스의 궤도전차를 타듯 조금씩 올라가자 저 멀리 로스앤젤레스 서쪽 시가와 태평양이 그림같이 눈앞에 펼쳐졌다. 차가 점점 가까이 다가가자 곡선과 직선이 조화를 이루는 건물들이 햇살에 반사되어 뚜렷하게 눈에 들어온다.

게티센터는 보통 게티박물관이라고도 부르지만 박물관 이외에 도서관과 게티보존처리소, 예술정보프로그램, 예술교육센터, 인문 및 예술사센터, 그리고 게티재단 등을 함께 운영하고 있다. 현대건축은 이런 것인지 중앙 대정원 주변에 연구동이 있고, 도서관은 그 아래 입구 쪽에 있다. 언덕 위편에는 동서남북으로 동관·서관·남관·북관 4개 동을 배치했다. 건물 어디서나 아름다운 정원 조경과 시가지의 풍경이 잘 어우러지도록 건축한 점이 눈에 띈다.

전시실로 들어가기 전에 잠시 중앙정원Central Garden을 들여다보자. 여긴 원래 사막지대다. 바위정원 아래 자연 계곡을 재현한 폭포수, 이곳저곳 숨이 있는 작은 연못들. 수로를 통해 겹겹이 흐르고 있는 물을 이 높은 곳까지 어떻게 옮겨왔을까? 의문은 자꾸 일어난다. 이 많은 물 말고도 이곳에 채운 많은 석재들은 또 어디서 구한 것일까? 자료를 찾아보니, 미국산이 아니고 이탈리아 티볼리 지방에서 가져온 것이다. 옛날 로마인들이 채석장에서 채취했던 1만 6,000톤의 우윳빛 석회암을, 지구 반 바퀴를 돌아 100여 차례 대형 화물선으로 직접 옮겨온 것이다.

이 땅에 좋은 돌이 얼마든지 있을 텐데, 미국의 힘이라 해야 할까, 한 재력가의 만용이라 해야 할까. 이 돌을 다시 30인치76센티미터 크기의 장방형 블록으로 잘라내어 4개 동과 도서관이 있는 건물 외관에 모두 격자형으로 붙였다. 그것도 최신 공법으로 스테인리스 스

정원으로 가는 길에 보이는 석회암반 모습. 이탈리아 티볼리에서 채취해온 암반으로 만들었다. 그 옛날 로마인들이 채석장에서 채취한 1만 6,000톤의 석회암을, 지구 반 바퀴를 돌아 옮겨온 것이다.

틸그리드steel grid를 벽에 엮음으로써 어떠한 지진에도 무너지지 않게 차단해놓았다. 단면을 매끄럽게 처리하거나 자연석 그대로 울퉁불퉁하게 사용한 돌과 1,830평방미터에 달하는 유리창에 에나멜을 처리한 알루미늄 패널을 조합시켜 건축물과 아름다운 하모니를 이루어냈다.

이곳의 건물과 조경의 색상과 질감은 하늘과 땅, 숲, 시가지 원경, 그리고 먼 바다와 절묘하게 어우러진다. 인간이 만들 수 있는 예술품의 극치를 보는 것 같다. 조경설계는 로리 올린이 맡았는데 고대 지중해의 전통 정원에서 영감을 받아, 버킹검이나 루브르 정원보다 더 감동을 줄 만큼 완성도가 높다. 캘리포니아의 자연과 인공이 하나뉨을 구현해낸 것이다. 국가가 아닌 한 개인의 힘으로 이렇게 아름답고 화려한 건축 모더니즘을 어떻게 창조해냈을까.

'미국의 루브르'라고 부를 만큼 새롭고 호화로운 건축물은 섬세한 건축구조와 외벽의 재질, 그리고 조화를 이루는 정원 등 하나같이 나무랄 데 없어 이 앞에 잠시 서 있는 것만으로도 황홀할 정도다. 밖에서 본 감동의 여진은 실내에 들어와도 조금도 변하지 않는다. 인테리어 제반시설 장식은 말할 것도 없고, 자연광 상태에서 작품을 감상하도록 컴퓨터가 20분마다 태양의 움직임을 감지해 지붕 채광창의 각도를 조정케 한 것을 보면 앞으로 건축기술이 어디까지 발전할지 궁금하다.

소장된 작품은 15세기 금박 유화에서부터 정교한 삽화가 있는 중세 필사본, 우리에게 친숙한 르누아르·세잔·렘브란트의 작품들과 고흐의 「수선화」 등 거장들의 작품이 헤아릴 수 없이 많다. 거액을 들여 일일이 구입했겠지만 돈이 있다고 해서 이렇게 다양하고 많은 종류의 세계적인 예술품을 한곳에 모을 수 있을까 경외스럽기만 하다.

잘 알려지진 않았지만, 게티센터 안에는 세계 어디에 내놓아도 손색없는 게티도서관이 있다. 80만 권에 달하는 미술사 서적만으로도 명품도서관이라 할 만하다. 장서는 모두 학자·교수·대학원생 및 기타 연구원들의 자료가 된다. 매년 갱신하는 독서카드는 연구소나 전문기관 재직증명서와 사진이 부착된 신분증을 제시하면 당일 발급받을 수 있다. 따라서 일반 관광객은 함부로 들어가지 못하고 예약을 한 연구자와 학자들에게만 출입이 허용된다. 그래서 이곳을 찾는 사람은 도서관보다는 박물관의 독특한 건축디자인과 장엄한 스케일, 그리고 인테리어와 소장된 예술품 등 '구경거리'를 보기 위해 찾아온다.

게티센터는 입장하는 데 부담이 없다. 약간의 주차비만 지불하면 모든 시설을 무료로 이용할 수 있다. 공공시설을 이용할 때마다 각박한 미국의 인심을 대하다 보니 모처럼 받는 선심이 고마울 뿐이다. 평일은 물론 주말이면 인파가 넘쳐 굳이 입장료를 받지 않아도 식당이나 카페, 쇼핑 룸만으로도 충분히 장사가 될 것 같아 입장료 수입을 대체하는 고도의 비즈니스 전략이 아닌가 싶기도 하다. 게티센터 방문과 관련된 예약 또는 안내는 24시간 전화 안내 서비스를 이용하면 된다. 청각장애인을 배려하고 있는 모습도 선진국의 한 단면이 아닐까.

다른 자료를 보니 산타모니카에 있는 게티센터 박물관 외에 또 하나의 박물관인 게티빌라가 근처 말리부에 있다는 사실을 알았다. 게티의 개인용도로 지었지만 지금은 일반인의 문화공간으로 개방하고 있다. 64에이커^{약 8만 평}에 1세기 로마 귀족의 별장인 '빌라 파피리'^{Villa dei Papiri}를 이곳에 재현해냈다. 옛 로마 귀족들이 이렇게 잘 살았나 싶을 정도로 호화로움의 극치를 보여준다. 기원후 79년 베수비오 화산이 폭발할 때 매몰된 별장을 복원하면서 그 당시 로마의 건축양식을 그대로 캘리포니아로 옮겨왔다고 한다. 이곳만 보는 데도 족히 하루가 걸린다고 한다. 일정에 쫓겨 안타깝게도 눈부시게 화려한 건축물과 소장품을 찾아보지 못하고 다음 기회로 미루어야만 했다.

이곳의 예술·문화기관은 모두 미국을 대표하는 개인의 기부문화에서 탄생한 창조물이다. 이번 여행에서 미국 시민의 저력을 보았고, 그 힘은 그들이 만든 도서관에서 자라나고 있다는 사실을 확인한 일이 큰 소득이었다. 우리도 이러한 부자들이 속속 등장하여 그의 이름을 붙인 도서관을 만들고 그 문화의 숲속에서 한번 살아봤으면 싶다.

The Huntington Library, Art Collections and Botanical Gardens
1151 Oxford Road, San Marino, CA. 91108
U.S.A.
www.huntington.org

The Getty Center
1200 Getty Center Drive, Los Angeles, CA. 90049-1679
U.S.A.
www.getty.edu

7 풀뿌리 독서운동이 기적을 만들다
순천 기적의도서관

시대가 어려울수록 도서관이 필요하다

세계 어떤 나라든지 정치적으로나 경제적으로 어려울 때가 있게
마련이다. 약 80년 전, 1929년 미국 경제가 대공황을 맞았을 때 루
스벨트 대통령이 일자리를 만들기 위해 뉴딜정책의 일환으로 후버
댐을 착공하여 국가경제를 부흥시켰다는 사실은 모두 알고 있다.
하지만 우리에게 잘 알려지지 않은 또 다른 정책도 있었다는 사실
은 잘 모른다.

미국 정부는 공공사업추진국을 설치하여, 거리로 쏟아지는 실업
노동자는 전 국토 산야에 나무를 심도록 하고, 지식인은 전국에 흩
어져 있는 유용한 기록물을 수집·정리하게 했다. 이어서 테네시 공
사로 강 유역 7개 주에 지역 공공도서관을 설립토록 했다. 연방정
부 차원에서 전국적인 도서관 체제를 확립함으로써 주정부에서도
공공도서관을 설립하고 자동차문고를 강력히 추진한 것이 오늘날

세계 최고 수준인 미국 공공도서관의 모태가 되었다.

19세기 초, 영국 국민들은 가난의 수렁에서 허덕이고 있었다. 먹고살기에 급급한 서민들에게 지식의 공급과 문화적 혜택은 그림의 떡일 뿐이었다. 이러한 경제적 불황 시기에 통치자들은 도서관을 통해 그들의 사상이나 규범을 전파하고자 했지만 민중들은 지식을 습득하여 지배자들과 지적으로 동등해지고자 했다. 런던의 급진주의자들은 노동자의 권익과 직업을 의회가 책임지는 이른바 '인민헌장'이라는 청원서를 제출했다. 이렇게 출발한 '차티스트 운동' Chartism은 1848년까지 유럽 대륙을 휩쓴 혁명기 동안 가난한 영국 노동자들의 희망을 대변했다.

결과적으로 이 운동은 권력과 부에서 소외된 사람들이 자신의 꿈을 이루는 데는 정부의 소극적 지원보다 스스로 지식을 습득하는 것이 더 중요하다는 점을 자각하는 계기가 되었다. 운동의 여파로 '차티스트 독서실'이 생겨 조직원들에게 무료로 책을 빌려주는 운동이 전국적으로 일어났다. 독서실은 가난한 사람뿐만 아니라 중산층에 이르기까지 지식을 공유하고, 정보에 목마른 사람들이 해갈이 되면서 엄청난 인기를 끌었다. 이 독서운동으로 드디어 등장한 회원제 대출도서관은 오늘날 영국 공공도서관의 근간이 된다.

공공도서관이 전국으로 퍼져 나가기까지 일부 지식층과 부유층을 중심으로 하는 이익집단의 저항세력도 무시할 수 없었다. 특히 이들은 도서관 건설 또는 확장이 기존 질서에 대한 위협이라고 반발했다. 그들이 "어느 나라를 막론하고 하층민이 얄팍한 지식으로 무장하면 그 나라는 망하게 된다"라고 공격의 포문을 열자, 책을 선택한 사람들은 이렇게 응수했다.

"독서는 가난한 급진주의자들이 폭도로 돌변하는 것을 문화와 예절의 품으로 끌어들인다. 독서를 통해 행동은 점잖아지고 말은 고상하며 신중해진다. 책을 읽지 않는 사람은 쉽게 타락의 길로 들어서지만 독서를 많이 한 사람은 그 반대다."

이 무렵, 영국에는 안토니오 파니치Antonio Panizzi라는 위대한 사서가 있었다. 그는 대영박물관도서관을 주관하면서 원형 대열람실을 직접 디자인하고 설계도를 그렸다. 당시 세계적으로 유례가 없는 장엄하고 아름다운 도서관을 건립하여 대영제국의 국력을 한껏 과시했다. 뿐만 아니라 그가 만든 91개조의 목록규칙은 많은 도서관과 문헌정보학에 영향을 주어 영국 도서관의 위상을 전 세계에 드높였다.

결국 유럽의 경제적 파장과 혁명의 열기는 지역마다 도서관을 건설하고 위대한 사서가 탄생하는 계기가 되어 마침내 미국에까지 전파되었다. 1851년 12월 10일 미국 뉴욕 주 워터타운 근교에서 태어난 사서 멜빌 듀이Melvil Dewey도 그의 아버지가 조국 헝가리에서 혁명이 실패하자 망명한 후 자신의 아들 이름을 헝가리 개혁가 코슈트 러요시Kossuth Lajos로 지었다. 듀이는 근대 도서관의 개척자로 미국 도서관협회를 창설하고 도서관 전문 잡지를 창간했으며, 십진식에 의한 분류표를 창안하고 도서관국을 개국했다. 또 레이크 플래시드 클럽Lake Placid Club이라는 교육재단을 설립하는 등 탁월한 업적을 남겨 '미국 도서관의 아버지'라고 칭송받았다. 그가 80년의 생을 마감하고 1931년 세상을 떠났을 때, 당시 『뉴욕타임스』가 그의 묘비명에 다른 말은 모두 빼고, 그가 만든 듀이십진식 기호DDC로 '025.473'미국의 도서관 전문가만 적어두자고 했을 정도로 미국 사회는 도서관 발전에 기여한 그의 업적을 높이 평가하며 추모했다.

구미 선진국에서 국가 경제가 어려울 때 가장 먼저 도서관을 만들고 사서를 육성하여 지식과 문화를 활성화시켜 추진시켜온 것은 보편적인 사실이다. 실제로 도서관은 최소한의 비용으로 최대한의 목표를 달성할 수 있는 사회적 장치다. 개인의 책은 읽으면 책꽂이 속에서 제 기능을 상실하지만, 도서관에 있는 책은 사라지지 않고 계속해서 독자들과 만날 수 있다.

지금 우리나라도 징치적·경제적으로 매우 어려운 형편에 놓여 있다. 이처럼 나라가 어려울 때, 과거 선진국에서 파격적으로 도서관을 세운 그들의 의식 수준을 헤아리게 된다. 영국의 안토니오 파니치와 미국의 멜빌 듀이 같은 위대한 사서도 생각난다. 위기가 기회인 것처럼 이때가 바로 국민 수준을 높이고 국가 브랜드를 높일 수 있는 절호의 기회다. 이럴 때일수록 더 많은 도서관을 지어 영국의 차티스트 같은 독서운동을 펼치고, 또 미국의 대공황 때처럼 도서관 체제를 확립하여 지식사회로 한 걸음 더 나아가야 한다.

우리나라는 독서환경이 열악하고 도서관이 절대 부족한데다가 있는 도서관도 부실하다고 한다. 보통 도서관은 저 멀리 있어서 나와는 상관없다고 생각한다. 나아가 도서관 문화가 너무 척박하여 진실로 아름다운 도서관이 보이지 않는다고 투정하기도 한다. 모두 부정할 수 없는 사실이고, 지금 우리의 현실이다. 그렇다면 우리에게는 희망이 없는가.

최근에 나는 그 희망의 가능성을 발견했다. 이 땅에서 기적같이 탄생한 도서관을 하나 찾았다. 우리나라 도서관에서 만족을 찾지 못한 사람이 있다면 잠시 눈을 돌려 남해안 순천만에 있는 기적의 도서관을 한번 찾아보라고 권하고 싶다. 영국의 차티스트 독서실에 견줄 것 없이, 세계 어디에도 없는 기적의 도서관 말이다.

기적을 만들고 있는 도서관

기적의도서관은 생성 자체가 일반 공공도서관과는 사뭇 다르다. 2002년 MBC TV 프로그램 「느낌표」에서 민간단체인 '책읽는사회 만들기 국민운동본부'와 함께, 책 읽는 사회문화를 조성하기 위해 펼친 어린이도서관 건립운동으로 이룩해낸 산물이다. 주로 책이 없는 마을, 도서관이 없는 중소도시를 중심으로, 지방자치단체가 부지를 마련하면 민간단체와 주민이 함께 쌈짓돈을 모아 도서관을 짓는다. 인력과 장서는 기본적으로 관에서 지원해주지만 도서관장의 선택과 운영 시스템은 모두 자치적으로 수행하는 점이 제도화된 공공도서관과 다르다.

이 제도가 돋보이는 이유는, 이곳 도서관장은 공무원이 순환제 보직으로 잠시 머무는 자리가 아니라 일정 자격을 갖춘 민간인이 자신의 영예와 성패를 걸고 전문성을 펼칠 수 있기 때문이다. 또 지

대나무 숲과 어우러진 모습이 아름다운 순천 기적의도서관.
기존의 권위적이고 도식화된 도서관 모형을 탈피하고 친환경적이고 주민 친화적인 건물 모형을 제시했다.

역 환경과 정서를 감안하여 건물의 설계에서부터 운용에 이르기까지 주민의 참여를 돕고 상부의 간섭 없이 창의적인 봉사활동을 개발하고 발전시켜 공공도서관의 새로운 모델을 제시하고 있다는 점 때문이다.

기적의도서관은 지금 전국에 10곳이 운영되고 있다. 물론 10곳 모두 당초의 의도대로 성공적으로 정착해서 운영·유지되고 있는 것은 결코 아니다. 본래의 뜻과 취지가 퇴색된 곳도 있을 뿐만 아니라 인사체제와 운영주체가 공공도서관 조직 안으로 흡수되어 본래의 설치 목적에서 벗어난 곳도 없지 않다.

다행히 순천은 그렇지 않았다. 당초 설치 목적대로 원칙을 견지하고 있다. 우선 시장은 전문직 도서관장을 계약직으로 임명하고, 민간인으로 이루어진 운영위원회의의 녹자석인 활동을 적극 지원한다. 이에 도서관장은 전문가의 입장에서 방향을 제시하고 추진함으로써 우리나라의 새로운 도서관상을 구현하고 있다. 이 척박한 땅에 도서관이 이만큼 뿌리를 내릴 수 있었던 것은 위의 요건만으로 그렇게 쉽게 해결되지는 않았을 것이다. 또 다른 성공요인에 대하여 나는 이렇게 해석해봤다.

먼저, 도서관이 주민을 위한, 주민에 의해, 주민으로 하여금 시작해서 운영에 이르기까지 그들과 함께한다는 점이고, 도서관 자체가 어린이 중심 공간으로 구성되었지만 젖먹이 아기에서부터 초·중등 학생, 엄마와 아빠 모두가 함께 이용할 수 있는 가족도서관으로 활용한다는 점이다. 또 지금까지 권위적이고 도식화된 도서관 모형을

2층에서 내려다본 기적의도서관 책장과 열람실.
기적의도서관은 지금까지 소외되고 있던 지역주민을 도서관 안마당으로 끌어들였다.

파괴하고 친환경적이고 주민 친화적인 아름다운 건물 모형을 제시
했다는 점, 운영 면에서 어린이들에게 꿈을 심어주고 상상의 세계
로 이끄는 매혹적인 프로그램을 개발·보급함으로써 지금까지 소외
되고 있던 지역주민을 도서관 안마당으로 끌어들였다는 점 등도 들
수 있다.

　이렇게 일구어낸 기적의도서관은 2003년 11월 10일, 순천에 첫
번째로 탄생했다. 따라서 역사가 오래된 것도 아니고, 겉모습이 화
려하지도 않으며, 귀중한 책을 소장하고 있거나 장서가 많은 것도
아니다. 규모도 대지 4,200평방미터, 연건평 550여 평 규모에, 2
층 건물과 이를 에워싸고 있는 잔디정원 정도가 전부이고, 책이라

야 고작 6만 9,000권[2010년 5월]밖에 되지 않은 도서관이지만, 나는 우리나라에서 작고 아름다우며 위대한 도서관 중에 하나로 부르고 싶다.

순천은 도서관의 중심입니다

세계 5대 연안습지 중에 하나로 천혜의 갯벌을 가지고 있는 생태도시 순천시는 인구 27만의 별로 크지 않은 중소도시다. 얼마 전, 텔레비전에서 순천 출신인 연세대학교 인요한[John Linton] 교수가 "내 영혼은 한국인, 내 고향은 전라도, 순천은 우주의 중심입니다"라고 말할 때만 해도 그 의미를 잘 몰랐다.

고대 이집트 헬레니즘문명이 번창하던 시절, 동서문명의 교차로인 알렉산드리아를 '지중해의 흑진주'라 불렀다. 알렉산드리아가 당시 세계 최고의 도시로 각광받게 된 이유는 위대한 알렉산드리아 도서관이 있었기 때문이라 한다.

알렉산드리아보다 훌륭한 자연조건과 더 아름다운 환경을 갖춘 순천에는 현재 기적의도서관을 비롯하여 두 개의 시립도서관과 순천시가 직접 조성한 마을 중심의 크고 작은 43개의 도서관이 있다. 인구 1,000만 명이 넘는 수도 서울에 62개의 공공도서관이 있고, 350만 명이 생활하는 제2의 도시 부산에는 공공도서관 24개가 있다. 나아가 인구 56만 명이 사는 미국 시애틀의 28개 공공도서관 수와 비교해보니 작은 도시 순천이 자랑스럽기만 하다.

21세기 성공신화를 이룬 빌 게이츠가 이야기한 "지금 나를 있게 해준 우리 마을의 작은 도서관"도 사실은 시애틀의 조그만 공공도서관^{North East Branch}이다. 순천의 작은 도서관에서 공부한 사람 중에 이보다 더 나은 인물이 나오지 말라는 법이 있는가. 나는 믿는다. 장차 한국의 순천은 도서관의 성지가 될 것임을. 기적의도서관은 한국 공공도서관의 새로운 패러다임을 이끌어가는 도서관이다.

기적의도서관 모두가 성공적으로 정착된 것이 아니듯 전국 643개의 공공도서관 또한 모두가 잘 운영되고 있는 것은 아니다. 아직도 적지 않은 도서관이 예산과 장서의 부족, 시설의 노후화, 그리고 비효율적인 운영 시스템 때문에 주민으로부터 외면당하고 있다. 이 사실을 감안한다면 지금 기적의도서관은 보다 적은 인원으로, 보다 적은 예산으로, 보다 작은 공간에서 지금까지 우리가 경험하지 못한 위대한 도서관을 창조해내고 있는 것이다. 앞으로 이 도서관이 불씨가 되어 전국 방방곡곡에 도서관이 활성화되는 날, 순천은 '한국 도서관의 메카'이자 '동방의 진주' '우주의 중심'이 될 것이다.

사회갈등 비용을 줄이는 최적의 방편

앞서 말했듯이 순천이 평생학습도시이자 문화도시로 성장한 배경에 기적의도서관을 비롯한 43개 도서관의 존재를 무시할 수 없다. 동시에 순천시를 도서관 문화의 마을로 변모시킬 수 있었던 것은 노관규 시장의 도서관에 대한 투철한 의지와 사명감이 없었다면 불가능했을 일이다.

그는 도서관의 가치와 능력을 제대로 알고 이해하는 사람 같았다. 정치적·행정적 역량을 도서관을 통해 구현하려는 듯 시정활동의 많은 부분을 도서관 사업에 투자하고 활용한다. 그는 엄마 아빠가 책을 읽어주는 시간에 불쑥 나타나 아이들에게 동화책을 읽어준다. 시장은 어린이의 아빠가 되고, 금세 그들 가족과 일체가 되며, 주민의 선량한 목민관이 되는 것이다. 순천의 '책 읽어주는 시장'이 이내 벤치마킹되어 이웃 정읍시·김해시·서귀포시는 물론 일본의 이타바시미술관·치히로미술관으로 급속히 전파되고 있는 것은 조금도 이상한 일이 아니다.

바쁜 시장을 직접 만나보았다. 그는 순천시를 누구나 걸어서 10분 거리에 도서관을 만날 수 있는 '도서관의 도시'로 추진하겠다며 당찬 포부를 드러냈다.

—지방자치단체장으로서 주민들의 다른 숙원사업도 많을 텐데 특히 '도서관'에 관심을 가지는 이유는 무엇인가요?

"도시의 품격을 높이는 데 도서관이 최고의 대상이라 생각합니다. 어릴 때부터 책 읽기를 습관화시키고 어른이 된 후 평생학습을 계속 유지할 수 있는 곳이 바로 도서관입니다. 빈부의 차이, 세대의 차이를 뛰어넘어 주민들이 가장 공평하게 사용할 수 있는 곳이죠. 선진국에서는 중소도시의 경쟁력을 토목공사보다 도서관 중심의 평생학습관에서 찾고 있는 것을 보고 관심을 가지게 되었습니다."

—실제로 지역주민들이 도서관 설립을 많이 요구하나요?

"그동안 도서관 활동을 통해 순천 시민의 수준이 많이 높아졌습니다. 순천 남부와 어촌 지역 등에서도 도서관 설립을 계속 요청해 오고 있어요."

—도서관 건립에는 건축비용뿐만 아니라 후속으로 따르는 운영 비나 유지비가 만만치 않습니다. 행정관의 입장에서 밑지는 장사가 아닌가요?

"아닙니다. 남는 장사입니다. 오히려 복지비용보다 적게 들어요. 도서관을 하나 건립하는 데 60억에서 100억 원 정도 소요되지만, 도서관은 사회갈등 비용을 줄이는 최적의 방편이며 예산도 다른 시설보다 더 적게 듭니다.

—앞으로 계획에 대해 말씀해주세요.

"순천만은 세계 5대 연안습지 중 가장 크며 온전한 모습이 그대로 남아 있는 세계적 보고입니다. 이와 연계하여 세계적 특성을 갖춘 '갯벌^{습지}도서관'을 구상하고 있습니다. 또한 시민 사서를 양성해 시민의 더 많은 참여를 유도하고 주인의식을 심어주려 합니다. 현재 건립된 시립도서관 3개와 주민자치의 작은 도서관 36개를, 2010년 12월까지 조례호수도서관을 비롯한 중소형 도서관 3개, 해룡농어촌도서관 등 2개와 마을에 특성화된 작은 도서관 4개를 더 만들어 50여 개로 확충할 계획입니다. 이미 금년도 예산이 책정되어 5월이면 공사가 시작됩니다. 건물뿐만 아니라 책도, 현재 시민 1인당 장서량이 1.9권^{이것만으로도 전국 평균 2배 수치다}인데 2.1권으로 늘릴 계획을 잡아놓았습니다."

한 살 때부터 도서관으로

순천시는 지방자치단체 중 최초로 '도서관운영과' 직제를 만들고, 기적의도서관 개관식 날부터 지금까지 '한 도시, 한 책 읽기'One Book, One City라는 시민 책읽기 운동을 시작해 7년째 계속하고 있다. 이 운동은 1998년 미국 시애틀공공도서관에서 처음 시작한 이후, 미국 전역과 캐나다·영국·호주 등 세계적으로 확산되고 있는 풀뿌리 시민 독서운동이다. '한 도시, 한 책 읽기' 운동의 목적은 한 도시에서 그해에 선정된 한 권의 책을 온 주민이 함께 읽고 토론함으로써 독서와 토론의 문화적 체험을 공유하자는 데 있다.

"책과 함께 인생을 시작하자"는 취지로 2004년 8월, 시범사업으로 시작한 '북스타트 운동'은 영·유아를 대상으로 실시하는 평생학습의 첫 단계 프로그램이다. '책 한 권, 하나의 순천'One Book, One Suncheon 운동은 독서 프로그램으로 지역공동체를 이끌고 있는데 그 선봉에 기적의도서관이 우뚝 서 있다.

기적의도서관 허순영 관장 또한 도서관을 위해 태어난 듯 일에 몰두하는 프로정신이 온몸에 배어 있다. 제주도에서 어린이도서관을 운영했던 그녀는 순천 기적의도서관 관장으로 부임하면서 특유의 리더십을 발휘해 최선을 다해 일하고 있다. 특히 영·유아를 위한 어린이도서관을 통해 도서관 문화를 혁신했다. '한 살 때부터 도서관으로' '살아 있는 도서관' '민과 관이 함께하는 도서관'이라는 기치를 내걸고 지역주민을 가정·학교·도서관의 삼각구도로 연결시켰다. 그녀는 기적의도서관의 정신과 취지를 가장 잘 살려낸 인물이다. "순천의 아기들은 누구나 한 살 때부터 엄마와 함께 기적의 도서관으로 올 수 있습니다"라고 이야기하는 것은 어릴 때부터 독서의 중요성을 인식시키는 근본적인 교육이라 볼 수 있다. 미국 부시대통령도서관의 바버라 부시 여사도 그렇게 접근했으니까.

"기적의도서관의 주인은 어린이입니다"라는 표제를 달아 이야기꾼 훈련을 통해 새 육아법을 개발하기도 하고, "어린이가 사서로 활동하면 도서관이 얼마나 재미있는 곳인가를 알게 됩니다"라고 교육시킨다. 어린이의 사서활동을 지켜본 엄마 아빠들은 관람자가 아닌 이용의 주체가 되어 지역공동체의 주인으로 성장하고 있다.

도서관을 나오는 젊은 엄마를 만났다.

"순천은 참 좋은 곳이지요. 다른 곳으로 이사 가기 싫어요. 기적의도서관이 있기 때문이죠."

빈말이 아닌 것 같았다. 뉴욕의 맨해튼을 떠나기 싫은 이유가 뉴욕공공도서관이 있기 때문이라는 뉴요커들의 말이 지구의 반대편에서도 그대로 통한다는 사실이 이제는 이상하게 들리지 않는다.

선비의 정취가 묻어나는 한옥글방

총 장서 6만 9,000권밖에 되지 않는 이 도서관에서 하루 평균 700권이 대출된다. 약 60만 권을 보유한 어느 지방 J대학 도서관 1일 대출량이 780권임을 비교할 때, 성패는 이미 가려진 것이나 다름없다.

관장은 지금도 계속해서 새로운 계획을 마련하고 있다. 안데르센

기적의도서관에서 그림책을 보는 아이들. 순천의 아이들은 훌륭한 도서관 덕분에 어릴 때부터 독서를 즐긴다. 도서관을 이용하는 아이의 부모들이 "도서관이 있어 이사 가기 싫다"고 한 말이 빈말이 아닌 것 같다.

의 동화책을 포함한 세계 가지 1,200여 권의 귀중본 그림책을 모은 '그림책박물관'을 구상하고 있다. 허 관장이 일본과 이탈리아 헌책 방에서 책을 모으기 시작한 것이 계기가 되어 지금은 전문 에이전 시를 통해 체계적으로 수집한다. 37개국이 'CJ 세계 그림책 축제'에 출품한 도서 635권도 이곳에 기증되었다. 서울에 국립 어린이 청소년도서관이 있지만 그 책이 이곳 순천까지 온 것은 도서관장의 섭외력과 자유롭게 열람할 수 있는 시설, 그리고 귀중본 서고를 미리 준비해두었기 때문일 것이다.

순천의 도서관은 형태도 다양하다. 시립도서관 두 곳은 청소년 중심 도서관과 성인 중심 향토자료도서관으로 구분해 관리하고, 작 은 도서관은 유형에 따라 농촌과 어촌의 민속성과 향토성을 살린

농어촌도서관, 툇마루도서관 등 여러 특성화된 모습으로 정착시키고 있다.

도심 속 헌집을 헐고 그 자리에 '한옥글방'이란 이름의 한옥을 지어 넓은 안방과 건넛방 온벽을 서가로 꽉 채웠다. 방석을 깔고 앉아 책을 읽으면 옛 선비의 정취를 그대로 느낄 수 있다. 전통문화를 체험하기 위해 다도 예절을 배우면서 우리 차를 마시니 조선시대 '북카페'에 와 있는 것 같다. 맵시 있게 한복으로 정장한 도서관장의 자태가 글방도서관과 너무 잘 어울린다.

원어민 선생님으로부터 영어공부를 하는 이곳 어린이는 참 부럽기도 하다. 시골 순천에서, 그것도 조그만 도서관 안에서 순천의 아이들은 이미 세계화되어 있었다.

이곳은 도서관이 단순히 책을 모으고 학습하는 곳이 아니라 지역사회의 문화적 구심점 역할을 할 수 있음을 보여준다. 이를 테면 달밝은 가을밤, 국악인 김준호·손심심 씨를 초청해 국악 향연을 벌이기도 했다. '우리 소리를 우습게 보덜 마라'는 주제로 공연을 한 그들은 순천시민에게 문화의 향기를 뿌려주었다.

순천 기적의도서관이 여러 매체에 자주 등장하는 이유에는 건축가 정기용 씨의 빼어난 심미안도 한몫했을 것이다. 그는 서울대학교 미술과, 같은 대학원 공예과를 졸업한 후 프랑스로 건너가 파리 장식미술학교 실내건축과와 파리 제6대학 건축과, 파리 제8대학 도시계획과를 졸업하고 프랑스 정부공인 건축사 자격을 취득했다.

도심 속 헌집을 헐고 그 위에 한옥을 지어 글방을 열었다.
옛 선비의 정취를 그대로 느끼며 책을 읽을 수 있는 이른바 조선시대 '북 카페'를 만들었다.

한옥글방의 가을밤, 국악인 김준호 · 손심심 씨의
'우리 소리를 우습게 보덜 마라'는 문화공연이 펼쳐졌다.

현재 성균관대학교 석좌교수, 문화연대 공동대표, 문화재 위원으로
있으며 한국예술종합학교 도시건축연구소, 도시건축집단ubac에서
작업하고 있다.

그는 "쇠와 나무, 물과 빛과 흙이 어우러져 하나의 집이 탄생한
다. 쇠는 안에서 집을 단단히 지탱해준다. 건물 밖의 나무는 집을 에
워싸는 자연의 옷이다. 흙은 늘 푸른 대나무를 자라게 하고, 옥상의
물은 끊임없이 흘러 지혜의 샘을 이룬다. 또 천장에 뚫린 둥근 창은
하늘의 빛을 실어 나른다. 나는 이 도서관이 어린이들이 상상의 여
행을 떠나는 작은 우주가 되길 바라는 마음으로 순천 기적의도서관
을 설계했다"고 건축 취지를 밝혔다.

실내에는 어린이들의 행동반경을 미리 계산한 듯 건축물의 안팎

오밀조밀한 부분까지 아이들의 심리와 취향을 세심하게 담아냈다. 건물 깊숙이 사람 냄새가 한껏 배어 있다. 그가 후속 작품으로 만든 도넛형 건물 안쪽 공간에 소나무를 키우는 서귀포 기적의도서관을 비롯하여 제주·진해·정읍의 도서관 등 하나하나가 작가의 창조적 상상력이 돋보이는 아름다운 도서관들이다. 좋은 작가를 잘 만나는 것도 도서관의 큰 복이라 할 수 있다.

별나라 방, 지혜의 다락방

입구에 들어서면 키가 낮은 세면대가 보인다. 어린이 눈높이에 맞춘 것으로 책을 만지기 전에 손을 먼저 닦고 들어오라는 뜻이다. 다른 공공도서관에서 못 보던 어린이 교육을 위한 작은 실천이 엿보이는 아이디어다.

'코~하는 방'에서는 젖을 물리던 엄마가 책을 보다 잠이 들기도 하고, '아그들 방'에서는 미취학 아이들이 엄마와 함께 책을 본다. 그리고 엄마 아빠가 소리내어 아이에게 책을 읽어주는 '아빠랑 아기랑 방'은 부모들이 아이 핑계 삼아 도서관까지 들어오도록 만들었다.

이로 인해 도서관은 나와 상관없는 곳이 아닌 바로 옆에서 함께 숨 쉬는 살아 있는 공간이 되어 점차 사람들을 도서관으로 빠져들게 한다. 여러 아이를 한자리에 모아놓고 이야기나 동화를 들려주는 '이야기 방', 우주선 모양의 원통형 열람실에서 우주공간을 여행하는 기분으로 책을 볼 수 있는 '별나라 방', 고학년 어린이들이 자

사람의 쉬는 모습을 형상화한 재미있는 책장.
아이들의 심리와 취향을 반영한 작품들을 도서관 곳곳에 비치했다

유롭게 책을 볼 수 있는 '지혜의 다락방', 독서 관련 작품을 전시하
는 '작은 미술관', 미로를 따라가면서 휴식을 하거나 책을 볼 수 있
는 옥상정원인 '비밀의 정원', 그리고 옥상정원으로 가는 길로 독서
관련 어린이 작품을 전시하는 골목인 '돌아가는 길' 등등. 방마다
정겨움이 깃들어 있을뿐더러, 순수한 우리말로 이름 붙인 방 이름
도 눈여겨볼 대목이다.

　문밖으로 나와보았다. 도서관 벽, 사람의 발길이 뜸한 빈 공간에
만든 인공 시냇물에는 모자이크 그림 물고기가 헤엄치고 있다. 개
울물 소리와 옆의 대나무 바람 소리가 잔잔히 울려 퍼지면 자동차
소음까지도 막아줄 것 같다. 틈새 공간을 이용하여 볼거리와 즐길

별나라 방. 우주선 모습을 한 원통형 열람실이다.
아이들이 우주공간을 여행하는 기분으로 책을 볼 수 있도록 꾸며놓았다.

거리를 만들고, 조그만 쉼터에 쌈지공원을 만들었다. 여기서 시 낭송을 하거나 가벼운 음악회도 연다.

한병호 등 다섯 작가가 참여해서 그린 그림책 버스 '파란 달구지'는 버스라기보다 움직이는 한 편의 그림책이고 동물원이다. '찾아가는 도서관'을 통해 도서관에 오지 않는 사람을 방문함으로써 주민들의 참여를 이끌어내니 열린 도서관을 실감한다. 이런 아름다운 구조물과 풍성한 이벤트는 일반 공공도서관에서도 꼭 살펴주었으면 하는 바람이다. 이런 마음이 간절히 드는 것은 나 혼자만의 욕심일까.

한국 공공도서관의 희망

기적의도서관은 이제 막 시작 단계다. 앞으로 이 도서관이 계속 성공할 수 있을지는 좀더 지켜볼 일이다. 문제는 '도서관을 누가, 어떻게 경영하는가'에 달려 있다. 어느 날 갑자기 조직이 개편되고 본래의 취지가 훼손되어 순환제 도서관장이 수시로 들고 난다면 기적의도서관도 미래를 결코 보장할 수 없다. 중요한 것은 순천같이 도서관이 계속 발전할 수 있도록 지방자치단체장은 끊임없는 관심을 가져야 하고, 지역주민은 주인의식을 가지고 적극적으로 참여해야 한다. 그리고 제도권 도서관의 적극적인 지원과 협력도 있어야 할 것이다.

앞으로 한국의 공공도서관은 더 변해야 한다. 그 답은 이미 나와 있는지도 모르겠다. 실천을 위한 한 가지 방편으로, 현직 도서관장을 비롯하여 도서관에 관심 있는 전국의 지방자치단체장 또는 정책 결정자들에게 순천 기적의도서관을 방문하기를 제안한다. 주민들이 진정으로 원하는 도서관이 어떤 것인지, 또 거기서 지금 무슨 일이 벌어지고 있는지 직접 체험해볼 만한 충분한 가치가 있다. 살펴본 후 새로운 차원의 도서관 정책으로 변환을 재고해볼 것을 권하고 싶다.

지금 우리나라는 이때가 적기다. 먼저 기존 도서관이 창조력을 발휘하여 이 시대에 맞는 도서관으로 새롭게 거듭나야 한다. 그다음 절대적으로 수가 모자라는 도서관을 세계 수준에 맞추어 대폭 건립해야 한다. 그러나 도서관을 준비 없이 설립하는 것은 능사가 아니다. 도서관의 수가 아니라 수준을 갖춘 도서관인지가 더 중요하다. 지역의 실정에 적합한지, 주민의 요구에 부합하는지, 기능적 도서관으로 성장할 잠재력이 있는지를 충분히 검토한 후 전문가의 참여와 협력을 얻어, '성공하는 도서관'이 되도록 열과 성을 다해야 할 것이다.

순천 기적의도서관
전남 순천시 해룡면 상삼리 기적의도서관길 60
www.scml.or.kr

8 창조적 상상력이 빚어낸 21세기형 도서관
시애틀공공도서관

세상에서 가장 경이로운 도서관

시애틀 도심 한복판 스프링가와 4번가가 만나는 곳에, 정문 간판 아래 '1000'이라는 번지 숫자를 크게 적어놓은 유별난 건물 한 동이 빌딩 숲속에서 그 멋스런 자태를 뽐내고 있다. 주위의 높은 빌딩에 비해 나지막한 건물이 울퉁불퉁 뭉쳐 있는 모양새가 마치 종이접기를 해놓은 것 같기도 하다. 유리건물을 온통 그물망으로 덮어 식물원이나 야생조류보호소 같기도 한 참 별스러운 건물이다. 지금까지 세계 어디서도 볼 수 없었던 특이하면서도 최첨단 건물임이 틀림없다.

2004년 5월 23일 개관한 시애틀공공도서관을 말하는 것이다. 이 건물을 처음 본 『뉴욕타임스』의 건축비평가 머스챔프는 「도서관, 그물망 쓰고 디스코 추다」라는 제목으로 "30년 동안 건축 리뷰를 하면서 가장 흥분되는 새 건물"이라고 논평했다. 그는 "시애틀의 새로운 도서관은 당신의 꿈을 키워주는 강력한 샹들리에다. 한 도시에서 이와 같은 과감한 프로젝트를 수행한 것만 봐도 미국의 태양은 결코 서쪽으로 지지 않을 것이다"라고 자부심에 찬 말을 했다.

미국의 블로거뉴스 연합체인 『허핑턴 포스트』 *Huffington Post* 는 2010년 1월 '세상에서 가장 경이로운 도서관'으로 시애틀공공도서관을 비롯하여 미국 의회도서관, 예일대학 비네케 고도서·필사실, 영국의 국립박물관도서관, 스위스의 장크트갈렌수도원도서관, 프랑스의 샤토 샹티이도서관, 네덜란드의 암스테르담국립박물관도서관, 아일랜드의 트리니티칼리지도서관, 스웨덴의 스톡홀름공공도서관, 체코의 스트라호프수도원도서관, 그리고 멕시코의 호세 바스콘셀로스도서관 능 세계 11개 도서관을 선정했다. 우리도 세계에 당당히 자랑할 수 있는 조선왕조의 규장각과 해인사의 장경판전이 있지만 세상은 아직 그 진가를 몰라주고 있다.

서운해하기 전에 지금 우리 도서관의 현실을 한 번 살펴보자. 세계 각 도시에는 크고 작은 공공도서관이 있다. 인구 1,000만 명이 넘는 서울에는 69개의 도서관이 있고, 350만 명이 사는 제2의 도시 부산에는 24개가 있다. GNP 2만 달러를 자랑하는 세계 10위권 경제대국의 문화 수준을 인구 56만 명의 시애틀 시 28개 공공도서관 수와 견주어보았다. 문득 우리도 저들처럼 태양이 지지 않는 도서관을 만들어낼 수 있을까 생각하니 서운함보다 부끄러운 마음이 앞선다.

시애틀 시는 1890년 철강 왕 앤드류 카네기의 기부금으로 만든 도서관을 70년 동안 사용하다가 1960년 개축했지만 끝내 허물 수밖에 없었다. 1998년 시민투표를 거쳐 1억 1,190만 달러의 예산으로 그 자리에 21세기 미국 지식정보사회의 문명을 상징하는 첨단 도서관을 완공했다. 개관식 때 2만 5,000명이 넘는 시민이 참석해 도시가 떠들썩했던 시애틀은 시민 80퍼센트가 도서관 이용카드를 소지하고 있다. 1인당 도서 구입양이 미국에서 최고로 기록된 새 도서관은 이미 시애틀의 정신적 지주다.

도서관 건립에는 시애틀 시민들의 적극적인 참여가 무엇보다 큰 자산이 되었다. 착공을 위해 시애틀공공도서관재단www.foundation.spl.org을 결성하고 이를 바탕으로 8,200만 달러를 확보했다. 시애틀에 본사를 둔 마이크로소프트사의 창업자인 빌 게이츠와 폴 앨런이 각각 2,000만 달러와 2,250만 달러를 보태면서 도서관 설립의 꿈은 영글어갔다.

1세기 전, 앤드류 카네기는 기금 5,000만 달러를 들여 미국 의회 도서관, 뉴욕공공도서관을 위시해서 미국과 영국, 그리고 캐나다에 2,500개의 도서관을 지었다. 그중에 시애틀공공도서관도 속해 있다. 그가 1890년 이곳에 10만 달러를 기부하여 1906년 5,100평방미터 규모의 도서관을 준공했다.

빌 게이츠가 어릴 적 제 집처럼 드나들던 '동북 분관'North East Branch은 1932년 지역주민들의 발의로 마을의 조그마한 상점을 임대해서 활동을 시작했다. 그 후 지역주민자치회에서 도서관 만들기

시애틀공공도서관의 야경.
이 건물을 처음 본 『뉴욕타임스』의 건축비평가는 "그물망을 쓰고 디스코를 추는 건축물"이라고 호평했다.

모금운동을 벌여 1945년 재개관해 사용하다가 1953년 시 예산으로 정식 개장했다. 지금은 시애틀공공도서관 27분관 중의 하나로 성장해 80년을 지켜오고 있다.

분관 시스템이 잘되어 있음에도 중앙도서관은 이용자의 다양한 요구를 수용할 수 없을 정도로 작고 노후되어 있었다. 1960년 450만 달러를 들여서 종전 건물 4배가 되는 1만 9,100평방미터, 5층 높이로 카네기빌딩을 닮은 건물을 증축하는 한편 대대적으로 내부와 외부를 보수했다. 이 건물도 시간이 지남에 따라 결국 뉴미디어의 확장과 넘쳐나는 이용자 수요 때문에 다시 허물게 되었다. 그후 2004년 같은 자리에 11층, 3만 8,300평방미터 규모의 최첨단 시설로 완공한 것이 바로 이 도서관이다.

새로운 도서관은 시애틀의 지식 인프라를 완전히 탈바꿈시키겠다는 의지에서 출발했다. 그리고 변화하는 시대에 맞춰 신기술과 첨단과학, 뉴미디어가 어우러진 21세기 맞춤형으로 도서관이 시민을 위해 존재하는 듯 친숙한 공간으로 자리잡았다. 랑가나단은 『도서관학 5법칙』에서 "책은 만인의 것"Books are for all이라고 했다. 시애틀 시는 공공도서관을 "도서관은 만인의 것"Library for all, "모든 사람을 위한 도서관"으로 만들어 시애틀의 랜드마크로 우뚝 세운 것이다.

도서관 외관은 전형적인 미국 고층건물에서 발견할 수 있는 빌딩군群의 혼란스러움을 근본적으로 변형하면서 도서관 기능에 따라 이곳저곳을 돌출시키거나 축소시켜 역동적인 모형을 창조해냈다.

동시에 충분한 양의 햇빛과 그늘이 균형을 이루게 하고 건물에 주변 조경이나 경관까지 융합시켜 시애틀의 새로운 문화 아이콘으로 전혀 손색이 없는 명품을 만들었다. 여기에는 4,644톤의 철강과 알루미늄, 시멘트, 어떠한 충격에도 견딜 수 있는 강화유리가 사용되었다. 건물 내부는 철강과 시멘트가 일부 노출되었다. 바깥 모양은 다이아몬드형의 그물망으로 지붕과 벽면을 유리로 감싸, 투박하면서도 세련된 분위기를 자아낸다.

건축설계는 네덜란드의 렘 쿨하스$^{\text{Rem Koolhaas}}$가 이끄는 OMA^{Office} $^{\text{for Metropolitan Architecture}}$ 회사와 시애틀의 LMN 건축회사가 합작하여 완성시켰다. 쿨하스는 우리나라 건축계에서도 익히 알려진 사람이다. 삼성 이건희 회장의 개인미술관 리움^{Leeum}을 비롯하여 서울대학교미술관과 네덜란드 국립무용극장, 노트르담의 국립미술관, 로스앤젤레스박물관, 북경의 중국국영방송^{CCTV}을 설계한 세계적인 건축가다. 그는 현대의 문화를 건축에 적용하여 새로운 가치관을 적극적으로 수용, 건물이 곧 문화라는 사실을 실천적으로 보여주는 인물이기도 하다.

그는 도서관 건축에 큰 실적은 없지만, 도서관을 보는 데는 일가견이 있다. 지금까지 흔히 운영되고 있는 도서관 시스템을 비판적 관점에서 보고, 미래의 도서관은 21세기에 맞는 시스템을 갖춰야 한다고 강하게 주장하고 있다. 그는 도서관의 고정관념에서 벗어나려면 리딩 룸Reading room을 리빙 룸Living room으로 바꿔, 휴식을 취하고 커피를 마시며 토론하고 놀 수 있는 개방형 공간으로 만들기 위해 네 가지 자유를 회복해야 한다고 했다. 즉 정형화된 자료 조직으로부터 자유, 이용자의 이용 방법으로부터 자유, 업무 계통과 절차로부터 자유, 그리고 운영 프로그램으로부터 자유를 보장받아야 한다는 것이다. 이를 가장 잘 실천할 수 있도록 만든 건물이 바로 시애틀공공도서관이다.

전통적인 도서관 시스템을 거부하다

나는 새로 등장한 21세기 도서관의 다양한 콘텐츠와 광범위한 프로그램을 찾아보고 기존 틀에서 벗어난 자유로운 도서관이 과연 어떤 모습을 하고 있는지 직접 확인하기 위해 이곳까지 찾아왔다. 경험 많은 도서관장이나 안목 있는 사서가 이곳을 직접 와서 보면, 가상^{virtual}세계와 현실^{real}세계의 간격을 줄이기 위해 기존 도서관의 시스템을 바꾸기까지 쿨하스가 얼마나 많은 공력을 들였는지를 곳곳에서 발견하게 될 것이다.

수세기 동안 발전해온 대부분의 도서관은 크게 서고 공간과 열람 공간, 두 개의 공간을 앞에 또는 뒤에 교차시켜 두었다. 아니면 위나 아래에 공간을 독립시키거나 혼합해두었다. 그 배치 방식에 따라 건물의 바깥 모양과 내부의 구조형식이 좌우된 것이 오늘날 도서관의 전형적인 모습이라 할 수 있다. 이를테면 서고 공간이 적층식인가, 주변식인가, 전후식인가, 중앙식인가, 라는 틀에 따라 업무활동이나 봉사영역까지 정해졌다 해도 틀린 말이 아니다.

쿨하스는 오직 건축물을 통해 전통적으로 이어온 도서관 운영 시스템을 변화시키려 했다. 우선 첨단기법을 이용한 에너지 절약과 자연친화적인 시설로 효율성을 극대화할 수 있는 시스템을 적용하여, 책과 사람, 정보가 한공간에서 자연스럽게 만나도록 이상적인 공간을 구성한 새로운 개념의 도서관, 즉 컨버전스도서관^{Convergence Library}을 생각했다. 컨버전스란 원래 한곳에 모임, 집중, 통합을 뜻하는데, IT계에서는 여러 기술이나 성능이 하나로 융합되는 기술적 기능을 의미한다. 그렇다면 도서관의 기술적 융합기능은 무엇이고, 숨어 있는 능률과 서비스 활동은 무엇일까. 유감스럽게도 내 지식으로는 모두 알 수 없다. 설혹 일부를 안다고 해도 글로 표현하기는 더 어렵다. 쉽지 않은 일이지만 도서관 하드웨어가 어떻게 구성되어 있는지 알면 다소 도움이 될 것 같다.

시애틀공공도서관은 세 개의 기본 구조물이 전체를 감싸고 있다. 건물을 지탱하는 하부 콘크리트 구조와 플랫폼을 구성하는 강철 구조, 그리고 알루미늄 재질로 엮은 물고기 그물망 같은 다이아몬드 그리드^{diamond grid}의 유리 구조다. 겉으로는 세 구조가 바로 구별되지만 안으로 들어가면 건물 전체가 커다란 덩어리^{mass} 속에 파묻혀 있어 대부분은 잘 몰라본다. 그 덩어리 안에 다섯 개의 고정 공간과 네 개의 가변 공간이 설정한, 아홉 개 공간이 유기적으로 뭉쳐 있어 특별히 관심을 가지지 않으면 잘 알 수 없기 때문이다.

처음 찾아오는 사람들은 하늘까지 드러나는 확 트인 천장, 코발트색의 넓디넓은 실내, 노란색과 붉은색 등 갖가지 색으로 치장한 현란한 실내 분위기에 그만 도취되고 만다. 건물 한가운데 연두색

1층부터 4층까지 일자로 꿰뚫는
연두색 에스컬레이터.
입체적인 도서관 공간의
중심축으로 기능한다.

에스컬레이터가 1층에서 4층까지 한 줄로 오르내리는 장면도 한몫하고 있다. 이것을 타고 4층까지 올라오면 다시 10층까지 이어지는 또 하나의 에스컬레이터로 연결된다. 한 줄로 길게 이어진 에스컬레이터는 동선의 중심축으로, 이용자들의 편리한 징검다리와 같다.

도서관의 건물구조를 좀더 쉽게 이해하려면 고정 공간stability space과 가변 공간instability space이 무엇인지 알아두는 것이 좋다. 고정 공간은 본부 공간, 서고 공간, 미팅룸, 직원 공간, 주차 공간 등 다섯 개의 서브 공간subspace으로 구성되어 있으며, 유사한 성질을 가진 프로그램과 장서, 미디어들을 저장하여 이용자를 이끄는 기능을 하는 공간이다.

고정 공간 사이에 있는 가변 공간은 열람실, 다용도실, 리빙룸, 어

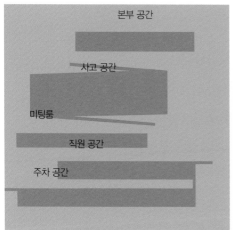

고정공간

본부 공간

사고 공간

미팅룸

직원 공간

주차 공간

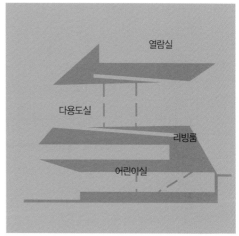

가변공간

열람실

다용도실

리빙룸

어린이실

고정 공간은 본부 공간, 서고 공간, 미팅룸, 직원 공간, 주차 공간 등 5개의 서브 공간으로, 가변 공간은 열람실, 다용도실, 리빙룸, 어린이실 등 4개의 서브 공간으로 구성되어 있다.

린이실 등 네 개의 서브 공간으로 구성되어 오직 이용자를 위해 정보 소통 및 휴게 공간의 기능을 부여한 곳이다. 고정 공간을 보정하는 가변 공간은 제각각 구조와 재료를 달리하여 효율성을 극대화하고 동시에 이용자의 입장에서 최대한의 욕구가 충족되도록 설계한 거장의 의지를 나타낸 것이다. 지금까지 보아온 기존 도서관과의 차이점이라 할 수 있다.

도서관 건물 자체가 독특하듯 내부의 풍경과 콘텐츠도 특이하고 생경스럽다. 고정 공간과 가변 공간 사이에 교차하는 9개의 서브 공간은 각자 특정 기능이 있다. 각 공간들이 어떻게 생겼는지 맨 위층에서부터 한 층 한 층 아래로 내려가보았다. 본부 공간은 도서관장실 및 행정 공간으로 최상층인 11층에 위치하고 있다. 아트리움을 통해 전체를 통제하고 지휘하는 곳이다. 입구에 들어서면 넓은 벽 시애틀공공도서관 명호를 적은 큰 글씨 아래 1세기 전, 카네기가 즐겨 쓰던 어록을 그대로 새겨놓았다.

> 문자공화국에서 자유로운 공공도서관보다 더 나은 민주주의 요람은 지구상에 존재하지 않는다. 이곳에서는 지위의 높고 낮음, 권력의 있고 없음, 돈이 있고 없음이 전혀 문제 되지 않는다.
> • 앤드류 카네기

도서관의 위대성을 직시한 카네기가 명언을 이곳 말고도 그가 지원했던 여러 도서관에도 남거둔 것을 보면, 21세기에 살고 있는 우리에게 그의 도서관에 대한 확고한 믿음을 일깨워주려는 방침인 것 같다.

서고 공간Book Spiral은 6층부터 10층까지 차지하고 있다. 스파이럴은 달팽이처럼 나선형의 램프로 이어지는 건축구조를 말하는데, 바닥을 약 5도 각도의 나선형으로 만들어 5개 층을 계속 돌며 이동할 수 있도록 연결했다. 이 방법은 쿨하스가 고안한 독창적인 공간 개념이다. 서가 옆 바닥에 듀이십진분류기호DDC를 000부터 999까지 연속적으로 이어지게 하여 종전의 층간의 단절을 없애버리고 입체적으로 배열하는 방법이다.

지금까지 도서관 공간은 평면적이기 때문에 한 섹션을 늘이거나

바닥에 큰 글자로 DDC를 적어놓아 해당 책을 한눈에 찾아볼 수 있다.
도서관·문헌정보학을 표시하는 '020' 표시를 바닥에 크게 적어놓았다.

줄이는 게 미리 정해진 층 안에서만 가능했다. 1920년대 시애틀도
서관에서는 컴퓨터 관련 책이 단 한 권도 없었지만 1990년대에 와
서는 이 주제의 책이 폭발적으로 증가해 결국 관련 도서가 제대로
분류되지 못하고 엉뚱한 곳에 꽂히게 된 적이 있다. 이 경우 DDC
분류법도 혼란을 피할 수 없기 때문에 결국 새로운 대안을 생각했
던 것 같다. 바닥에 크게 DDC를 적어 눈에 쉽게 띄도록 한 것도 이
용자를 배려한 뜻일 터다.

　지금 이 서고는 6,233개의 서가에 78만 권의 장서를 보유하고
있다. 7층부터 9층까지는 DDC 분류 000~999를 주제대로 소설류
를 제외한 비소설만을 수장하고, 6층에는 정부간행물과 신문 및 잡
지 2,000종을, 9층 일부와 10층에는 지도와 시애틀 시 지방사 자료

'리딩 룸'을 '리빙 룸'으로 바꿔 언제든 커피를 마실 수 있는
개방형 다용도실로 탈바꿈했다.

를 소장하고 있다. 더 이상 서가를 보충하지 않고서도 145만 권의
장서를 소장할 수 있다고 하는데, 서가에는 이미 많은 책들이 있어
앞으로 여기에 2배 정도의 장서를 더 채울 수 있을지는 잘 모르겠
다. 또 그 후 책이 더 늘어나게 되면 후속 대책은 있는지, 남의 일이
지만 궁금했다.

5층에 있는 다용도실Mixing Chamber은 일종의 정보 봉사실 같은 곳
이다. 이 공간은 사서와 일반인들이 함께 이용하는 공간이다. 145
대의 공용 컴퓨터를 통해 전문가의 정보를 효율적으로 이용토록 사
람과 책, 책과 정보가 융합되는 곳으로, 도서관의 심장 역할을 한다
고 볼 수 있다. 전통적인 도서관에서는 도서관을 방문하는 이용객

미팅룸의 겉모습. 벽과 천장, 심지어 조명까지 모두 붉은색으로 치장해놓았지만
내부는 평범한 색깔의 차분한 공간이다.
6개의 크고 작은 미팅룸은 사용을 신청하면 누구나 이용할 수 있다.

이 수많은 책과 전문기술, 전문사서들로 이어지는 대혼란과 맞닥트리게 된다. 이러한 혼란을 방지하는 완충장치로 많은 정보를 관리하는 사서들이 과중한 업무에서 해방되도록 이 방을 마련했다고 한다. 그래서 한가운데 위치한 것 같다. 이용자들의 편의성과 사서의 짐을 동시에 해결해주는 일석이조의 방법이다. 독창적이고 획기적인 방법에 후한 평가를 주고 싶다.

미팅룸을 4층에 둔 것은 이해되지 않는다. 보통은 동선이 짧은 저층부 또는 입구 쪽 외진 곳에 위치하는 것이 상식이기 때문이다. 건물 중앙에 두면 엘리베이터나 에스컬레이터 등 이동수단을 많이 이용하게 되어 복잡해진다. 게다가 주위를 온통 붉은색으로 치장해놓

도서관 전체를 감싸고 있는 코발트색 열람실. 도서관으로 햇빛이 충분히 들어오도록 조성한 것이 눈에 띈다.
시애틀공공도서관은 '모든 사람을 위한 도서관'으로 시애틀의 대표적인 랜드마크다.

3층에 있는 리빙룸은 도서관이 고객을 만나는 로비이자 응접실이다.
아침 일찍 노숙자 같은 분이 독서하는 풍경이 이색적이다.

은 것도 도서관답지 않아 보였다. 야간업소같이 온 바닥에 붉은 카
펫을 깔았다. 벽과 천장, 심지어 조명까지 모두 붉은색으로 뒤덮어
놓아 눈에 거슬린다. 수많은 도서관을 보아왔지만 붉은색 도서관은
처음이다.

6개나 되는 크고 작은 방은 미팅·세미나·회의 등을 열 수 있는
장소로서 동네 사랑방 구실을 하는 곳이며 누구나 사용 신청을 예
약하면 원하는 날짜와 시간에 이용할 수 있다. 안을 들여다보니 일
반 회의실과 차이가 없이 차분한 분위기를 유지하고 있다.

3층에 있는 리빙룸은 글자 그대로 도서관이 고객을 만나는 로비
이면서 응접실이다. 이용자 등록처와 기념품 상점까지 있어 만남
의 장소 또는 사교의 장소로 쓰임새가 많은 공간이다. 옆에는 소

书, 读新书! **Read New Books!** 새로 들어온 책을 읽으세요! **Atarashii hon o yomo!**
Chinese English Korean Japanese

"새로 들어온 책을 읽으세요!"라고 우리말로 적어둔 어린이도서관 신착도서 코너.
이밖에도 영어·불어·에스파냐어·러시아어·중국어·일본어 등 각 나라의 언어별로 책을
배치해놓았다.

설류와 신간도서, 시청각 자료를 배치해놓아 가볍게 독서를 하거
나 DVD를 감상할 수 있다. 특히 '10대들을 위한 스타벅스센터'
Starbucks Teen Center가 별도로 설치되어 있는 것이 재미있다. 청소년들
이 앉아서 책을 읽고, 스타벅스 커피를 마시며 인터넷을 하거나 때
로는 낮잠을 자기도 해 마치 자기 집 거실같이 호사하고 있다. 세상
천지에 이런 도서관도 있구나 싶었다.

이 공간은 다용도실, 서고 공간, 미팅룸과 건물 중앙 1층에서 3층
을 차지한 실내 극장을 거쳐 어린이실로 이어진다. 정면인 4번가에
서 보면 3층에 해당하지만 꺾어진 5번가에서는 1층이 되어 지면과
맞닿는 또 하나의 출입구다. 공항의 대기실처럼 외부에서 가깝게

8 창조적 상상력이 빚어낸 21세기형 도서관 239

접근할 수 있는 도서관의 로비여서 이용자의 쉼터로 온종일 붐비고 있다. 아침부터 노숙자 같아 보이는 사람이 짐을 끌고 와서 책을 읽는 모습이 어쩌면 아름다우면서도 한편 측은한 느낌이 드는 것은 나 혼자만의 생각일까. 실내가 복잡하여 혹시 책들이 분실되지는 않을지 염려스럽기도 했다. 이방인의 쓸데없는 기우이기를 바랄 뿐이다.

넓고 화려한 어린이도서관

지상 1층에 위치한 어린이 전용 도서관은 약 1,400평방미터 크기로 도서관에서 제법 큰 자리를 차지하고 있다. 큰길 4번가에서 1000번지 문패 밑으로 들어오면 왼편에 어린이도서관이 바로 이어진다. 처음 방문하는 우리를 관심 있게 쳐다보는 사람도 없고, 도서 보호장치도 없어서 쉽게 들어올 수 있었다.

어린이들의 구미에 맞도록 실내 벽과 천장을 아름다운 그림과 밝은 조명으로 꾸며놓고, 각 나라 언어별로 책들을 따로 구분해놓아 세계 어느 나라 어린이든 제 집처럼 책을 볼 수 있도록 배려해두었다. 영어·불어·에스파냐어·러시아어·중국어·일본어 책들이 눈에 띈다. 물론 한국어로 된 책과 신착 안내서도 가지런히 놓여 있다.

"어린이도서관이 왜 이렇게 큰가요?"라고 누군가 안내자 야콥스에게 묻자 이런 대답이 돌아왔다.

"이곳 시애틀에는 어린이보호센터가 많아서 어린이들이 무척 많아요. 그 아이들이 모두 이곳을 이용한답니다. 도서관을 이끄는 주

어린이도서관은 굉장히 넓고 화려하다. 26대의 컴퓨터가 군데군데 비치되어 있고, 스토리텔링 코너와 엄마와 함께 읽는 가족휴게실 등을 모두 갖추고 있다.

요 고객은 어른들보다 어린이라는 사실이 입증된 셈이죠."

이 말이 사실인 듯, 어린이를 위한 실내는 굉장히 넓고 화려했다. 26대의 컴퓨터가 군데군데 비치되어 있고, 스토리텔링 코너와 엄마와 함께 책을 읽는 가족휴게실 등 있을 만한 것은 모두 갖추었다. 밝은 조명, 각 서가 위에 놓인 곰 인형 등 아이들의 눈을 즐겁게 해주는 장식이 많아 마치 어린이 천국에 들어온 것 같다.

어린이도서관과 연결된 건물 중앙부 1층에서 3층까지 275석을 갖춘 계단식 열린 극장도 있다. 다목적 공간으로 큰 회의나 이용자 안내, 특강 또는 세미나실로 많이 이용한다고 한다. 꼭 필요한 주요 공간이며 입구와 열람실, 사무실 등 동선이 가깝고 편리해 여러 가지로 쓸모가 많을 것 같다. 여기에 오면 이런저런 볼거리가 다양하다. 세계의 도서관이 어떻게 변화하고 있고, 그것이 우리에게 주는 시사점은 무엇인지 배울 점도 많다.

친환경을 생각하는 미래지향적인 도서관

내가 이 도서관에 후한 점수를 줄 수 있는 이유는 첨단도서관이 이미지뿐만 아니라 실용성 면에서도 최상의 기량을 보여주고 있기 때문이다. 도서관 실내에 조그마한 정원을 만들어 물을 주고 있다. 햇빛이 직접 들어오니 식물이 충분히 살 것 같다. 목재 바닥에 깔린 카펫에 그려진 강력한 색채의 식물 그림이 살아 있는 화초들과 잘 어울린다. 연속적으로 깔린 카펫이 천연 잔디로 덮인 지붕까지 연결되어 건물을 사인친화적으로 이끌어낸 것도 볼 만하다.

밖에는, 도서관 주위에 서 있는 기존 가로수를 정리하고 조경 계획을 다시 세워 '나무들의 도서관'Library of Trees이라고 이름을 붙였다. 건물을 에워싼 방향마다 다른 주제를 가진 나무들을 재배치함으로써 마치 각기 다른 방향에 다른 종류의 책을 진열하고 있는 서가를 연상토록 했다. 도서관을 자연 속으로 몰입시킨 것은 누구의 아이디어일까.

건물 주변에 키가 낮은 다년생식물과 잔디를 심어 계절과 날씨에 따라 색채와 형태가 수시로 변하는 '마법의 양탄자' 같은 효과를 연출해낸 것도 그냥 지나치면 섭섭할 것 같다. 입구 바깥에 시애틀 유명 조각가 즈다가와의 청동 분수대를 설치한 것은 또 어떤가. 도서

도서관 실내에 조그만한 정원을 만들어 직접 식물을 키우고 있다.
햇빛이 실내까지 들어오니 식물이 충분히 살 것 같다.

관에서 지혜가 샘솟듯이 언제나 맑은 물이 솟아나게 한 '지혜의 분수'도 도서관으로서 의미 있는 상징물이라 할 수 있다.

광장 입구에 키가 큰 나무를 심어 도심 속의 작은 공간을 조성해, 이용객들의 만남의 장소이면서 휴식과 낭만이 있는 쉼터를 마련한 것을 보면 선진국의 여유로움마저 보인다. 이런 시설은 돈이 있다고 아무나 할 수 있는 일이 아니다. 도서관에 대한 깊은 철학과 사랑이 없이는 어렵지 않을까.

시애틀공공도서관은 에너지 절약 등 녹색혁명에도 앞장서고 있다. 외부면적 전체와 돌출된 플랫폼에 강화유리를 사용해서 효율적인 온냉각 시스템을 개발해냈다. 또 건물 전체의 공기를 아트리움

꼭대기까지 보낸 후 밖으로 내보내는 강제순환 시스템을 고안, 유리 표면을 냉각 또는 가열함으로써 일반 건물보다 40퍼센트 이상 에너지 효율이 높은 것으로 판정받은 것도 주목할 만하다.

화재가 발생했을 때는 천장의 팬을 통해 건물 안의 연기를 강제 배출토록 했고, 옥상에는 4만 갤런약 15만 리터의 빗물을 저장할 수 있는 대형 물탱크를 만들어 1년 내내 화장실 전용수로 공급한다고 하니 이보다 더 친환경적인 건물이 또 있을까.

이밖에도 도서관에는 눈에 잘 드러나지 않은 기능이 곳곳에 숨어 있다. 이를 찾아내는 것도 공부가 될 것 같다. 이 지대가 환태평양 지진대임을 감안하여 강한 지진과 강풍을 대비하여 견고함을 갖춘 데다가 아름다움까지 구비하고 있다. 컴퓨터로 모의실험을 거듭하면서 어떠한 지진과 강풍에도 건물과 책을 보존할 수 있도록 안전장치를 마련한 것도 우리가 배울 점이다. 자연광을 최대한으로 유입하면서 동시에 햇빛 각도를 자동적으로 조절하여 눈부심 현상까지 고려한 것을 보면, 과학의 기술이 어디까지 나아갈 것인지 놀라우면서도 대견스럽다.

유리창을 통해 도서관 실내 이용자들이 책 읽는 모습을 밖에서 볼 수 있도록 설계하여 지나다니는 사람들이 책을 읽고 싶은 충동을 자연스럽게 느끼게 했다. 이처럼 사람들의 심리를 반영한 설계가 전 세계 건축가들의 시선을 끌었다는 점도 그냥 스쳐 지나서는 안 될 것 같다. 거기에다 내부 커튼은 음향 흡수와 햇빛 조절 기능을 충실히 이행한다. 건물 전체를 에워싸고 있는 유리 파사드를 따라 설치한 스틸 구조를 잡아당기면 커튼의 안과 밖이 뒤집어지면서 새로운 분위기를 연출하는 것도 재미있는 볼거리 중 하나다.

거장 쿨하스가 보여주는 색의 향연

외형 못지않게 이 도서관에서 주목할 만한 것이 또 있다. '색의 향연을 펼친 도서관'이라는 점이다. 우선 다이아몬드형 유리로 투과되어 발생하는 코발트 빛깔의 실내 색조, 천장 창을 통해 비치는 푸른 하늘, 주변이 온통 빨간색인 미팅룸, 유리벽으로 들어오는 도시의 풍경과 어우러져 책을 담고 있는 서가의 색채와 연두색 에스컬레이터, 이동기구 등 노란색·빨간색·회색의 비품들이 저마다 독특한 색깔을 뽐내면서 제 영역을 과시하고 있다. 유아실은 보색인 분홍색으로, 5세 이상 어린이의 공간은 노란색으로 구분해놓은 것을 보면 거장 쿨하스가 색채를 치밀하게 다루었음이 실감난다.

시애틀공공도서관에는 이용자 몫으로 400대의 컴퓨터와 무선 인터넷 시스템을 갖추어놓았다. 대출은 테크로직 시스템$^{\text{tech logic}}$ ^{system}으로, 요청한 책을 2층에 있는 컨베이어 장치로 손쉽게 이동시킨다. 매일 평균 1만 5,000명이 이용한다. 종전 도서관 이용자 2,500~4,000명의 3~4배를 능가하는 이용률이다. 도서 대출률도 전보다 60퍼센트 이상 증가했다고 하니 이용자 친화적 건물이 얼마나 중요한지 이번 여행에서 확실히 깨닫게 되었다.

지금까지 내가 살핀 시애틀공공도서관은 피상적으로 들여다본

관찰기일 뿐이다. 짧은 시간이지만 새로운 도서관은 아름답고 독특할 뿐만 아니라 미래지향적 모델을 제시한 것이 분명하다. 하지만 쿨하스의 의지대로 도서관의 모든 시스템이 제대로 작동되고, 기능이 올바르게 유지되며, 이용자들의 욕구를 만족시켰는지에 관해서는 미지수로 남겨둘 수밖에 없다.

그렇지만 이번 도서관 탐방을 통해서 미래 도서관의 방향을 가늠할 수 있었다는 점이 큰 소득이었다. 환경을 생각하는 자연친화적 도서관으로 진화한 모습을 직접 본 것만으로도 행운이 아닐 수 없다. 앞으로 우리나라에서 새로 건축할 제2의 국립도서관이나 지역의 대표적 공공도서관을 세계적 명품 도서관으로 만들겠다면, 적어도 이런 미래형 도서관을 찾아가서 직접 관찰하는 기회를 가졌으면 한다. 앞으로 우리 노서관이 어떤 방향으로 나아가야 하고, 어떻게 자리 잡아야 할지 많은 깨달음을 얻게 될 것이다.

Seattle Public Library
1000 Fourth Ave., Seattle, WA. 98104-1109
U.S.A.
www.spl.org

9 현대판 콜로세움이 밴쿠버에 부활하다

캐나다 밴쿠버공공도서관

품격 있는 디자인, 품격 있는 도서관

고속도로 휴게소만 해도 명소가 되려면 아무데나, 아무렇게나 세워서는 안 된다. 우선 위치 선정을 잘해야 하는데 출발지에서 적정한 거리, 운전으로 피곤해질 쯤의 거리가 적당하다. 주위는 지역 특성과 어울려 풍광이 아름답고 해방감을 느낄 수 있는 장소로, 그 지방 특산물을 갖추고 질 높은 서비스를 제공한다면 금상첨화다. 여기에다 특징적인 건물이라면 부가가치는 상승하게 된다.

이를테면, 서울에서 지방으로 나가는 휴게소는 고향을 찾아가는 어머니의 품속처럼 목가적이고 전원풍인 건축물이어야 하고, 반대로 상경하는 휴게소는 도시의 활기찬 포스트모더니즘을 상징하는 도시풍의 건물이어야 한다. 하행선은 서울의 복잡하고 시끄러운 도시 공간을 탈출하여 모처럼 만나는 시골의 서정과 향수를 자아내 마음의 여유로움을 주자는 의도이고, 상행선은 서울로 돌아가는 여행자들에게 복잡한 일상으로 복귀한다는 암시로 미리 마음을 준비하도록 해주자는 것이다. 우리가 무심히 보아왔던 도로변의 휴게소가 그러하다면 도서관 건축은 두말할 나위가 없다.

세계 어디서든 품격 있는 도서관으로 인정받으려면, 우선 건물이 특색 있고 아름다우며 크기와 내용에서 설립 목적과 균형이 맞아야 하고, 이용자 수준을 고려한 충분한 장서와 유용한 시설물을 충실히 구비하는 것이 원칙이다. 위치는 교통이 편리한 곳으로, 걸어서 가깝고 주위는 쾌적하며 소음이 적어 독서 분위기를 자아내는 환경을 갖춘 곳이어야 한다. 그다음 도서관의 어메니티^{amenity: 건물이나 장}소에 잘 어울리고 최적의 분위기를 이끄는 포인트를 일구어 지적 호기심을 높여주며, 사람을 끌어들이는 매력적인 이미지를 준다면 품격은 한층 올라간다.

이따금 외국 대학에 들를 때마다 짜임새 있는 아름다운 캠퍼스 건물은 말할 것도 없고, 잘 정돈된 거리와 나무들, 음악당, 수영장 등 여러 시설물이 적당한 자리에 조화롭게 배치되어 있다는 것을 느끼곤 한다. 중심부에는 대학본부와 학생회관, 식당이 있고 그 부근에는 반드시 위용을 자랑하는 상징적인 건물 하나가 보인다. 그것을 도서관이라고 보면 거의 틀림없다.

거기에 가면 건물 안에 어떤 사람이 무슨 책을 읽고, 분위기는 어떤지 한 번 들어가보고 싶게 한다. 밖을 나와 도서관을 낀 오솔길을 걷다가 벤치에 앉으면 책을 읽고 싶은 충동이 저절로 일어난다. 도서관 주위의 산책로는 그 옛날 괴테와 야스퍼스, 하이데거가 사색하면서 걷던 길이고, 건물에는 어느 노벨상 수상자가 기거했다는 연구실이 있으며, 어느 위대한 문호의 저서를 간직하고 있는 기념관이라는 말을 들을 때마다, 나는 부러움과 함께 놀라움을 감추지 못했다.

유감스럽게도 우리 주위에는 이렇게 부러움을 살 만한 이야기를 담고 있거나 독특한 특징 또는 매력적인 이미지를 갖춘 도서관이 별로 보이지 않는다. 천편일률적인 사각형 건물에 무미건조한 외양과 창틀, 아무 장식도 없는 평범한 건축물로 그만그만하다. 분위기를 살려주는 어메니티도 없고, 도서관을 부각시키는 조각이나 그림, 글씨로 표현한 어떠한 이미지도 찾을 수 없다.

그래도 '도서관다운' 몇 곳을 지적해보라면, 서울대학교 외 몇몇 대학도서관이 눈에 띌 뿐이다. 관악산 정상 줄기를 따라 캠퍼스 한가운데에 위치한 서울대학교 중앙도서관은 앞쪽에서 6층, 뒷면에서 4층으로 총면적 2만 9,000여 평방미터의 거대 도서관이다. 도서관을 중심축으로 오른쪽은 인문, 사회과학, 예체능 캠퍼스를, 왼쪽은 이학·공학·자연과학 캠퍼스, 그리고 그 뒤쪽은 약학계열을 각각 배치하여 학문을 그룹화했다. 그리고 앞면 3층, 뒷면 1층 자리에 남북으로 가로지르는 넓고 긴 터널이 학생들의 집결지이자 중심 통로다. 이 거리를 지날 때 넓은 유리창으로 비치는 학생들의 독서하는 모습에 그대로 감정이 이입되어 곧 도서관으로 들어가고 싶은 충동을 느끼도록 설계했다.

이화여자대학교 100주년기념도서관도 대학의 오랜 역사만큼 도서관 이미지를 잘 갖춘 건물이다. 외형 디자인이나 내부 시설물, 동선의 흐름과 인테리어, 벽에 걸린 액자 하나하나가 마음을 끌어당겨 부담 없이 드나들 수 있도록 꾸며놓았다. 건국대학교 상허기념도서관은 정사각형 학사모를 모티프로 외부 디자인을 설계해 학문의 전당답게 웅장함을 돋보이도록 설계했다.

외국에서는 새롭고 기발한 도서관이 주위로부터 많은 관심을 사고 있다. SF영화에 등장할 법한 시애틀공공도서관, 로봇과 교신하는 관제탑처럼 생긴 캘리포니아 샌디에이고대학 가이젤도서관은 대학의 명성만큼 속도 알차다. 앞면이 모두 세워둔 책으로 버티고 있는 캔자스시립도서관이나, 외벽이 붉은 점토 타일의 수많은 책으로 에워싼 이탈리아 베르가모의 넴브로Nembro공공도서관, 인간의 뇌를 형상화해서 '베를린의 두뇌'라는 별명을 가진 베를린 자유대학의 언어도서관 등 모두 경이롭다. 하나같이 도서관을 상징하는 건물구조이거나 지식 또는 책을 이미지화한 모형이다. 만일 건물 자체에 아무런 특징이 없다면, 도서관 전면에 길고 긴 도서관 이름을 뒤집어놓아 시선을 끄는 독일의 보쿰Bochum대학도서관 같은 곳도 있다.

좀더 깊이 있게 들어가면 세계의 위대한 도서관은 모두 한 시대 한 지역의 랜드마크 건물이었고, 거기에는 긴 역사를 말해주는 진귀한 책과 기록물이 가득 차 있음을 알 수 있다.

미국 워싱턴에 있는 세계 최고, 최대의 도서관인 의회도서관, 토머스 제퍼슨 빌딩 천장은 '지식의 길잡이'를 뜻하는 320송이의 황금빛 장미꽃으로 장식되어 있다. 그리고 홀 한가운데는 이 도서관의 상징인 순백의 미네르바가 월계관을 쓰고 '지식의 등불'을 밝히고 있다. 자태도 아름다울 뿐만 아니라 주위와 멋지게 조화를 이룬다. 뉴욕 자유의 여신상이 미국을 상징하는 '자유의 등불'이라면 이곳의 여신상은 인간의 지식을 밝히는 등대이자 진리를 상징하는 등불이다. 의회도서관의 상징성은 결국 '책과 지식'에 뿌리를 내리고 있다는 이미지를 심어준다.

'지식의 경기장'으로 불리는 파리의 리슐리외국립도서관은 철을 재료로 거대한 원통형의 아치 천장으로 마감한 건물이다. 19세기만 해도 대부분 구조물에 석재, 목재 또는 시멘트 등을 건축자재로 이용했는데, 에펠탑을 제외하고 철재로 생활 공간을 처음 도입한 건물이 바로 리슐리외도서관이다. 벽면에 서가를 배치하고 넓고 높은 공간에 좁은 기둥과 얇은 난간을 두어 벽과 기둥이 가로막는 구조를 최소화했다. 확 트인 건물 한복판에 이용자를 불러들이는 모습은 원형경기장에서 검투사가 목숨을 걸고 싸우는 모습을 연상시킨다. 고대의 철학자가 지식을 얻기 위해 학문을 토론하는 것처럼 사람과 책이 진지하게 부딪히는 열린 공간을 만들어냈다.

프랑스 미테랑국립도서관 또한 '센 강변에 세운 지식의 탑'으로 프랑스의 건축가 도미니크 페로Dominique Perrault의 작품이다. 그는 명료성·단순성·유연성으로 도서관을 표현해냈다. 도서관에 '펼친 책 모양'open book shape 타워 네 개를 세워 혁신적인 도서관 이미지를 각인시켰다. 페로는 도서관의 책을 사장되어서는 안 될 '열린 책'으로 표현했다. 그는 최근에 이화여자대학교 대운동장 지하에 이화캠 퍼스복합단지ECC: Ewha Campus Complex를 설계해 학계의 상당한 주목 을 받고 있다. 우리 대학에도 머지않아 새로운 명품이 탄생될 날을 기대해볼 수 있겠다.

현대판 콜로세움을 만나다

이처럼 세계의 위대한 도서관 외형이나 내부시설 또는 설치된 조 각물은 모두 그 도서관의 고유의 특징과 강력한 이미지를 보여주고 있다. 캐나다 밴쿠버공공도서관도 마찬가지다. 건물이 고대 로마의 콜로세움을 닮아 마치 로마 한복판에 와 있는 것 같다.

콜로세움은 높이 48미터, 둘레 500미터 크기에 고대 로마시대에 만들어진 원형경기장으로 당시 유럽 건축물 가운데 최대 규모로 손 꼽힌다. 로마 장군 티투스Titus는 황제로 등극하기 전 이스라엘 왕국 과 전쟁에서 대승하여 노예 10만 명을 데리고 귀환했다. 그중 4만 명을 동원해 8년간에 걸쳐 완공한 건물이 콜로세움이다. 검투사 또 는 맹수들과의 싸움을 로마 시민에게 구경시킴으로써 로마의 위대 성을 보여주고 애국심을 심어주기 위해 세웠다고 한다. 시민에게 공포심을 통치수단으로 이용한 정치적인 목적이 숨어 있었다는 말 도 함께 전해져 내려온다. 이곳 캐나다의 공공도서관을 투기장 모 양으로 만든 것은 혹시 밴쿠버 시민에게 애국심과 일체감을 주기 위해서가 아닐까.

도서관은 겉만 투우장 모양일 뿐, 내부는 학문과 지식, 지식과 정보가 만나는 책의 전당으로 창조해놓았다. 그렇다면 왜 하필 시끄러운 싸움판이었던 건축물을 흉내내어 조용한 도서관을 축조했을까. 피를 튀기고 살육하는 장소를 어떻게 학문과 지식의 광장으로 꿈꾸었을까. 그리고 흥분하고 열광하는 관객들의 환호성을 어째서 책장을 넘기는 고요한 소리로 대신해 생각했을까. 설계자의 의도를 파악하기 위해 자료를 찾아보고, 여러 곳에 물어보았지만 명쾌한 답을 얻지 못했다.

도서관은 밖에서 보면 4층 규모로 로마의 콜로세움보다 한참 왜소하고 높이도 크기도 균형이 맞지 않으며, 마치 레고 블록을 쌓은 것같이 날렵해 보인다. 외벽 재질도 자연 원석이 아닌 진한 벽돌색 대리석을 다듬어 붙여 오랜 역사의 굴곡을 겪은 그곳과 비교하면 엄숙하고 장엄한 분위기는 전혀 찾을 수 없다.

외벽은 타원형으로 직사각형 유리건물이 안을 둥글게 에워싸서 중첩되어 있다. 바깥 원형벽은 계속 이어져 직사각형 건물을 한 바퀴 돌아 마치 @ 모양처럼 끝에 출입구가 나온다. 새롭고 특이한 건물임이 틀림없다. 4층 건물의 높이 또한 일정하지 않고 원을 돌면서 키가 낮아진다. 그리고 석벽 창틀에 1~3층까지만 유리를 설치하고 4층은 유리창이 없이 옥상의 하늘정원과 맞닿아 있다. 옥상에 수목을 심어 건물이 더 아름다워 보인다.

타원형 본관 건물 옆에 높다란 수직 빌딩이 붙어 있다. 도서관 건물인 것 같기도 하고 별개의 빌딩 같기도 하다. 두 건물이 서로 조화가 되지 않아 도시건축 디자인 면에서 상생이 아니라 상극이다. 혹

콜로세움을 연상시키는 밴쿠버공공도서관. 마치 로마 시내 한복판에 와 있는 것 같다.
그러나 유구한 역사가 자아내는 장엄한 분위기는 전혀 찾을 수 없다.

처럼 붙어 있는 빌딩 때문에 콜로세움 이미지와도 부합되지 않을
뿐더러 옛 유적에서 모티프를 얻는 아이디어가 오히려 체감된 것
같다. 차라리 빌딩 없이 콜로세움 하나만 크고 장엄하게 우뚝 세웠
으면 어떠했을까 싶다.

외형보다 빛나는 내부의 아름다움

밖에서 살펴본 도서관은 솔직히 좋아 보이지 않았다. 콜로세움을
닮은 외관이나 부속건물, 색깔 등 전반적인 도서관 이미지도 좀 그
러했다. 그러나 잠시 선입견을 버리고 간판을 따라 안으로 들어가
자 몇 시간 바깥을 돌면서 보고 느낀 마음이 금방 180도 달라지기
시작했다. 겉만 보고 섣불리 판단할 일이 아니었다. 바깥에서는 4
층 구조처럼 보이지만 내부는 9층으로 나누어져 실제 안과 밖의 모
양과 구조가 전혀 딴판이다. 7층까지는 도서관으로 사용하여 층마
다 각기 독립된 주제의 자료실을 운영하고, 나머지 8층과 9층은 브
리티시컬럼비아 주정부에 20년간 장기 임대해주었다. 이는 미래의
도서관을 위해 남겨둔 것으로, 임대기간이 만료되면 바로 도서관으
로 활용할 예정이라고 한다.

유리지붕 아래는 넓고 길쭉한 실내 광장이 조성되어 언제나 사람
들로 붐빈다. 광장을 중심으로 바깥쪽에는 10여 곳의 카페와 간이
식당, 기념품 판매점 등이 나란히 있고, 안쪽은 모두 도서관이다. 한
쪽만 보면 큰 백화점이나 시장 한가운데 와 있는 것 같지만, 양쪽을
모두 살펴보면 도서관 이용자들이 내뿜는 열기를 온몸으로 느낄 수

있다.

안과 밖의 균형, 경제적인 공간 활용 등 몇 가지 문제점을 지적할 수 있지만, 전체적으로 밴쿠버공공도서관은 디자인이 새롭고 기발하여 참 흥미롭다. 종래에 일반 도서관에서 느껴온 엄숙함이나 진지함이 보이지 않고, 격식을 차리지 않아 부담감이 없다. 동시에 '지식의 경기장'이라는 살벌한 이미지와도 거리가 멀다. 고대 철학자처럼 학문을 토론하는 현장이 아니라 공원이나 놀이터처럼 젖먹이 어린이부터 휠체어를 탄 백발노인까지 와서 사람을 만나고 책과 컴퓨터로 정보를 나누는 21세기 도서관의 전형이라 할 만하다. 규모도 장대하지 않고, 세계적으로 자랑할 만한 장서도, 역사적 기록물도 없지만 도서관이 실시하는 많은 프로그램을 통해 주민과 함께하는 위대한 도서관으로 간주하고 싶다.

이 도서관이 위대한 이유는 또 있다. 대부분의 현대 도서관은 서가를 벽에 설치하고 그 속에 사람을 가두어두는 배치구조로 공간을 절약한다. 이 도서관은 그 구조의 틀을 완전히 바꿔놓았다. 24킬로미터에 이르는 서가를 한가운데 두고 열람 좌석은 모두 창가에 배치하여 사람이 서가와 책을 에워싸도록 했다. 자연 조명을 최대로 활용함으로써 에너지 절감과 독서 환경을 일시에 개선한 것이다. 수세기 동안 도서관이 일방적으로 지향하던 이른바, '책 중심'에서 '사람^{이용자} 중심'이 된, 한 걸음 진화한 모습이다.

게다가 전 층마다 창가 쪽에 긴 곡선형 독서아케이드^{reading arcade}를 만들고 칸칸마다 독서대를 설치했다. 독서아케이드는 일종의 로

유리지붕 아래 넓고 길쭉한 실내 광장은 언제나 사람들로 붐빈다. 아기를 재운 채 책을 읽는 엄마의 모습이
여유롭다. 광장 바깥쪽에는 카페와 간이식당, 기념품 판매점 등 10여 곳이 나란히 있고, 안쪽은 모두 도서관이다.

열석 같은 개인 독서공간으로 층마다 구름다리로 연결되어 있다. 이 다리를 건너가 호젓하게 책을 읽을 수 있다면 그것만으로도 행복해질 것 같다.

도서관은 일요일을 제외하고는 항상 열려 있다. 22개의 분관 중 일요일과 월요일 양일간 휴관하는 곳은 14곳이다. 도서관 카드가 없어도 출입할 수 있고 마음대로 돌아다니면서 원하는 책을 선택할 수 있다. 100종도 넘는 상세한 안내 책자가 층마다 진열되어 있어 사서의 안내 없이도 구석구석 돌아볼 수 있다. 몇몇 이용자가 사서들과 오랫동안 진지하게 대화를 나누는 것을 보니 사서들이 안내나 투어보다 참조 봉사에 많은 비중을 두는 것 같았다.

실내 구조를 한번 들여다보자. 1층 겸 반지하 큰 공간에 어린이도 서실을 두었다. 최근 중국인과 홍콩인들이 밴쿠버에 많이 이주해서인지 벽과 천장에 용龍 그림과 모형을 달아 실내를 온통 중국풍으로 도배해놓았다. 중국의 한 도서관을 방불케 한다. 가족용 멀티미디어실과 별도의 어린이 라운지, 수유실, 어머니 전용실, 미취학 어린이실, 초등학생 스토리텔링실 등 다양하게 구분되어 있다. 한쪽 벽 전체에 물이 흐르는 '시간의 분수'Fountain of Time는 길가에 접해 있다. 미관상 시원해 보이고 밖의 소음까지 차단하면서 자연의 물소리를 그대로 들을 수 있어 어린이 정서에 좋을 것 같다. 자료의 온전한 보존에는 다소 영향이 있겠지만 말이다.

2층은 일반 열람실로 신간 소설과 비소설 등 가벼운 읽을거리를 비치하고, 한쪽에는 한국어를 비롯한 14개의 다국어 책과 청소년

도서관 전 층의 외벽 창가 쪽마다 곡선으로 처리된 긴 독서아케이드를 만들고 칸칸마다 독서대를 설치했다.
각 층은 구름다리로 연결되어 있다.

1층 겸 반지하 큰 공간에는 어린이도서실을 두었다. 중국인과 홍콩인들이 밴쿠버에 많이 거주해서인지 중국의 어느 도서관을 보는 것 같은 분위기를 연출해놓았다.

자료를 갖추고 있다. 3층에는 문학과 사회과학 도서, 그리고 랭귀지랩이 있다. 4층에 "당신의 삶을 변화시키자"라고 직업을 소개하는 정보실에는 항상 사람들로 분주하다. 한쪽에는 과학도서와 비즈니스 자료를 비치하고 있다. 5층에는 캐나다·미국·중국 등에서 발행된 당일 신문과 최신 잡지를 구비한 갤러리가 있고, 6층에는 예술·역사 분야와 지도 자료를, 7층에는 희귀도서와 역사적 사진 자료를 갖춘 특수 도서실이 있다. 한쪽은 별도의 컴퓨터실이어서 젊은이들이 주로 이용한다.

　이상의 설명으로는 여느 공공도서관과 별로 다르지 않다. 이름난 도서관이라면 어딘가 매력적인 이미지를 품고 있거나 어메니티가

각종 직업을 소개하는 정보실에는 항상 사람들로 북적인다.
"당신의 삶을 변화시키자"라는 문구가 눈에 띈다.

있어야 한다. 꽃이 아름다운 이유는 고운 빛깔과 좋은 향기 때문이다. 그래야 벌과 나비가 찾아오고 많은 꿀을 모은다. 유리벽을 통해 어디서나 독서하는 모습이 보이고, 어린이실까지 둥글고 예쁜 독서 의자로 통일하고, 그것이 어디서나 보이도록 해 많은 사람이 모이게 한다. 사소한 데까지 이용자를 위해 배려했음을 알 수 있다.

대체로 선진국 도서관의 모습과 그곳에서 책을 찾고 독서하는 풍경은 어디서나 비슷하다. 휠체어를 타고 스스로 움직이면서 서가에서 책을 찾는 노인들, 등에는 가방을 가슴에는 아기를 품고 서가 앞에 서서 독서하는 엄마, VPL^Vancouver Public Library 로고가 찍힌 쇼핑 바구니를 들고 책장을 돌아다니는 젊은 부부, 이렇게 도서관은 각

양각색의 이용자들이 온종일 들고 난다.

사람이 중심이 된 도서관

밴쿠버도서관은 행정구역상 해밀턴, 랍슨, 호머, 그리고 조지아
타운과 경계를 이룬다. 시내 한복판에 있어 접근성이 좋아 도서관
이용이 편리하고 실내외 먹거리와 볼거리가 많아 도시의 문화공간
으로 최적의 위치다. 이 자리에는 원래 1869년에 카네기의 도서관
기금을 지원받아 설립된 뉴 런던 매카닉스 인스티튜트도서관이 있
었다. 캐나다의 건축가 모세 새프디$^{Moshe Safdie}$와 다운스 회사가 합
작해서 옛 건물을 헐고 지금의 도서관을 지었다. 새프디는 1967년
몬트리올 동식물 서식지, 캐나다 국립 갤러리, 오타와 시청사, 그리
고 최근에는 미국 솔트레이크 시 중앙도서관과 예루살렘박물관을
설계한 세계적인 건축가다. 그의 화려한 명성만 보아도 도서관의
풍부한 인프라를 충분히 감당해내었을 성싶다.

도서관 남북을 가로지르는 옥상정원은 밴쿠버 최고의 조경건축
가 오버랜더가 담당했다. 아름다운 정원을 사진에 담고 싶었지만 1
년에 한두 차례만 개방하기 때문에 마음대로 출입을 할 수 없다. 이
곳에 근무하는 사서 중에서도 아직 정원을 못 본 사람이 있다니 아
예 사진 찍는 미련을 버리기로 했다.

총면적 3만 8,000평방미터에 달하는 도서관은 1993년 착공한
지 26개월 만인 1995년 5월 26일 완공했다. 캐나다 브리티시컬럼
비아 주정부에서 1억 700만 캐나다 달러$^{약 1,000억 원}$의 예산을 들인

거대한 프로젝트로 캐나다에서 세 번째로 큰 공공도서관이다. 규모는 종전 도서관의 2배로 1,200석의 열람석을 확보하고, 빌딩 내에는 51킬로미터에 달하는 컴퓨터용 섬유 케이블을 설치했다. 2007년 말, 장서 수는 130만 권, 비도서 자료를 모두 합하면 273만 점에 이른다.

밴쿠버에는 이 도서관 말고 22개 분관이 더 있다. 선진국의 모든 도서관이 그렇듯이 이 도서관도 교육·문화·정보의 핵심 시설이고 지역의 사랑방이다. 현재 밴쿠버 주민의 46퍼센트인 40만 명이 도서관 회원카드를 소지하고 있다고 한다. 2007년 자체 통계에 의하면, 국내외에서 연간 500만 명이 도서관을 방문하고 연 750만 건의 자료 대출이 이루어지고 있다.

이곳 사서들이 성인 및 초·중등학생을 대상으로 추진하는 프로그램이 한 해 동안 5,560개에 달해, 여기에 참여한 인원이 16만 3,000명에 이르렀다고 한다. 한 도서관이 수행하는 프로그램이 이렇게 많다니 사서들의 저력에 압도될 수밖에 없다. 그들이 도서관 일에 얼마나 사력을 다하고 있는지 각 층마다 펼쳐놓은 전단지 하나만 봐도 금방 수긍이 간다.

몇 가지 사례를 보기로 하자. 2002년도부터 '밴쿠버 한 책 읽기 운동'One Book, One Vancouver이라는 이름의 독서운동을 9년째 계속하고 있다. 2008년 '밴쿠버 시민이 읽을 한 책'은 한 유대인 가족이 캐나다 토론토에 이민을 와서 겪은 내용을 담은 툴친스키의 소설,

도서관 설립연도와 도서관 설립에
참여한 인물을 기록한 부조물.
밴쿠버도서관 광장에 설치되어 있다.

『모세 래핀스키의 다섯 권의 책』The Five Books of Moses Lapinsky이 선정되
었다. 신문 광고에는 "이 책 하나로 온 도시가 쓰러졌다"라고 선전
에 열을 올리고 있다. 밴쿠버 시는 시티와이드북클럽City wide book club
의 스폰서를 받는다. '한 책 읽기 운동 위원회'가 그해에 출판된 좋
은 책 4권을 추천하면, 사서들이 그중에 한 권을 올해의 책으로 결
정한다.

캐나다도서관협회는 '노인을 위한 도서관 정보 서비스 지침'을
만들어 도서관 시설의 안전과 편리함을 증대시킬 수 있는 노인 친
화적인 도서관을 만들려 노력하고 있다. 이를 위해 도서관 열람실
노인용 라운지에 줌텍스라는 약시용 스크린 확대 장치를 설치했다.
나아가 거동이 불편한 노인을 위해 집으로 찾아가는 이용자 서비스
까지 제공하는 것을 보면 도서관 관외활동이 앞으로 얼마나 더 확
장될지, 또 사서의 업무 영역이 어디까지 발전할지 가늠하기가 어
렵다.

지금 세계적인 경제 불황의 여파로 인한 캐나다 정부 긴축 정책

부시 대통령과 빈 라덴을 풍자한 정치만화 전시회 포스터.
정치 문제에도 대범한 밴쿠버도서관의 모습을 볼 수 있다.

으로 공공시설에 대한 재정 지원이 미흡하다. 그럼에도 공공도서관
예산만큼은 다른 기관보다 덜 인색한 편이다. 많은 프로그램이 유
지될 수 있는 이유는 도서관을 인식하는 정부 당국자의 안목, 이용
자들의 문화 수준과 무관하지 않다. 밴쿠버공공도서관도 별도의 기
금재단을 결성하여 기부금을 모으는 데 작년 한 해에만 60만 캐나
다 달러약 6억 원를 확보했다. 또 1995년에 설립한 단체 VPL Friends
를 통해 자원봉사자를 모집하고 도서 기증운동을 펼치고 있다.

이렇게 확보한 도서는 밴쿠버 시민을 위해 해마다 할인 판매를
한다. 협찬자 또는 독지가로부터 기증받은 책과 이미 소장가치가
사라진 책, 중복된 책을 골라 매년 4월과 10월, 두 차례 할인 판매

266

도서관 활동 프로그램을 소개하는 게시판.
2008년 7~8월 이벤트 프로그램만 해도 30가지가 넘는다.

를 실시한다. 가격을 55센트부터 2.55캐나다 달러로 판매하고 있
어 잘 고르면 횡재할 수 있다고 한다. 내가 이곳을 방문한 시기가 7
월 중순임에도 도서관 전단지와 웹 사이트에는 '가을 세일'을 안내
하여 벌써부터 흥을 돋우고 있는 것을 보니, 그때가 되면 얼마나 떠
들썩할지 모르겠다.

　밴쿠버 시는 캐나다의 세 번째 큰 항구도시이자 세계 3대 미항으
로 알려져 있다. 이곳은 날씨도 온화하고 도시 인프라도 잘 구비되
어 전 세계의 사람들이 몰려와 다인종·다문화 사회를 이룬다. 그래
서인지 열람실에는 아시아계 노인들이 유난히 많고 그들이 하루 종
일 소일하고 있어도 누구 하나 눈총을 주는 사람이 없다. 서울 종묘

앞에서 하릴없이 서성이는 우리네 노인들이 언제든지 머물면서 쉽게 책과 노닐 수 있는 도서관은 언제쯤 기대할 수 있을까?

정치 문제도 대범하다. 부시와 빈 라덴을 한자리에 세운 정치만화 전시회나 근현대 미술 및 클래식 음악 프로그램을 1년 내내 진행한다. 전통적인 도서관 봉사가 이제는 새로운 문화마당으로 외연을 넓혀 시민들의 사랑을 받고, 시민들 또한 즐기는 모습이 그대로 눈에 보인다. 리플릿에 적힌 '2008년 7~8월의 이벤트'에 두 달 동안 진행되는 프로그램이 30종류가 넘는데, 한국의 공공도서관 사서에게 혹 참고가 될 것 같아, 줄여서 몇 가지 프로그램을 소개하기로 한다.

『모세 래핀스키의 다섯 권의 책』의 저자 툴친스키와의 만남6월~8월까지 8회/캐나디언 북캠프/다큐멘터리 영화 스크리닝/환영, 어린이 이벤트/오! 캐나다 사이버 일요일/클래식 음악의 발견/세계의 시/유대인 음악 오케스트라/테크노 화요일/토요일 아침 북클럽/성인 여름 독서클럽/다국어 여름 독서클럽/축 브리티시컬럼비아!/한국문화 축제/헬로우 러시아/베트남으로부터 인사/고전 북클럽/비소설 북클럽/한번에 직업 찾기

밴쿠버도서관은 '책 중심'에서 '사람 중심'이 된 도서관임을 새삼스럽게 확인했다. 여기에다 끊임없이 유익한 프로그램을 개발하고 에너지를 쏟아내는 사서들을 확인하고, 인종·정치·종교를 초월

하여 다양하게 펼치고 있는 유익한 프로그램을 발견했다. 이런 콘텐츠를 직접 목격한 일이 이번 도서관 순례에서 얻은 값진 소득이라 할 수 있다.

우리나라에서는 아직도 도서관에 대한 이미지가 정책 당국과 시민들의 무관심 속에 있고, 사서직 또한 한가한 일로 생각한다. 그러나 이곳의 도서관 사서는 조금도 한가하지 않다. 사서들이 2007년 7월부터 10월까지 파업을 단행한 것을 보면, 캐나다의 사서직에 대한 직업의식과 자신감은 결코 녹록지 않음을 알 수 있다. 도서관이 석 달간이나 파업을 감행하다니 우리나라에서는 감히 상상할 수 있을까? 이 사건은 나에겐 신선한 충격으로 다가와, 이곳을 '위대한 도서관'으로 지목할 수밖에 없는 이유가 되었다.

이렇게 부드러우면서 활동적이고 좋은 이미지를 주는 도서관이 많았으면 좋겠다. 이만한 사서정신이 있다면 우리의 도서관도 오늘에 그대로 머물러 있지 않을 것이라는 생각을 해보며 아쉬운 발길을 돌려야 했다.

Vancouver Public Library
350 W Georgia St. Vancouver, British Columbia V6B 6B1
Canada
www.vpl.ca

10 지식의 대양을 항해하는 거대한 함선

영국 국립도서관

도서관 종주국, 영국

오래도록 식민지로 거느리고 있었기 때문일까. 영국은 애초부터 미국에 대하여 우월성을 가지고 있었다. 그들의 고유명사를 한번 들여다보자. 미국 『뉴욕타임스』와 비견되는 『런던타임스』를 그들은 도시명을 없애버리고 『더 타임스』로 줄여 쓴다. 또 미국도서관협회^{ALA}와 상응하는 영국도서관협회는 국가명을 생략해버리고 도서관협회^{LA: The Library Association}라고 부른다. 영국 국립중앙도서관 역시 줄여서 브리티시라이브러리^{BL} 또는 더 라이브러리^{The Library}로 말하며 종주국 행세를 한다.

이 모두가 한때 세계를 제패한 대영제국의 자존심을 그대로 간직하고 싶었기 때문일 것이다. 우리나라 대학에서 발행하는 몇몇 신문만 보면 쉽게 비교가 된다. 서울대학교의 『大學新聞』과 『연세춘추』 『高大新聞』 『釜大新聞』이 이렇게 다르지 않은가? 그 영향이 오늘까지 이어져 아직도 많은 사람들은 영국을 '대영제국'으로, 도서관을 '대영도서관' 또는 '대영국립도서관'으로 호칭하기를 거부하지 않는다. 왜 아직까지 우리는 '대영'[위대한 대영제국]의 이름 아래 머물고 있을까?

런던 시내를 거닐다 보면 과거 40여 개 연방국을 거느린 나라답게 건물 곳곳마다 대영제국의 영화가 드러난다. 일찍이 권리청원, 청교도혁명, 명예혁명 등 역사적 사건을 두루 거치며 의회민주주의 기초를 닦아놓았고, 18세기 중반의 산업혁명 또한 근대사의 큰 물줄기를 만들어냈다. 그 이후 해외 식민지의 독립과 경제공황 등으로 어려움을 겪기도 했지만, 오늘날 영국은 과거의 대영제국답게 유럽뿐만 아니라 유엔을 비롯한 국제기구에서 중심국가로서 막강한 영향력을 행사하는 데는 아직도 변함이 없다.

거기에는 그럴 만한 이유가 있다. 미국의 아이비리그에 필적하고 하버드대학과 맞먹는 800년 전통을 가진 옥스퍼드대학과 케임브리지대학이 있기 때문이고, 또 이런 대학을 뒷받침해주는 보들리언도서관과 렌도서관이 건재하고 있기 때문이다. 나아가 영국 국립도서관을 중심으로 방방곡곡에 심어놓은 4,700여 개에 달하는 공공도서관의 힘이 작용하기 때문이라고 조심스럽게 관측해본다. 선진국치고 도서관을 소홀하게 대하는 나라가 없으며, 부실한 도서관을 가진 나라치고 일류 국가로 발전한 전례가 없었다.

나는 영국의 도서관을 보러 멀리서 찾아왔다. 세계 유수의 도시로서 정치·금융·산업·문화·연극·뮤지컬의 중심지이기 때문만은 아니다. 이런 담론은 일단 제쳐두고, 대신에 대중에게 지식과 정보를 제공하는 공공도서관의 수와 현대 첨단상품과 사치가 질주하는 백화점의 수를 비교해놓은 한 신문기사에 초점을 맞추어보기로 하자.

2008년에 『동아일보』 권재현 기자가 쓴 한 편의 기사가 흥미롭다. 약간 지난 자료이지만, 런던에는 386개의 공공도서관이 있고, 뉴욕에는 213개, 도쿄에는 217개, 서울에는 42개^{2008년 69개}의 공공도서관이 있다. 런던에 400여 개에 달하는 도서관이 있다는 사실에 비하면 서울의 공공도서관 수는 런던의 6분의 1밖에 안 된다.

한편 눈을 돌려 백화점 수를 보면, 서울이 27개로 단연 선두를 달리고 있다. 다른 나라 백화점은 런던에 9개, 뉴욕에 10개, 도쿄에 28개가 있어 서울은 런던과 뉴욕보다 3배가 더 많고, 도쿄보다 단지 1개가 적을 뿐이다. 서울뿐만이 아니다. 한국 제2의 도시에도 기네스북에 등록된 세계 최대의 백화점을 자랑하고 있으니 더 말해 무엇하랴. 우리들의 사치성 소비문화와 책 읽는 문화를 한 울타리 안에 넣고 견주어본다면 대한민국 수도 서울의 품격이 어느 수준인지 대충 짐작이 간다.

국토 전역을 봐도 마찬가지다. 인구 6,000만 명인 영국에 4,712개 공공도서관이 있는 데 비해, 인구 5,000만 명이 사는 IT 강국, 세계 10위권의 경제력을 갖춘 대한민국에는 영국의 7분의 1에 불과한 644개 도서관뿐이라는 사실을 또 어떻게 설명해야 할까. 과연 이 정도 수준이 21세기 지식강국·문화대국으로 이어질 수 있을까? 이런 의문을 제기하기 전에, 영국의 도서관을 이끄는 국립도서관은

거대한 함선을 닮은 영국 국립도서관. 오늘날 영국이 각종 국제기구에서 중심국가로 활동하는 배경에는
이 도서관을 중심으로 나라 곳곳에 퍼져 있는 4,700여 개의 공공도서관 때문이다.

도대체 어떤 모습인지 눈으로 직접 확인하고 싶었다.

세계 지식을 탐험하는 전당

한때 세계를 누빈 "24시간 태양이 지지 않은 나라"답게 해양제국의 거대한 함선 하나가 런던 시내 중심가에 정박하고 있다. 바다에 떠 있는 배가 아니라 육지에 올라온 함선 모양의 거대한 건물을 말한다. 20세기 말까지 영국에서 건설된 제일 큰 공공건축물 중 하나였으며, '지상에서 가장 위대한 도서관' 중 하나라고 스스로 자랑하는 영국 국립도서관이다.

"세계의 지식을 탐험하라"Explore the World's Knowledge는 슬로건의 영국 국립도서관 홈페이지는 첫 화면부터 이렇게 시작한다.

"우리는 1,400만 권의 장서와 92만 종의 신문과 잡지, 5,800만 건의 특허 자료, 300만 개의 음악 등 많은 자료를 가지고 있습니다. 자, 지금부터 지식 탐험을 시작하세요."

이밖에도 세계적으로 진귀한 문화재급인 30만 권의 필사본, 250만 건의 지도, 800만 장에 이르는 세계에서 가장 오래된 우표와 스탬프를 자랑하고 있다.

도서관이 공식 발표한 단행본 장서 수는 단일기관으로 2,900만 권의 미국 의회도서관, 1,600만 권의 하버드대학도서관 다음가는 수량으로 세계 세 번째에 해당한다.

총 연장 1.6킬로미터의 컨베이어벨트와 3만 개의 박스를 통해 인문학자료실 등 11개의 주제별 열람실로 전달하는 도서 자동관리

시스템^{MBHS}은 도서관 관리·운영의 질을 높이는 데 필수다. 게다가 1,000명이 넘는 잘 훈련된 사서의 인적 구성만 가지고도 세계 최고의 도서관으로 평가하는 데 손색이 없을뿐더러 이러한 도서관이 존재한다는 사실 자체로도 문화대국의 수준을 한 단계 더 높이고 있다.

그럼에도 사람들은 세계 3대 박물관인 러시아의 에르미타주, 프랑스의 루브르, 영국의 브리티시박물관을 쉽게 기억하면서, 세계 3대 도서관의 하나인 영국 국립도서관을 잘 모른다. 아예 도서관을 잊어버리고 있다. 왜 도서관에는 관심이 없는 것일까. 이들의 무관심을 안타까워하기 전에, 줄곧 도서관을 공부한 나는 왜 이러한 도서관도 모른 채 지금까지 살아왔을까. 스스로 부끄러워지면서 늦게나마 시작한 이 위대한 도서관 순례가 내 직업에 대한 조그만 예의라고 생각했다.

사실 계획적인 도서관 탐방은 그렇게 쉬운 일이 아니다. 유럽의 이름난 도서관을 방문하려면 반드시 몇 주 전에 예약을 해야 한다. 특히 수도원도서관의 경우 상당한 촬영비를 내야 하고 특별 안내를 받을 경우 경비를 지불하는 것이 일반적이다. 영국 국립도서관도 마찬가지다. '전국 학교도서관 담당교사 서울 모임'이 쓴 『유럽 도서관에서 길을 묻다』를 보면, 1시간 30분 안내로 300유로^{약 58만 원,} _{2009년 3월 13일 기준}를 지불했다니 결코 적은 돈이 아니다. 다행히 나는 구경값도 내지 않고, 도착하기 전부터 미리 나와준 영국 신사 매메트 덕분에 투어를 잘 마칠 수 있었지만 말이다.

지식의 바다에 떠 있는 거대한 함선

도서관의 전위적인 현대식 건물, 영국 국립도서관 정문 문양 어디에도 도서관을 닮은 구석이 없다. 건물 모형이 큰 함선처럼 생겨서일까. 둥근 조망창, 높은 굴뚝까지 그대로 갖춰 한 세기 전에 유행하던 호화 여객선을 그대로 빼닮았다. 과거 해양제국의 티를 내기 위해서는 아닐까. 세계 도서관을 많이 보아왔지만 보스턴에 있는 존 F. 케네디대통령도서관 이후 이렇게 큰 것은 처음 보는 광경이어서 더욱 그렇다.

"BRITISH LIBRARY"라는 글자 문양으로 장식한 철 대문이 매우 독특하다. 바로 옆 붉은색 벽 안내판에는 18세기 영국의 대시인 새뮤얼 존슨의 어록을 적어놓아 누구나 한 번쯤 읽고 들어가게 된다.

"지식의 종류는 두 가지입니다. 하나는 우리가 알고 있는 제목(주제)이고, 또 하나는 그 주제의 정보가 어디 있는지 아는 것입니다."
들어오셔서 지식을 자유롭게 찾아가세요. 1주 7일 개관.

열린 대문 안으로 들어서자 눈앞에 청동으로 만든 큼직한 사내가 구부정하게 엎드려 컴퍼스로 무언가 바닥에 열중이 그리는 동상이 보인다. 곱슬머리에 두상이 유난히 크고, 안경을 낀 뚱뚱한 모습이 본채 건물과 어울리지도 않고 조형미도 없어 보인다. 그는 의자에 앉아 허리를 구부린 채 바닥에 무언가 도형을 그리는 데 여념이 없

도서관 입구. 오른쪽 붉은색 벽에 18세기 영국의 대시인
새뮤얼 존슨의 어록을 적어놓아 누구나 한 번쯤 읽고 들어가게 된다.

다. 누구일까? 무엇을 하는 것일까? 알고 보니 아이작 뉴턴[I. Newton]
이었다. 외형적 모양에만 집착한 내가 왠지 쑥스러워졌다. 외적인
아름다움보다 심연에서 풍기는 이미지가 더 중요하다는 오래된 진
리를 왜 몰랐을까.

만유인력을 발견하여 인류의 과학사를 뒤흔든 영웅을 국립도서
관 안마당에 둔 것은 어떤 심오한 메시지를 우리에게 전하고 싶어
서일 것이다. 인도와도 바꿀 수 없다던 셰익스피어가 아닌 수학 도
구를 든 뉴턴을 국립도서관의 상징으로 삼은 것은 어쩌면 앞으로
영국이 나아갈 길을 암시하고 있는지도 모르겠다.

구부정하게 앉아 컴퍼스로 무언가 열심히 그리고 있는 뉴턴의 청동상. 만유인력을 발견하여 인류의 과학사를 뒤흔든 영웅을 국립도서관 안마당에 둔 배경에는 어떤 심오한 뜻이 담겨 있을까.

　나를 안내하고 있는 풍채 좋은 사서 매메트는 내 카메라를 연신 쳐다보면서 촬영이 가능한 곳과 안 되는 곳을 짚어가며 이리저리 데리고 다녔다. 지상 9층과 지하 5층, 모두 14층으로 된 건물 중 지하 1층에서 4층까지는 서고다. 보통 영국 공공건물이 100년마다 재건축을 하는 데 비해 이 도서관은 수명 200년을 목표로 견고하게 지었다고 한다. 지하 서고는 일반 규격의 2배인 8층 높이로, 지상과 지하 전체 건물을 합하면 17층이다. 이 건물을 한 바퀴 돌려면 하루가 다 갈 것 같아 중요한 몇 곳만 보여달라고 요청했다.

1982년 찰스 왕세자가 직접 초석을 놓은 이 도서관은 콜린 윌슨 Colin Wilson이 설계했다. 정초한 지 15년이 걸려 1997년에 완공했지만 추가로 보존 센터를 짓기까지 10년이 더 소요되어 2007년에 모두 마무리되었다. 착공에서 최종 완공하기까지 4반세기가 걸렸고, 여기에 투입된 총비용이 무려 5억 유료약 9,000억 원라고 하니 꽤 비싼 건물임이 틀림없다.

연면적 120만 평방피트약 3만 3,700평의 도서관은 영국 표준에 맞춰 섭씨 16~19도, 습도 45~55퍼센트를 항상 유지하도록 설계했고, 세인트 킹스크로스 역과 동선을 최대한 줄였다. 도서관 바로 옆 지하철 빅토리아 선에서 항시 일어나는 소음을 막기 위해 6미터 두께의 지하 벽을 쌓았다.

오늘의 영국 국립도서관은 1972년 7월 27일 공포된 영국 도서관법에 따라 1973년 7월 1일 재발족했다. 1753년에 이미 설립된 영국 박물관도서관BML이 중심이 되어, 1916년 국립중앙도서관NCL과 1950년에 영국 국가서지센터BNB, 1961년에 국립과학기술 대출도서관NLLST, 그리고 1960년에 국립 과학발명 참고도서관 NRLSI을 설치하여 1966년 5개 특허청 도서관을 단일 시스템으로 개편했다. 하나의 국립도서관으로 통합한 새로 지은 도서관에 모두 옮겨온 곳이 바로 영국 국립도서관이다.

현관 안 로비를 지나 2층으로 오르는 계단 앞에 "1998년 6월 25일 여왕 폐하께서 이곳에 문을 여셨다"고 적어놓은 커다란 대리석을 마주치게 된다. 눈을 돌려 메인홀 오른쪽에 만남의 장소가 보이

도서관 만남의 장소 앞에 청동으로 만든 의자 모양의 커다란 책 한 권이 눈에 띈다.
사슬에 묶인 쇳덩이를 달고 있는 점이 특이하다.

고, 그 앞 바닥에 청동으로 만든 커다란 책 한 권이 금방 눈에 띈다.
반쯤 펼쳐 있는 책은 마치 장의자처럼 생겨 누구나 쉽게 앉을 수도
있겠다. 하지만 의자는 쇳덩이를 단 사슬에 묶여 있어서 아무도 앉
지 않는다. 의자도 아닌 것이, 책도 아닌 것이 왜 사슬에 묶여 있을
까. "책에 있는 지식은 모두 내 것으로 묶어두자"가 아니면 "지식은
가져가되 책은 가지고 가지 말라"는 뜻은 아닌지 혼자 생각해봤다.
　책은 원래 귀한 존재였다. 중세사회에서 책을 소유하는 것은 당
시 대중을 지배하던 두 계층, 즉 성직자와 귀족만이 누릴 수 있는 특

권이었다. 오랫동안 복잡한 수작업으로 만든 값비싼 책은 특권층의 전유물일 수밖에 없었다. 일반 서민의 대부분이 문맹자였으며, 글을 해독하더라도 책을 살 여유가 없어 돈을 주고 빌리거나 책을 베끼는 데 만족해야 했다.

구텐베르크의 인쇄술이 등장한 후 대량으로 책이 유통하기까지, 책은 지식과 정보의 매개체가 아니라 값비싼 재산품목이어서 모두 쇠사슬에 묶여 있었다. 그만큼 책이 귀하던 시절이었다.

도서관 안의 도서관

국립도서관에는 계란 노른자처럼 또 하나의 도서관이 숨어 있다. '왕의 도서관'King's Library이다. 국왕 조지 3세가 별세한 후, 1823년 그의 아들 조지 4세가 선왕의 장서를 국립도서관에 기증했다. 이 책들은 국립도서관으로 오기 전, 역대 왕들의 교육을 위한 고전 작품과 성서 자료, 정치·신학관계 논문들이 체계도 없이 뒤섞여 있어 골동품 창고와 같았다. 이것을 왕의 이름으로 한곳에 모아 도서관을 만들었다.

큰 도서관 안, 계단 옆에 6층 높이의 서고를 탑처럼 쌓은 왕의 도서관은 약 6만 5,000권의 장서가 자태를 뽐내고 있다. 왕의 책들을 청동 창틀에 끼운 유리성이 에워싸놓아, 열람실과 복도 어디서나 잘 보이도록 전시 효과를 높였다. 하지만 누구나 함부로 출입할 수는 없고 특별 열람을 요청한 사람에 한하여 사서가 직접 인솔한다.

큰 도서관 실내 로비 주변 벽 곳곳에는 크고 작은 그림과 흉상들

신관 열람실. 영국 국립도서관은 중앙열람실과 11개의 주제별 열람실,
1,200개의 열람석 시설을 갖추고 있다.

을 많이 붙여놓았다. 2층으로 오르는 계단 왼편에 국립도서관을 세
우고 가꾼 인물, 코튼·뱅크스·그랜빌·슬론 네 사람이 나란히 붙어
있다. 이와 같이 도서관을 만들고 키운 위대한 인물이 있었기에 오
늘날 세계 최고의 도서관이 존재하지 않았을까?

이처럼 위대한 사서가 탄생하고 세계적인 도서관 강국이 되기까
지 그들이 겪은 시련을 상기할 필요가 있다. 19세기 초, 권력과 지
위에서 소외된 사람들이 꿈을 이루려면 개인 지식과 교육이 중요
하다는 점을 인식하고 조직원들에게 무료로 책을 빌려주는 '차티
스트 독서실'이 우후죽순처럼 생겨났다. 대출전용 도서관이 인기를
끌었고, 곧이어 상업성을 띤 회원제 대출 도서관까지 등장했다. 이
것이 오늘날 영국 공공도서관의 모태다.

2층으로 오르는 계단 왼편에 영국 국립도서관을 세운 4인의 흉상이 보인다.
왼쪽부터 코튼·뱅크스·그랜빌·슬론.

　국립도서관이 홍보 책자로 펴낸『지식의 보물창고』는 세계적 희
귀 자료를 12개 유형으로 분류해두어 읽기도 편하고, 컬러 화보여
서 보는 것만으로도 눈부시다. 세계에 11권밖에 없는 독피지犢皮紙
로 만든『구텐베르크 42행 성서』와 세계에서 가장 큰 3.6미터의 대
형 지도책이 별도 서고에 안치되어 있다. 구텐베르크 인쇄술이 발
명되기 20년 전인 1435년 세종의 명으로 집현전 학자들이 동활자
로 간행한『춘추경전집해』등 120점에 달하는 보물들을 책으로 만
들어 소상하게 설명해주고 있다.
　영국박물관처럼 국립도서관도 상당수의 다른 나라 유물과 책을
가지고 있다. 2009년 11월 한국 문화재청 보고에 의하면, 해외에
소재한 우리 문화재는 총 20개국에 7만 6,000여 점으로, 유럽에서

크기가 3.6미터나 되는
세계에서 가장 큰 지도책.
영국 국립도서관 별도의 서고에
안치되어 있다.

는 영국이 가장 많은 6,600여 점을 가지고 있다. 그중 책은 의궤, 기
독교 관련 서적 능 229종 594책에 이른디고 하니 더 이상 췌어이
필요 없다.

그밖에 귀중품으로는 역대 영국 왕실의 도서와 기록물을 위시해
서 영국헌법의 기초인 「마그나카르타」와 레오나르도 다빈치의 자
필 노트, 1788년 3월 18일 창간된 『더 타임스』의 초판, 비틀스의
원본 악보, 넬슨 만델라의 음성과 문서 재판기록, 셰익스피어의 초
기 간행본, 8세기 일본에서 나온 『백만다라니경』, 중국 최고의 인쇄
물 『금강반야바라밀경』 등 진기한 자료들이 무궁무진하다.

박물관인가, 도서관인가

영국 국립도서관이 1753년 등기한 호적부를 보면 독립 도서관이 아닌 영국 박물관도서관^{British Museum Library}으로 작명되어 있다. 이렇게 도서관과 박물관은 한날한시에 태어났지만 사람들은 '도서관'을 없어도 되는 맹장처럼 떼어버리고 그냥 '박물관'이라 부른다. 도서관의 존재를 아예 모르거나, 알아도 박물관의 부속기관으로 치부해버린다.

그러나 실제 기록을 찾아보니, 이곳은 처음 개관할 때 3개 업무부서, 즉 자연과 인공예술품 부, 필사본 부, 인쇄본 부로 출발했다. 세 개의 부서 중 박물관 일은 단 한 곳뿐이고 나머지는 모두 도서관 업무를 보았다. 박물관은 도서관에 비해 미미한 수준이고, 소장하던 품목도 도서관 자료가 대부분이었다. 1881년 박물관과 완전히 분리되기까지 도서관이 훨씬 우세한 상태로 존속했다.

당시 시대적 조류가 도서관은 이용이나 연구를 목적으로 하기보다 보관하고 전시하는 데 더 비중을 두었기 때문에 지식과 정보를 탐험하는 공간이라기보다 단지 책을 쌓아두는 창고 정도로 인식했다. 하지만 도서관은 제자리를 지키면서 그 고유의 업무를 수행했고, 최근 세인트 판크라스에 웅대한 도서관이 건립되기 이전까지 250여 년 동안 영국의 국립도서관으로서 지존의 자리를 지켜냈다. 긴 역사의 흔적을 뚫고 오늘의 국립도서관으로 정착하기까지 지나온 과정을 잠시 들여다보기로 하자.

영국 박물관도서관은 의회법에 따라 한스 슬론이 소장한 상당수의 필사본과 귀중도서, 고미술품, 메달, 동전, 표본 등 5만여 점을 정부가 매입하고, 로버트 코튼의 장서와 에드워드 할리의 수장품으로 1753년 6월 7일 출범했다. 뒤이어 1757년 국왕 조지 2세의 왕실 장서를 추가시킨 후 1759년 일반 대중에게 공개함으로써 마침내 영국의 국립도서관으로 정착했다.

1817년 버네이가 기증한 1만 3,000권의 도서와 초기 그리스어·라틴어 사본, 그리고 연대순으로 제본된 17~18세기까지의 영국 신문철이 추가되고, 1823년 국왕 조지 3세의 도서 약 6만 5,000권을 보탬으로써 규모가 2배로 증가되었다. 도서가 늘어남에 따라 건물 동편은 도서관 전용으로 만들고, 서편에는 이집트 자료 전시용 갤러리를 세웠다. 정문에서 바로 보이는 44개의 이오니아식 원기둥이 떠받치고 있는 신고딕 양식 건물이 바로 국립도서관이다.

건물은 일견 호화롭고 장엄해 대영제국의 영화와 권위를 그대로 보여주고 있지만 도서관으로서 조건은 제대로 갖추지 못했다. 창이 없는 밋밋한 정방형 건물에, 서가 겸 열람실인 공간은 바닥에서 천장까지 서가와 책들로 가득 차 있어 높은 사다리가 없이는 책을 꺼낼 수 없었다. 독서 환경도 매우 열악해 적절한 습도조절과 환기가 되지 않아 도서관으로서는 부적격한 장소였다. 게다가 어둡고 공간이 비좁은데다가 의자라야 수십 개 정도여서 하루 이용자가 열 명이 못 될 때도 있었다. 이와 같은 악조건 속에서 이용자와 장서가 늘어나 도서관 활동은 계속되었지만 결국 도서관으로서 기능을 잃어 갔다.

이에 정부는 1850년 국가단위의 공공도서관·박물관법[PLMA: Public Libraries and Museums Act]을 제정하여 지방정부가 공적 자금으로 공공도서관을 건립하고 무료로 도서관 서비스를 제공하도록 했다. 이 법은 영국 최초 시민의 세금으로 운영되는 근대적 개념의 공공 도서관을 설립하는 발판이 된다. 이로써 1852년 수도가 아닌 맨체 스터에 공공도서관 제1호가 처음 등장한 것이다.

우연의 일치인지 시민이면 누구나 무료로 이용할 수 있는 최초의 공공도서관은 같은 해 대서양 건너 미국 보스턴에도 설립되었다. 세계에서 처음으로 시작한 두 개의 무료 공공도서관이 오늘날 근대 적 도서관의 숭고한 이념을 바탕으로 하고 있음은 재론할 여지가 없다.

사서가 디자인한 강철 도서관

이와 같이 영국의 도서관이 시민의 품으로 찾아올 무렵, 안토니 오 파니치라는 위대한 사서가 등장했다. 그는 도서관 책임사서로 서, 사서가 아닌 이용자의 편에서 볼 때 종래의 박스형 공간은 책과 사람의 소통 공간으로는 한계가 있음을 깨닫는다. 그 대안으로 대 형 원형 열람실을 구상했다. 얼개를 직접 디자인하고, 스케치한 원 형 열람실 원안이 1852년 4월 그대로 수용됨으로써 세계 두 번째 로 큰 장대한 돔을 갖춘 원형 열람실이 탄생했다.

착공한 지 3년 만인 1857년 5월 2일에 마침내 대영박물관 열람 실이 완공되었다. 명칭도 옛날 그대로 도서관 열람실이 아닌 '박물 관 열람실'로 낙점되었지만, 당시 세계 도서관계에서는 장엄한 열 람실을 박물관 열람실이 아니라 '위대한 도서관'으로 호평했다. 세

방사형으로 뻗은 대열람석. 사서 안토니오 파니치는 종래의 박스형 공간으로는 책과 사람의 소통 '농'산에 한계가 있음을 깨닫고 대형 원형 열람실을 구상했다.

계에서 가장 큰 돔을 가진 로마의 판테온 신전보다 직경이 0.6미터가 짧지만 바티칸의 산 피에트로 대성당의 돔보다 0.3미터 더 큰 이 건물은 지금 영국 건축물의 랜드마크로 지정되었다.

  일명 '강철도서관'Steel Library으로 부르는 이 건물은 모두 철제 프레임을 사용하여 공간도 절약하면서 화마로부터 비교적 자유롭도록 설계했다. 가로 95.4, 세로 71.6미터 크기의 초대형 직사각형 건물 한가운데 직경 43미터의 원형 돔을 갖춘 거대한 원형 열람실을 만들고, 원형 열람실을 에워싸고 있는 직사각형 건물은 모두 서고 공간으로 마련했다. 돔은 바닥으로부터 높이 32미터를 유지하고,

바닥 한가운데를 중심으로 방사선형 열람석을 배치해 미적으로나 건축학적으로 안정감을 준다.

200톤이나 되는 21개의 철근 기둥을 엮어 돔을 지탱시켰다. 그 사이사이에 가로 8.2, 세로 3.7미터 크기의 긴 아치창을 설치해, 창에서 들어오는 자연채광과 직경 13미터 둥근 유리 천장으로부터 내려오는 자연채광만으로 책을 읽을 수 있도록 설계했다. 그때만 해도 전기가 없어서 1880년까지 가스카본불로 조명을 대신하다가 그 후 네 개씩 묶은 5,000개의 촛불로 책과 모든 열람실을 밝혔다.

밤이 되면 5,000개의 촛불 아래 모여 앉아 독서하는 낭만적인 모습을 상상해보지만, 아무리 철제구조로 된 도서관이라도 전구가 아닌 촛불 조명이 과연 화마로부터 자유로웠을까 하는 의문이 들었다. 다행히 촛불 열람실은 오래가지 못하고 1893년부터 백열등이 들어와 실내가 한결 밝아졌다.

이때까지만 해도 세계 도서관 건축의 조류는 바실리카풍의 정방형 건물 한가운데 책상과 의자를 두고 모든 벽면에 서가를 설치해 천장까지 높이 쌓아두는 것이 전형적 모델이었다. 파니치는 이런 건물 형태를 과감히 청산하고 서고 공간과 열람 공간을 완전히 분리시켰다. 그래서 이 도서관은 1862년 프랑스의 앙리 라브루스트가 설계한 원형 돔을 갖춘 파리 리슐리외국립도서관과 함께 유럽의 위대한 도서관 건축물로 꼽힌다.

이러한 모형은 외형이 웅장하고 화려하며 실내가 밝고 공간을 넓게 이용할 수 있어 19세기 도서관의 정형으로 남아 오늘날까지 도서관 건축사에 많은 영향을 끼치고 있다.

1870년, 도서관은 마침내 장서 100만 권을 돌파한다. 150만 권까지 수용할 수 있어서 당시는 물론 20세기 말까지 세계 최대 규모의 도서관이라 부르는 데 아무도 주저하지 않았다. 원형 벽을 둘러싼 철제 서가에 꽉 찬 책들이 마치 거대한 돔을 지탱하고 있는 성벽이라는 착각마저 불러일으키는데, 실내 책장 길이만 해도 40킬로미터에 이르러 일반 성인이 하루 종일 다 걷기도 벅차다.

전체 서가는 3층으로 눈높이에서 책을 보고 꺼낼 수 있어 사다리가 없어도 누구나 쉽게 접근할 수 있고, 각 층은 띠를 따라 원을 그리며 한 바퀴 돌 수 있도록 발코니가 연결되어 있다. 바닥에 오늘날 카펫을 대신하는 빅토리아풍의 코르크와 고무로 합성한 깔개를 깔아 이동을 편리하게 하고 실내의 소음을 차단시킨 것도 특징이라 할 수 있다.

도서관에서 일어나는 소음의 주범은 이용자들의 말소리와 발자국 소리다. 아직도 우리나라의 상당수 도서관에는 카펫이 없다. 실제 도서관 안에서 굽 높은 구두를 신은 몇몇 이용자가 일시에 똑딱거리며 지나다니는 것을 목격한 어느 외국인이 "마차가 지나가는 줄 알았다"고 한 말은 결코 과장된 표현이 아니다. 선진국 도서관에서는 운동화나 가벼운 단화를 신는 것을 이용자가 지켜야 할 최소한의 예의로 생각하여 각자 알아서 지키고 있다.

도서관 서가 주변에는 간간이 로제타석, 「마그나카르타」, 이집트의 고고학 자료, 히브리 문서, 그리스·로마·키프로스에서 수집한

천장의 창까지 붙어 있는 서가와 발코니. 원형 열람실을 에워싸고 있는
직사각형 건물을 모두 서고로 활용하여 공간을 절약했다.

기록물과 중앙아시아 수집품 등 볼거리를 전시했다. 이렇게 웅장한 건물이 제2차 세계대전 때는 독일 공군의 폭격으로 장서 22만 5,000권이 훼손되는 큰 피해를 입기도 했다. 여기서 살아남은 책들은 세인트 판크라스에 새로 지은 도서관으로 모두 옮겼다. 21세기 인류문화박물관 개설을 위해 원형 대열람실 주위를 코발트색 유리로 장식하고 거미집 모양의 지붕을 씌워 2000년 12월 6일 엘리자베스 여왕 참관 아래 새로운 모습으로 완성시켰다.

도서관의 나폴레옹, 안토니오 파니치

나는 거대하고 아름다운 옛 도서관, 영국 박물관도서관을 찾아보기로 했다. 새 도서관에서 버스를 타면 20여 분 안에 당도할 수 있는 거리다. 거기에 가면 사서 안토니오 파니치가 살아서 내 앞에 불쑥 나타날 것만 같다. 물론 그는 지금 여기에 없지만 그의 체취가 어디엔가 남아 있지 않을까 싶었다.

유감스럽게도 장엄한 대열람실 내부는 아무나 들어갈 수 없게 주위에 울타리를 치고 문을 굳게 잠가놓았다. 그 옛날 이 자리가 어떤 곳이었는지, 어떤 사람들이 이 문을 통해 드나들었고 어떠한 업적을 이룩했는지, 지나간 역사로만 기억될 뿐, 박물관 이용객들은 아무 관심도 없이 그저 부산스럽게 돌아다니고만 있다. 옛 도서관의 아름다운 속살은 보지 못하지만 이렇게 훌륭한 도서관을 디자인하고, 도서관 목록사에 금자탑을 이룬 파니치의 이력이라도 찾아보는 것이 오직 내가 할 수 있는 일인 것 같다.

세계 도서관사에 큰 족적을 남긴 위대한 사서, '도서관의 나폴레옹'으로 불리던 안토니오 파니치는 1797년 프랑스도, 영국도 아닌 이탈리아에서 태어나 젊은 시절 촉망받는 변호사로 활약했다. 급진적인 정치노선을 택해 비밀결사단체에서 활동하다 사형선고를 받자 1823년 영국으로 망명했다. 런던대학에서 이탈리아 어문강사로 잠시 활동하다가 지인의 소개로 1831년 대영 박물관도서관에 보조 사서로 들어갔다. 곧 사서 업무에 적응함으로써 그의 인생은 일대 전환을 맞이하게 된다.

국립도서관은 그가 여기 오기 전, 1810년 영국 최초로 소장하고 있는 책을 정리한 7권의 책자목록을 발행했다. 그가 여기서 근무하는 동안 장서는 엄청나게 불어 처음 7권의 목록이 48권으로 늘어나 종전의 재고목록 방식으로는 한계에 부딪칠 수밖에 없었다. 당시만 해도 도서목록은 사서들을 위한 단순한 재고목록이었다. 그는 도서목록을 이용자가 원하는 도구로 전환시켜 누구나 사서의 도움 없이 자료를 쉽게 찾을 수 있도록 개선했다. 말하자면 일종의 검색 도구로, 디지털 시대의 인터넷 링크 시스템 같은 것이다.

1836년 발표한 '대영 박물관도서관 목록 규칙'은 모두 91개조에 달한다. 일명 '파니치의 목록 규칙'이라 부르는 이 규칙은 종전까지 사용하던 주제별 목록 대신에 저자의 이름을 알파벳순으로 배열하는 방법으로 출판사, 발행 장소와 발행 날짜를 병기하여 간결하고 이해하기 쉽도록 조직한 독창적인 목록기술법目錄記述法이다.

도서관의 책은 사서의 전유물이었지 이용자의 불편 따위는 안중

위대한 사서 안토니오 파니치의 흉상.
그는 새로운 목록 시스템을 개발했을 뿐만
아니라 협소하고 불편한 도서관을 대폭
개선하여 '도서관의 나폴레옹'으로
불렸다.

에도 없을 당시 "도서목록의 최고 목표는 사서보다 대중[이용자]이 장
서에 쉽게 다가갈 수 있게 하는 데 있다"라고 이사회에 제출한 그
외 보고서는 지금 우리 사서들도 귀담아들어야 할 대목이다.

그의 목록 규칙은 마침내 현대 목록법의 기초가 되는 최초의 목
록 규칙으로 인정받아 옥스퍼드대학 보들리언도서관과 케임브리
지대학도서관이 전용했으며, 오늘날 한국의 도서관과 문헌정보학
에도 지대한 영향을 끼치고 있다.

파니치의 업적은 자신뿐만 아니라 영국 도서관사에 길이 남을 위
대한 성과였다. 1856년 마침내 그는 도서관장에 임명되고, 1869
년 빅토리아 여왕으로부터 기사 작위를 받아 사서직으로 유례가
없는 영예를 얻었다. 지금은 새 국립도서관 2층 홀, 큰 벽에 흉상으
로 남아 많은 이용자를 만나고 있다.

마르크스의 『자본론』이 태어난 둥지

일반적으로 박물관을 몇 년이고 장기간 지속해서 이용하는 이용자는 없다. 혹 있다고 해도 잘 드러나지 않는다. 하지만 도서관은 다르다. 책의 마술이 작용하기 때문이다. 도서관의 책은 연인과 같은 것이어서 매일 만나는 것이 즐겁고, 언제나 함께 있고 싶고, 늘 어루만져주고 싶은 것이다.

책은 연인과 같이 살살 다루어주세요.
(Books are like lovers, they need gentle handling.)

이곳 도서관 포스터에 적힌 말이다. 사람들은 연인을 만나러 오늘도 가고 내일도 간다. 도서관을 찾아, 연인을 찾아 꿀벌처럼 모여드는 공부벌레는 어디서나 있게 마련이고, 도서관을 통해 인생이 바뀌었다는 성공신화는 오래도록 우리에게 전해져 내려온다. 이것이 박물관과 다른 점이다. 그 실증적 예가 이곳에 적나라하게 드러난다. 100년도 훨씬 전, 이 도서관을 이용했던 단골 마니아가 지금까지 도서관 대장에 그대로 남아 있다는 것이 내 눈에는 신기하기까지 했다.

내용을 자세히 보니 도서관 마니아들은 여기서 한두 해 머물다가 사라지는 이용자가 아니었다. 카를 마르크스는 1850년 6월부터 1877년 11월까지 무려 27년의 세월을 이 도서관에서 살다시피 했다. 그의 명저 『자본론』*Das Kapital*은 여기서 집필되었다. 이 책이 바로

마르크스가 1873년 자필로 적은 도서관 이용대장. 그는 1850년 6월부터 1877년 11월까지 27년 동안 이곳을 드나들며 『자본론』을 집필했다.

『성서』, 찰스 다윈의 『종의 기원』과 함께 세계 3대 명저에 속하지 않던가. 1867년 처음 간행된 독일어 초판본은 그가 이 도서관을 한창 애용하던 시기에 나왔다.

블라디미르 레닌도 이 도서관의 단골 이용자였고, 마하트마 간디와 버트런드 러셀, 버나드 쇼, 토머스 하디, 찰스 디킨스, 오스카 와일드, 버지니아 울프 등 117명의 기록부가 그대로 남아 있다. 그들이 한때 사용한 도서관 티켓을 150년이 넘도록 그대로 보존하고 있는 것을 보면, 영국인들이 얼마나 전통을 중시하는지 알 수 있다.

그 당시 정치인·철학자·대문호들의 자필 서명과 좌석 이용 기록이 한 세기가 넘도록 온전히 오늘날까지 전해진다는 것은 놀라운 일이 아닌가? 3년이면 이용자 기록을 모두 파기해버리는 우리나라의 풍토에서 볼 때 더욱 그러하다.

그들은 푸른빛이 감도는 장엄한 돔형 열람실 어느 한 자리에서 자신의 철학과 사상을 확립했다. 지구를 움직이고 세상을 바꾸게 한 저서를 창조할 수 있도록 공간과 지식을 제공해준 이러한 둥지가 없었더라면 그들이 과연 존재했을까 싶다. 이렇게 도서관은 무명의 인간을 세계적 인물로 만들어내고 성장시키는 동력이라 아니할 수 없다.

서가 길이만 322킬로미터

250년 전, 1759년 도서관박물관으로 정착한 이 도서관은 1997년 10월 25일, 세인트 판크라스에 5개 기관으로 통합된 새 도서관에게 모든 권한을 넘겨주게 된다. 한 조직을 여러 체제로 각각 운영하니 여러 문제가 있었다. 납본법에 의해 해마다 폭발적으로 증가하는 국내 도서와 연방국을 통한 국제교환 및 해외 기증도서로 야기되는 부족한 공간 문제와 자료 처리 문제를 어찌할 수 없었고, 여러 도서관이 국외 도서를 중복 구입하여 국고 손실이 적지 않았다. 결국 새로운 시대에 맞는 범국가적인 하나의 국립도서관이 절실했던 것이다.

건물이 완공되자 런던 시내와 외곽의 10개 도서관으로 흩어져 있는 자료를 1994년부터 4년간 5,600대의 트럭을 동원하고, 연인원 30만 명이 3교대로 작업하여 새 도서관으로 옮겼다. 세계사적으로 유례가 없는 도서관 대이동이었다.

도서관 앞에 서서 장대한 이사 꾸러미를 상상하며 이런저런 모습을 관측하는 국외자의 눈에는 그들의 셈법이 우리와 사뭇 다르다는 점도 참 특이하게 비쳤다. 그들의 계산대로라면 이삿짐 1,200만 권의 화물은 서가 길이 245킬로미터로 환산된다. 인문학 자료는 70

킬로미터, 희귀도서는 22킬로미터, 음악 자료는 3킬로미터, 필사본·지도·우표첩이 8.5킬로미터다. 현재 자료를 비치하기 위해 설치한 15종의 서가는 길이만 322킬로미터이며, 해마다 추가되는 50만 권의 새로운 자료 때문에 책꽂이만 매년 3.7킬로미터씩 늘어나고 있다. 책의 분량을 구체적인 권수로 말하기보다 서가 길이로 셈하는 방법을 옥스퍼드대학과 케임브리지대학에서도 사용하는 것을 보니 영국만의 관습 같기도 했다.

영국 국립도서관은 본관 이외에 두 개의 분관이 더 있다. 런던 북부 콜린데일에 신문·잡지를 비치한 신문도서관과 런던 외각 요크셔에 문헌제공센터가 독립 건물로 설립되어 있다. 도서관 리플릿에 의하면 2개 분관을 포함, 국립도서관이 소장한 도서·잡지·기록물을 모두 합하면 1억 5,000만 점이고, 그들의 계산대로 서가를 한 줄로 세운다면 부산에서 평양 간의 거리인 625킬로미터라고 한다. 도서관은 일부 고서와 기록물을 제외하고 모두 전자 목록화하여 전국은 물론 해외까지 제공하고 있다.

어느 나라에서든지 도서관의 르네상스는 결코 우연히 일어나는 것이 아니다. 나라 사정이 어려울 때 도서관을 이해하는 좋은 지도자와 위대한 사서가 배출되곤 했다. 지금 우리나라는 1세기 전 영국의 도서관 정책을 눈여겨볼 필요가 있다. 이 땅에서 찾아야 할 국가의 명품 브랜드를 사치품이 넘치는 백화점이 아니라 영국처럼 도서관에서 구해볼 일이다.

그런 의미에서 지금 논의되고 있는 제2 국립도서관 건립도 조속히 결정되어야 한다. 내 마음에는 앞으로 100년을 내다보는 아름답고 위대한 도서관이 그려진다. 도서관이 설립되면 여기에 자료를 채울 서가도 많이 준비해야 할 것이다. 그때 서가 길이는 부산에서 평양을 넘어 신의주까지는 되어야 하지 않을까. 이런 상념이 오래도록 뇌리에서 사라지지 않고 있다.

The British Library
96 Euston Road London NW1 2DB
UK
www.bl.uk

11 위대한 도서관은 하루아침에 이루어지지 않는다
바티칸도서관·로마 국립중앙도서관

모든 도서관은 로마로 통한다

고교에 갓 입학했을 때였을까. 영어 선생님이 이런 글을 칠판에 적고 서양속담이라면서 모두 외우라고 몇 번이나 강조하셨다.

All roads lead to Rome.(모든 길은 로마로 통한다)
Rome was not built in a day.(로마는 하루아침에 이루어지지 않았다)

그때만 해도 로마가 세계 어디에 있는지 전혀 모르던 우리는 그 시간이 끝나자 "롬이 어디야?" "롬은 옛날에 있었던 국가이고 로마는 지금 도시 이름이야." "아니야, 롬과 로마는 같은 곳이다"라고 실랑이를 벌인 일이 있었다.

수십 년이 지난 지금도, 롬^{Rome}과 로마^{Roma}가 어떻게 다른지 많은 사람들이 헷갈려 한다. 다행히 나는 도서목록법을 배우면서 롬은 영어이고, 로마는 현지어라는 사실을 이해할 수 있었다. 현지는 물론 세계가 모두 피렌체·시칠리아·베네치아라고 부르는데 영어에 익숙해져버린 우리는 플로렌스·시실리·베니스라고 부른다. 국가도 마찬가지다. 이탈리아·에스파냐·벨기에를 이태리·스페인·벨지움으로 부르는 것도 같은 이치다.

로마는 인구 270만 명이 살고 있는 이탈리아의 수도이자 라치오주의 주도로서, 2,700여 년의 역사를 가진 서양문명을 상징하는 대표 도시다. 이곳은 애초부터 로마제국의 수도로 정착되어 도시국가로 번성했으며, 제국이 멸망한 후에도 로마가톨릭의 심장부로 자리 잡았다. 이렇듯 로마는 "하루아침에 이루어지지 않은" 긴 역사의 굴곡을 겪으며 과학기술과 문화, 예술로 온 세계를 평정하고 "모든 길이 로마로 통할" 만큼 세계의 중심지가 되어 오늘날까지 이어오고 있다.

전하는 이야기로, 로마는 기원전 753년 전쟁의 신 마르스의 쌍둥이 아들로 태어난 로물루스와 레무스 형제가 테베레 강가 팔라티노 언덕에 건립했다. 조그만 도시국가에서 출발한 로마는 왕정을 거쳐 공화정, 제국에 이르기까지 계속 수도의 지위를 유지하여 전성기에는 인구가 100만 명에 이르는 세계 최대도시로 성장했다.

영원한 팍스 로마나Pax Romana를 꿈꾸던 대제국은 기원후 395년 로마제국이 동서로 나뉘게 되고, 이민족의 약탈로 476년 결국 멸망하고 만다. 로마제국은 비록 세상에서 사라졌지만 15세기 중반 이후 교황령에 의거 로마는 다시 도시로 번창하여 르네상스의 중심지

바티칸도서관 홀 내부. 로마에 간다면 제일 먼저 바티칸도서관에 들러야 한다.
이곳은 로마인들의 자부심이기 때문이다.

로 자리 잡았다. 그 후 부침을 거듭하면서 도시가 황폐화되기도 했지만, 16세기 말 교황 식스투스 5세 때 도시 중심부가 재건되면서 찬란했던 로마의 전성기 모습이 되살아났다. 산 피에트로^{성 베드로} 대성당과 바티칸도서관이 완공된 것도 이 무렵이었다.

로마 도시 한복판에는 인구 1,000명이 안 되는 세계에서 가장 작은 나라 바티칸시국^{State della Città del Vaticano}이 자리 잡고 있다. 한 도시와 한 국가가 사이좋게 동거하고 있는 것이다. 바티칸은 1929년 라테른조약에 의해 이탈리아에서 분리, 도시 속의 독립국가로 성립되어 지금은 교황이 거주하는 곳이자 세계 가톨릭의 구심점이요 성

교황 식스투스 5세의 홀. 식스투스 5세 때 도시가 재건되면서 로마는 전성기를 맞이했다.
산 피에트로 대성당과 바티칸도서관은 이때 완공되었다.

지다.

　기독교인이 아니라도 로마를 여행하는 누구라도 이곳을 들르게 된다. 바티칸을 소개하는 관광안내 책자에 핵심 구경거리로서 산 피에트로 광장, 산 피에트로 대성당, 바티칸박물관, 그리고 시스티나예배당을 절대 놓치지 말라고 종용하기 때문이다. 하지만 관광의 고수들이 빠트린 곳이 하나 있다. 지적 호기심이 있는 사람이면 반드시 보아야 할 바티칸도서관이다. 바티칸이 아무리 볼거리가 많다지만 천하에 둘도 없는 도서관을 왜 빠트렸을까? 도서관의 입장에서, 아니 나의 시각에서 이곳을 몰라주는 세태가 어쩐지 야속하기만 하다.

　사실 이번 유럽 도서관 기행에는 바티칸을 비롯하여 이탈리아 로마국립도서관과 피렌체 국립도서관, 그리고 영국의 도서관 탐방으로 미리 계획을 잡아놓았다. 로마에 간다면 제일 먼저 바티칸에 들러 도서관을 보려고 했다. 그곳은 『세상에서 가장 아름다운 도서관』과 『위대한 도서관』 *The Great Libraries: From Antiquity to the Renaissance* 속에 수록되어 있기에 그 유혹을 떨쳐버릴 수가 없었다. 어떻게 해서든 속살을 꼭 들여다보고 싶지만 바깥 언저리만 보아도 위안이 될 것 같았다.

　오래전부터 잘 알고 지내는 스님에게 우연히 그 고민을 말씀드렸더니 마침 한 신부님을 소개해주었다. "다섯 다리만 건너면 세상의 어떤 사람이든 모두 아는 사이" 정재승, 『과학 콘서트』라고 했던가? 그 신부님은 다시 바티칸에서 박사학위를 준비하는 한윤식 신부님과의

308

만남을 주선해주어, 생면부지의 인물을 믿고 용감하게 로마에 입성했다. 신부님과 함께 하는데다가 운이 따른다면 도서관을 볼 수 있을 것 같았다.

하지만 이는 세상물정 모르고 한 말일 뿐, 한참 수리 중인 도서관 구경은 엄두도 못 냈다. 대신에 신부님이 먼발치에서 도서관을 안내해주고 길동무를 해주면서 통역을 해주시는 등 분에 넘치는 도움을 베풀어주었다. 박물관과 산 피에트로 대성당, 시스티나예배당, 그리고 다음 날 로마국립도서관을 함께 한 것만 해도 참 다행이 아닐 수 없었다. 신부님 전언에 의하면 설령 우리가 도서관을 탐방하더라도 사진 촬영은 일절 할 수 없다고 한다. 만일 어길 시에는 국적과 지위 고하를 막론하고 그 자리에서 곧장 추방시킨다고 했다.

도서관은 3년 동안 보수 과정을 거쳐 2010년 9월에 다시 문을 연다고 하니, 이번 여행은 바티칸도서관의 예행연습으로 자위하면서 눈에 보이는 구경보다 보이지 않는 역사 탐방부터 먼저 시작해야 할 것 같다.

바티칸의 심장, 바티칸도서관

바티칸도서관은 인류 최고봉의 문화유산과 기독교의 핵심 자료를 갖추고 있는 세계 최대의 특수 도서관이며, 가톨릭을 대표하는 지상 최고의 종교도서관이다. 도서관은 4세기경 로마교회 필사실의 책과 문서 뭉치를 가지고 시작했다. 784년 교황 아드리안에 의해 교회 사서 디오피락투스가 관리하면서 도서관이 체계적으로 성

도서관 개관식을 집전하고 있는 교황 식스투스 4세.
도서관은 14세기 초반 무렵에야 비로소 세상에 알려지기 시작했다.

립되었다. 책이라야 고작 교회에서 전해 내려오는 약간의 문서와
수도사들이 직접 만든 필사본 몇십 권뿐이었다. 이러한 책들은 몇
몇 수도사들에 의해 보존·관리되었으며, 이용자도 극히 제한된 교
회 인원으로 한정되어 도서관의 존재를 아는 사람은 매우 드물었
다. 그 후 도서관은 600여 년이 지난 14세기 초반 무렵에야 비로소
세상에 알려지기 시작했다.

바티칸도서관은 콘스탄티누스 대제가 그리스도교를 국교로 공인
하고, 1309년 교황청이 그가 기증한 땅 로마 라테나노 지역에서 프
랑스 남부 아비뇽으로 이전할 때부터 본격적으로 시작되었다. 이때

자료도 함께 가지고 갔다. 1377년 교황청이 아비뇽에서 로마로 돌아올 때 다시 가지고 온 책들을 '바티칸문고'라 불렀다. 이것이 오늘의 바티칸교황청도서관이다. 줄여서 바티칸도서관이라 한다.

로마에서 바티칸도서관은 1448년 교황 니콜라스 5세가 전임 교황들로부터 이어받은 350점의 그리스어·라틴어·히브리어 고사본과 동로마제국 콘스탄티노플도서관에 소장되었던 문서를 주축으로 조직적인 도서관 활동을 시작했다. 1481년 초대 도서관장 플라티나가 그리스어실·라틴어실·희귀도서실·교황 개인도서실 등 4개의 도서실을 만들고 3,500권에 달하는 장서를 채웠다.

바티칸 궁에서 정면으로 내려다보이는 지금 이 도서관은 교황 식스투스 5세가 이탈리아 최고의 건축가 도메니코 폰타나^{Domenico} Pontana에게 의뢰하여 1587년에 건축되었다. 입구는 다른 건물과 별차이가 없지만 문을 열고 안으로 들어가면 상황은 달라진다. 세계에서 가장 아름다운 책의 궁전인 식스투스 홀은 가히 '도서관의 왕'이라 할 만하다. 이 사진을 평면도와 대조하면서 잠시 안을 들여다보기로 하자.

일명, '식스투스 살롱'으로 부르기도 하는 길이 56미터, 폭 15.5미터의 큰 홀은 아치형 천장이 M자처럼 양쪽으로 나뉘고 홀 가운데에 7개의 기둥이 일렬로 서 있다. 눈부시게 화려한 천장의 그림은 일단 제쳐두고 입구에 들어서서 뒤돌아보면, 중앙에 예수 그리스도, 왼쪽에 교황, 오른쪽에 로마 황제가 보인다.

평면도 왼쪽 끝에서부터 살펴보기로 하자. 기원후 325년 니케아 공의회 행사 그림^{도면 좌측 I}이 있고, 그 옆에는 이단자 아리우스가 책을 불태우는 장면^{II}이 보인다. 이어서 에페수스 공의회, 니케아 공의회, 그리고 콘스탄티노플 제1차 공의회부터 제4차 공의회 장면 그림^{III~IX}이 보이고, 입구 쪽 벽에는 책을 불사르는 포티우스 그림 ^X이 묘사되어 있다.

도면 오른쪽 벽 끝에는 이 도서관 설립자 식스투스 5세와 이 건물을 지은 폰타나의 모습^{도면 우측 I}이 그려져 있고, 계속해서 벽을 따라가면, 번호 순서대로 도서관 그림이 나온다. 헤브리아도서관^{III}, 바빌로니아도서관^{IV}, 아테네도서관^V, 알렉산드리아도서관^{VI}, 로마도서관^{VII}, 히에로솔리미타누스도서관^{VIII}, 체사리아도서관^{IX}, 아포스톨로룸도서관^X, 폰티피쿰도서관^{XI} 등 지금은 실물을 볼 수 없는 고대 도서관 장면들이다.

한가운데 서 있는 일곱 개의 사각형 기둥마다 인물 그림을 그려놓았다. 신이 창조한 최초의 인간인 아담부터 구약성서의 인물, 신화에 등장하는 인물, 고대 학자들, 그리고 역대 가톨릭 교부^{敎父}들이다. 아담^{기둥 1a}, 아브라함^{2a}과 모세^{2d}, 헤라클레스^{3d}, 아폴로의 아들 리누스^{4c}, 피타고라스^{5a}, 데마라투스^{6c}, 성 제롬^{7d} 등 유명한 인물부터 우리가 잘 모르는 인물까지 모두 25명이나 된다.

이 그림들은 모두 역사적·종교적 가치가 빼어난 작품들로써 예술적 안목이 없는 나에게도 황홀한 느낌을 준다. 그중에서도 내가 진실로 보고 싶던 그림은 역사의 뒤안길로 사라져버린 아홉 개의 고대 도서관이다. 언젠가 이곳을 다시 찾는다면 그때는 도서관 그

위 | 식스투스 살롱의 내부. 길이 56미터, 폭 15.5미터의 큰 홀 가운데의
7개 기둥과 천장 가득 그려져 있는 화려한 그림이 눈에 띈다.
옆 | 식스투스 살롱의 평면도. 홀 가운데 있는 7개 기둥과 천장, 벽마다 그림이 가득 그려져
있다.
모두 역사적 · 종교적 가치가 빼어난 작품들이다.

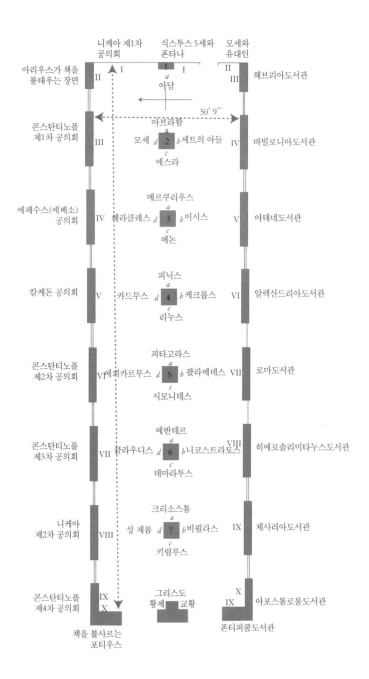

림 속에 남아 있는 인류의 저 위대한 도서관들을 언제 누가 파괴했고, 무슨 연유로 여기에 그림으로 잠들어 있는지 알아보고 싶다.

아비뇽에서 로마로 돌아온 교황청 바티칸 궁이 안정을 찾게 되고, 교황 식스투스 5세에 의해 새 도서관 건물이 들어선 후, 도서관은 조직을 확장하고 업무를 세분화했다. 스웨덴의 크리스티나 여왕이 소장하던 사본을 장서로 추가함으로써 유럽에서 가장 중요한 보고라는 평판을 얻게 되었다. 프랑스혁명 때는 시민군이 500권의 사본을 몰수해갔지만 1815년 다시 환수했고, 1820년에는 도서 40만 권, 필사본 5만 권을 갖추어 당시 유럽은 물론 세계적인 종교도서관으로 정착했다. 그때까지만 해도 모든 장서는 성직자와 일부 귀족들만의 전유물이었다. 구중궁궐 속에 있는 도서관이 실제 개방된 것은 설립된 지 1,100여 년이 지난 1888년 교황 레오 13세부터이다.

도서관을 보다 현대화하기 위해 1926년 카네기재단의 지원을 받아 도서관 운용을 전반적으로 개편하고 새로운 목록 체계로 정비하는 한편, 현대식 시설로 보수했다. 또한 미국 의회도서관의 LC인쇄카드목록 기탁소로 지정된다. 이로 말미암아 목록카드와 색인집을 직접 인쇄하고 사전체 목록을 시범적으로 사용하여 유럽의 다른 도서관에 많은 영향을 주기도 했다. 1931년 참고 도서실 지붕이 내려앉아 약 1,000권의 자료가 손상되기도 했지만 제2차 세계대전 때는 인류 문화재의 피난처로 이탈리아 다른 도서관의 중요 도서가 이곳으로 옮겨졌다.

식스투스 살롱 내부에 그려져 있는 바빌로니아도서관 그림. 두 번째 기둥의 오른쪽 벽(IV)에 위치해 있다.

현재 바티칸 시설은 세 개의 기구로 구성되어 있다. 박물관, 도서 관, 그리고 비밀문서고다. 비밀문서고는 움베르트 에코의 『장미의 이름』에 등장하는 비밀스런 모습 그대로 남아 있다. 기독교와 정치 권력, 과학과의 갈등, 나치의 대학살 사태, 20세기 독재정권의 몹쓸 기록 등과 함께 교황의 개인정보가 담긴 비밀문서들이 깊숙이 숨어 있다.

여기에 있는 기록물들이 일반에 공개되려면 출간된 지 70년이 지나야 가능하다고 한다. 2010년 현재 열람이 가능한 바티칸 비밀 문서는 적어도 1940년 이전에 출간된 것이다. 굳이 70년으로 한정한 것에 대해 신부님은, 아마도 인생칠십고래희人生七十古來稀로 그 때쯤이면 당사자가 이미 하늘나라에 가 있기 때문인 것 같다고 이야기하셨다.

궁극적으로 이 도서관은 세계 모든 인간에게 구원의 등불이 되고 있다. 인류 지성사와 교회사에 관한 일반 도서와 문서는 학자들은 물론 시민에게도 복사와 촬영을 허용하고 있다. 복사비는 생각보다 무척 비싸다고 하니 자료를 이용하려면 마음의 준비를 단단히 해야 할 것 같다.

바티칸도서관은 필사본 부, 인쇄도서 부, 고화폐 및 메달 부 numismatic 3개 부서에 160만 권의 도서와 15만 권의 필사본, 7만 5,000점의 필사본과 문서, 그리고 8,300권의 인쿠나불라Incunabula: 15세기 활판인쇄로 간행된 희귀도서. '요람본'이라 부르기도 한다를 포함하여 30만 개의 메달과 동전 등을 소장하고 있다. 그밖에 4세기 양피지에 쓴 세계에서 가장 오래된 성서 사본『바티칸 사본』Codex Vaticanus과 양피지에 인쇄된『구텐베르크 성서』등 헤아릴 수 없이 많은 보물이 있다.

구텐베르크, 책의 역사에 일어난 혁명

바티칸도서관에서『성서』를 빼놓고는 이야기가 되지 않는다. 인류사에 영원히 남을『성서』는 4세기 이후 약 1,000년 동안 주로 수도원 필사실에서 파피루스 또는 양피지 등에 필경사가 깃털 펜으로 하나하나씩 필사해왔다. 1454~56년경 독일 마인츠에서 요하네스

구텐베르크[Johannes Gutenberg]가 인쇄기를 발명하여 완질본의 『성서』를 간행함으로써 책의 혁명과 함께 20세기 인류의 대사건으로 기록된다.

우리에게 『성서』는 영원한 수퍼셀러이자 스테디셀러로써 이만큼 오래도록 읽힌 책이 없고, 이처럼 많이 팔린 책도 없다. 하지만 구텐베르크 이전만 해도 일일이 손으로 베끼다 보니 책을 구하기도 어렵고 값도 비쌀 수밖에 없었다. 구텐베르크는 바로 이와 같은 시대적 요구에 따라 활판인쇄술을 개발하게 되고 대량 출판의 시대를 연 것이다.

그가 처음 인쇄한 책을 『구텐베르크 성서』*The Book, a History of Bible*라고 부르며, 편집 체제가 2열 종단 42행으로 인쇄되어 『구텐베르크 42행 성서』*42-line Bible*, B42. 1460년경 간행된 『36행 성서』인 B36과 구별하기도 한다라고도 한다. 첫 판은 종이로 140부, 양피지와 독피지로 40부, 모두 180부를 인쇄했다고 하지만 어떤 자료는 160~200부라고 적혀 있어 정확하지는 않다. 현재 전 세계에 남아 있는 책은 약 50부인데, 그중 양피지본은 11부로 미국 의회도서관, 헌팅턴도서관 등에 3부가 보관되어 있고, 나머지는 영국 국립도서관, 바티칸도서관, 독일 라이프치히도서박물관 등의 유럽에 있다고 한다.

책은 모두 2책으로 제1권 324장, 제2권 319장에 각각 양면으로 인쇄되어 모두 합하면 1,286페이지나 된다. 책의 크기 또한 2절 대형판으로 세로 40.5센티미터, 가로 29.5센티미터여서 매우 큰 책이라 할 수 있다. 13세기 수도사들이 필사한 『성서』보다 훨씬 크고,

이탈리아풍으로 장식되어 있는 『구텐베르크 성서』의 본문. 바티칸도서관 바르베리니 컬렉션에 소장된 양피지본은 카르바잘 추기경이 구입한 것이다.

11~12세기 이탈리아에서 제작한 대형 『성서』보다는 조금 작다. 책의 무게는 종이본이 13.5킬로그램이고, 양피지본은 더 무거운 22.5킬로그램이다. 비교하자면 종이본 한 권은 우리나라 어린이 남자아이 2.5세의 평균 무게이고, 양피지본은 6살 어린이의 평균 무게에 달해 혼자 들고 다니기에는 꽤 무거운 편이다.

책에 찍힌 335만 개에 달하는 글자와 부호는 당시 필사본 서체보다 작다. 하지만 정상적인 시력을 가진 사람이라면 1미터 거리에서 충분히 읽을 수 있어서 멀리서도 책을 보며 설교하는 데 별 지장이 없었다고 한다.

본문은 모두 당시 유행하던 고딕체 라틴어로 인쇄해 내용은 똑같지만 같은 책이라도 품격에서는 차이가 났다. 책을 주문하기 전이나 후 채식가彩飾家가 손으로 하나하나 책 덮개를 만들고 속장에 인쇄된 글자 여백에나 정해진 글자마다 화려한 문양을 채색하여 아름답게 장식했기 때문이다.

『성서』는 단지 '읽는다는 것' 이외에 교회의 최고 성물聖物일뿐더러 훌륭한 장식품으로도 손색이 없어 발행이 되자마자 불티나게 팔렸다. 구매자들 중 작은 교회와 공동체 기금으로 구입하는 단체에서는 주로 종이본을 선택했지만, 이름이 알려진 큰 수도원이나 부유한 추기경과 귀족들, 그리고 해외에서는 호화판 양피지본을 더 선호했다. 바티칸도서관의 바르베리니 컬렉션Barberini collection에 소장된 양피지본은 카르바잘 추기경이 구입한 것으로 '책 중의 책'이리 할 수 있디.

이처럼 위대한 도서관과 훌륭한 책을 곁에 두고도 끝내 보지 못한 것은 실로 안타까운 일이다. 로마에서 제1순위 바티칸도서관 탐방은 부득이 다음 기회로 미루고 다음 여행지인 로마 국립중앙도서관을 찾아보려고 한다. 도서관을 만나기 전에 해야 할 일이 있다. "서양의 모든 도서관은 로마로 통한다"라고 할 만큼 근대 도서관의 요람인 옛 로마도서관을 찾아 시간여행을 해보는 것이다.

로마가 성행하기 전, 고대 그리스의 지식사회에서는 명문 가문이나 개인이 도서관을 세운 사례가 많았다. 아리스토텔레스만 해도 소요학파 학당The Peripatetic School을 설립하고 자신의 개인 도서관을 가지고 있었다. 그가 쓴 책만 170종으로 그중 오늘날까지 전해지고 있는 책이 30권, 2,000쪽이 넘는 분량이다. 박식했던 아리스토텔레스는 도서관을 직접 관리하고, 이집트 왕에게 도서정리법을 전수했다. 오늘날 사서들은 그를 교육자·철학자보다는 '멘토 사서'로 부르는 것을 즐긴다.

이윽고 그리스 문화가 로마에 이입되자 로마의 상류층은 그리스어와 문학에 심취해 그리스인들처럼 가문 도서관family library을 세웠다. 기원전 1세기부터 기원후 1세기, 로마제국이 팍스 로마나로 진입해 번영과 평화가 온누리에 넘치고 있었기 때문이기도 할 것이다.

로마 사람들은 책을 좋아했다. 일반 시민 중에는 문맹자가 대부분이었지만 글을 해독하는 귀족 등 상류층은 틈만 나면 책 읽기를 즐겼다. 책에는 원하던 지식과 정보가 담겨 있고 필요한 교양과 취미를 구할 수 있어 읽을 때마다 마음의 즐거움을 얻는다. 그래서 "책, 영혼의 기쁨이여"LIBER DELECTATIO ANIME라고 노래를 불렀다.

이때만 해도 책은 흔치 않았고, 모양도 지금과 달랐다. 기원후 1~2세기 코덱스codex: 오늘날 같은 사각형의 제책 형태 형의 책이 출현하자 페이지도 없고, 휴대도 어려운 두루마리volumen, 卷子本 책들은 점차 빛을 잃어가기 시작했다.

오늘날 구텐베르크의 인쇄혁명으로 책의 대중화가 비롯된 것은 분명한 사실이지만, 르네상스 시기 이탈리아의 알두스 마누티우스

Aldus Manutius가 책의 크기를 줄이고 아름답게 디자인하여 대중화시키는 데 크게 기여한 공적은 잘 모르고 있다. 아이 몸무게만한『구텐베르크 성서』를 호주머니 속으로 넣을 수 있게 만든 그의 공도 함께 인정해야 한다. 가벼운 책 한 권은 외부의 어떠한 에너지도 없이 쉽게 휴대하여 깊은 산속이나 외딴 무인도까지 누워서도 지식을 충전할 수 있다. 이런 매개체가 책 말고 세상 어디에 또 있었겠는가? 앞으로 어떠한 전자책e-book이 발달하더라도 2,000년을 이어온 그 영예는 결코 변치 않으리라.

로마도서관은 하루아침에 이루어지지 않았다

기원전 450년 경 초기 로마 때 신전에서 의식과 기도를 위해 서적을 모아둔 것이 로마 최초의 도서관이라는 설이 있다. 12개 점토판에 새긴 로마법을 동판에 다시 새겨 대중에게 공개했다고 추정하는 사람도 있지만 정설은 아니다. 문헌에 나타난 로마 최초의 도서관은 기원전 168년 군대 지휘관이었던 에밀리우스가 마케도니아를 정벌한 후 전리품으로 빼앗은 책으로 만든 도서관이다.

정복자들은 전쟁에서 약탈한 희귀한 서적을 비롯하여 값비싼 보물과 각종 조각품 등 움직일 수 있는 물건이면 모두 로마로 운반했다. 율리우스 카이사르는 로마에 공공도서관 설립을 의무화하고 알렉산드리아도서관에 버금가는 도서관 건립을 계획했지만 기원전 44년 피살되어 뜻을 이루지 못했다. 그 후 초대 황제 아우구스투스를 선두로 아폴로 신전 등에 도서관을 세웠고, 기원후 114년에 트라야누스 황제는 로마에서 가장 크다는, 장서 3만 권을 갖춘 울피아도서관Ulpia Library을 설립했다.

이처럼 도서관에 대한 황제들의 깊은 관심으로 초대 황제 아우구스투스부터 트라야누스까지 황제가 세운 도서관 수는 엄청나게 늘어났다. 그 후 많은 도서관들이 화마로 소실되기도 했지만 서기 350년경 로마의 주요 건물을 적은 목록에 모두 29개의 도서관이 있었다고 한다.

귀족·성직자·학자·재력가·부유층 들도 대부분 크고 작은 도서관을 가지고 있었다. 당시 책은 권력과 부의 표상이었기 때문에 저택의 장식적 가치와 지성의 상징으로 책을 소장하는 것은 귀족사회에서 흔히 풍미하던 현상이라 할 수 있다. 한때 황제 네로와 문학 동지였고, 대시인이자 수사학의 대가였던 키케로도 자신의 개인도서관에 책을 많이 수집해두었다. 내 집 조그만 서재에는 인터넷서점 아마존amazon.com에서 선전용으로 만든 메달이 걸려 있는데 거기에는 키케로의 어록이 적혀 있다.

책이 없는 방은 영혼이 없는 육체와 같다.
(A room without books is like a body without a soul.)

몸에 영혼이 들어와 있듯이 그의 도서관에는 책으로 가득 차 있었다. 책은 그대로 내버려두지 않고 글을 해독하는 노예를 전문적인 사서로 훈련시켜 필경을 가르치고 필사본을 만들게 했다. 나아가 책을 수선하거나 책꽂이에 정리하기, 목록을 만들고 갱신하기, 양피지 조각 덧붙이기, 파피루스 맞물려 붙이기 등 노예들에게 여러 가지 일을 맡겨 오늘날 현대 도서관의 기능을 모두 수행하게 했다.

지금 이 도서관은 존재하지 않는다. 대신에 도서관의 실체를 보여주는 생생한 유물이 나왔다. 기원후 79년, 폼페이 부근 베수비오 화산 폭발로 파묻혔던 도서관 원형이 18세기 초 발굴된 것이다. 파피루스 빌라Villa of the Papyrus라는 현대식 이름의 도서관은 주랑이 있는 뜰, 살롱, 그리고 가로·세로 약 3미터 크기의 작은 방 벽에 사람의 키 높이쯤 되는 1.8미터의 목재 서가가 독립된 구조로 설치되어 있다. 1,800개의 파피루스 두루마리 책이 가득 차 있는 전형적인 별장형 도서관이다.

이것 말고도 로마에는 도서관의 규모와 형태를 알려주는 기록이 여러 곳에서 발견되고 있다. 모형은 대체로 페르가몬 유적지처럼 책을 보관하기 위한 두 개의 방과 관리자가 머무는 방, 그리고 이용자들이 만나는 커다란 거실을 갖추었다. 장서를 어떤 방법으로 배열했는지에 대한 기록은 없지만 아마도 옛 알렉산드리아도서관에서 계속 써왔던 방식을 택했을 것이라고 학자들은 추정한다.

중세시대 도서관은 어떻게 생겼나

고대 이집트의 도서관 창들이 모두 동쪽으로 나 있듯이 로마의 도서관 창도 동쪽으로 열려 있었다. 서고의 창이 해가 뜨는 동쪽으로 나 있어야 책을 오래 보관하기에 유리하다. 파피루스는 습기에 약해 아침 일찍 떠오르는 신선한 햇살을 받아야 오래 보존할 수 있기 때문이다. 오후의 햇살과 석양의 빛이 서가에 들어오면 벌레가 책 속으로 파고들기 때문에 이 조건이 반드시 필요했다.

수도 안에 유적으로 남아 있는 최초의 공공도서관은 로마가 처음 성립된 테베레 강가 팔라티노 언덕에 자리 잡고 있다. 아폴로 신전에 부속된 쌍둥이 건물이다. 도서관은 두 개의 독립된 방으로 나누어져 있어 하나는 그리스어, 또 하나는 라틴어 책만 모아두었다. 도서관은 보도에서 몇 계단을 올라와야 된다. 항상 닫혀 있는 문을 열고 안으로 들어가면 각 방 뒷벽 중앙에 아폴로 조각상 등을 세워두었던 커다란 벽감이 보인다. 중앙의 큰 벽감을 중심으로 타원형 벽을 따라 배치된 높이 3.8미터, 폭 1.8미터, 깊이 0.6미터의 18개에 이르는 좀 작은 벽감은 서로 대칭을 이룬다. 건물 내부가 조화롭게 배치되어 안정적이다.

벽감은 책을 쉽게 이용할 수 있도록 가지런히 줄지어 있다. 한쪽 벽에는 아마리아^{armaria}라고 부르는 나무상자에 책을 보관해두고, 그 옆 항아리 속에는 두루마리를 말아 그대로 꽂아두었다. 또한 양쪽 벽감 사이로 벽을 기대고 서 있는 선반 위에 둘둘 말은 두루마리를 몇 겹으로 쌓아두고 책에는 저자 이름을 적은 꼬리표를 달아놓았다. 때문에 일일이 펴보지 않고도 원하는 책을 손쉽게 찾을 수 있었다. 오늘날 고문서를 취급하는 도서관의 정리 방식과 매우 유사하다.

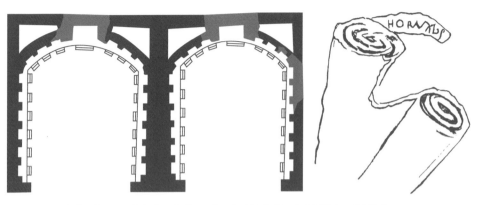

로마 최초의 공공도서관 한쪽 방에는 그리스어, 다른 방에는 라틴어 책만 모아두었다.
아마리아에 책을 보관하고 그 옆 항아리 속에 두루마리를 꽂아두었다. 저자 이름인
'호메로스'를 적은 꼬리표가 눈에 띈다.

   실내 분위기 또한 오늘날 도서관과 별반 다르지 않다. 홀 중앙에
는 의자와 책상을 두고 열람실로 사용하지만 때로는 회의실이나 여
럿이 모여 닦소를 하는 동네 사랑방 구실을 한다. 도서관을 설립자
의 신분을 과시하기 위한 공개 장소로 활용했기에 내부 상식이 지
금보다 오히려 호사스러웠다. 벽감마다 흰색 대리석이 뼈대를 이루
고 북아프리카산 노란색 대리석 줄로 바닥의 영역을 구분하고 커
다란 직사각형의 이집트산 회색 화강암으로 포장하기도 했다. 그뿐
인가. 책꽂이를 상아로 꾸미기도 하고 측백나무로 서가를 장식하는
등 아낌없이 도서관에 투자한 것을 보면 예나 지금이나 인간의 과
시욕은 끝이 없나 보다.

   이렇게 도서관은 계속 진화되어 중세에 와서도 귀족이나 큰 수도
원의 도서관은 더 화려해지고 장서도 풍성해졌다. 하지만 산골 속

의 대부분 수도원도서관은 그렇지 못했다. 지금 내 방에는 중세시대 도서관을 묘사한 자그마한 액자 하나가 걸려 있다. 가로 20센티미터, 세로 26센티미터 크기의 이 액자는 몇 해 전 유럽 도서관 여행을 함께한 페터^{Peter} 선생이 독일 벼룩시장에서 우연히 발견한 것이라며, 그림의 주인공이 나라고 생각하여 선물로 보내준 것이다. 아연^{Zn}으로 조각한 아주 오래된 징크판 그림$^{zinco-graph}$으로 액자의 재질이나 서툰 조각 솜씨로 보아 100년도 훨씬 넘었을 성싶다. 천장의 문양이나 그림의 정황으로 보아, 어느 가난한 수도원도서관으로 추측된다. 외딴 수도원도서관에 사서는 하나뿐이어서 혼자 몇 사람의 몫을 해야 한다. 나는 지금 중세의 어느 수도원에서 열심히 일하는 외로운 사서를 보고 있다.

중세 시절, 천장까지 책이 가득 찬 수도원도서관의 늙수그레한 사서가 사다리 위에 올라서서 서가의 책을 정리하고 있는 장면이다. 사서는 마치 암탉이 병아리를 품듯 한꺼번에 네 권의 책을 품고 있다. 왼손에 쥔 책자목록을 들여다보면서 오른손으로 서가에 책을 막 꽂으려 하고 있다. 손에 든 책을 꽂은 다음에는 왼쪽 옆구리에 낀 책을 서가에 꽂고, 그다음 다시 양 무릎 사이에 끼워 둔 책을 목록에 적힌 정해진 위치에 꽂을 것이다. 이것으로 일이 다 끝나지 않는다. 어깨에 커다란 책 보따리가 매여 있기 때문이다. 누군가 이용할 책을 포대기에 담고 곧장 사다리를 내려와야 한다. 자루에서 꺼낸 책을 이용자에게 나누어준 다음, 새로 시작해야 할 일이 무엇인지 다시 찾아나설 것이다.

'수도원의 사서'. 오른쪽 아래 작은 그림은 카를 슈피츠버그의 「책벌레」다.
누구는 "그의 모습이 지식인을 상징하고, 온 몸에 지닌 책들은 지식에 대한 탐욕을
나타낸다"고 했지만 나는 열심히 일하고 있는 '부지런한 사서'로 보았다.

이 아름다운 작품의 제작연대와 주제에 관해 늘 의문을 가지고 있던 차에, 얼마 전 이와 꼭 같은 그림 한 점을 만났다. 1850년경 독일 비더마이어시대의 화가, 카를 슈피츠버그가 캔버스에 그린 가로 27센티미터, 세로 49센티미터의 유채화「책벌레」[Buchermensch]다. 징크판의 조각과 모티프 형식이 꼭 같다. 박희숙의 해설에 따르면, 사다리 위에서 내려올 줄 모르고 책에 빠져 있는 사람은 노학자다「도서관사서와 책벌레」,『도서관문화』, 2009. 10. 그의 모습은 지식인을 상징하고, 온몸에 있는 책들은 지식에 대한 탐욕을 나타낸다. 그림 하단 왼쪽에 있는 지구본은 다양한 책을 상징한다고 한다.

그러나 징크판을 가만히 들여다보면, 주인공은 '책벌레'도, '탐욕스런 노학자'도 아니다. 오로지 자신의 일을 묵묵히 수행하고 있는 한 시대의 '부지런한 수도원의 사서'라고 이름을 붙여주고 싶다.

도서관 목욕장, 교육의 장소이자 만남의 장소

그리스와 로마의 도서관은 공통점이 많았다. 그리스 아테네에서는 도서관이 체육관[gymnasium]과 강한 연대를 맺고 시설을 공유했다. 그리스에서 프톨레마이온[Ptolemaion]이라 부르던 체육관은 젊은 청년들을 가르치는 교육의 장소로서 교실과 회의실, 그리고 도서관을 함께 갖추고 있었다. 로마인들은 가난하든 부유하든 목욕하기를 좋아했다. 그래서 로마도 그리스와 유사한 복합건물을 갖추고 여기에 목욕장 시설을 더 추가시켰다. 기원전 2세기부터 다음 세기 중반까지 목욕장은 200여 개로 늘어날 정도로 대중화되었다.

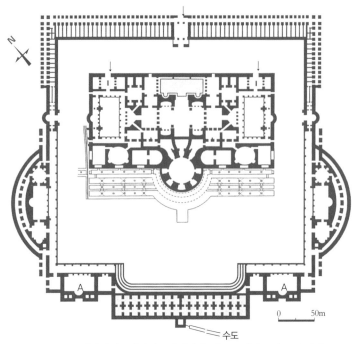

카라칼라 목욕장은 만남의 장소이자 사교장이었다. 1층 A구역에 그리스·라틴어로
구분된 두 개의 도서관이 있었다. 출입문 좌우에 바깥쪽을 향해 가게가 늘어서 있고, 가게
2층은 주거용으로 쓰이고 있었다.

초대 황제 아우구스투스만 해도 로마 시내에 초대형 목욕장을
7~8개를 지었다. 이곳 목욕장 안팎을 장식한 높은 수준의 미술품
은 지금도 상당수가 전해져 내려오고 있다. 당시 목욕장은 로마 시
내의 미술관이었다고 해도 과언이 아니다. 오늘날 우리가 서양 미
술관에서 감상하는 그리스·로마의 조각상들 가운데 적지 않은 수
가 여기서 발굴되었다고 하니 얼마나 대단한 시설이었는지 짐작이
간다.

한때 우리나라 독서계에 '시오노 신드롬'을 불러일으킨 일본인 작가 시오노 나나미塩野七生는 이탈리아에서 30여 년을 머무는 동안, 『로마인 이야기』를 쓰기 위해 1992년부터 2006년까지 매년 한 권씩 집필하여 15권의 대작을 완성했다. 이 책의 제10권에 로마 '카라칼라 목욕장'을 설명하고 있는데, 도서관과 함께 내부 시설들이 그림으로 자세히 묘사된 것이 흥미롭다.

당시 목욕장은 만남의 장소이자 일종의 사교장이었다. 냉온탕을 갖춘 목욕시설 이외에 분수와 조각으로 장식된 정원, 회랑으로 둘러싸여 있었다. 이 복합시설물 속에는 체육관과 회화·조각품을 전시하고 있는 미술관, 연주나 강의를 위한 시설물이 붙어 있고 도서관은 별도로 독립되어 있었다. 여느 도서관처럼 2개의 방이 있어 한곳은 라틴어 도서를 수집했고, 또 한곳은 그리스어를 수집했다. 도서관은 언제든 사람을 만나면서 필요한 정보를 얻고, 보고 싶은 책을 마음대로 읽으며, 지식과 교양을 충전하고, 나아가 영혼의 휴식을 위해 절대 필요한 고급 사교장이었다.

병영터에 세운 국립도서관

"알프스를 넘어서라도 로마를 가보지 못한다면 결코 신사gentleman라고 할 수 없다"고 한 18세기 유럽 지식인의 넋두리를 그대로 중얼거리며, 나도 신사가 되어보려고 산 넘고 물 건너 먼 길 로마를 찾아왔다. 로마에 와서 설혹 다른 곳을 보지 못해도 이곳 국립도서관을 본다면 어느 정도 보상이 될 것 같았고, 교양인으로 한 발짝 더 다가갈 것 같았다. 다행히 통역을 맡은 신부님과 함께 가는 길이어서 마음마저 평화로웠다.

국립도서관이 위치한 카스트로 프레토리오^{Castro Pretorio} 지역은 원래 국가 유적지로 지정된 옛 로마 황제의 친위대가 머물던 병영터였다. 최초의 로마 국립중앙도서관은 16세기 바로 이 자리 콜레지오 로마노^{Collegio Romano} 빌딩에 있는 몇 개의 방으로 시작했다. 책이라야 로마신도회 교회에서 나온 몇십 권의 서적과 문서뿐이었다. 이 조그마한 자료들이 발단이 되어 오늘의 국립도서관이 있는 것이다. 한때 이 자리에 있던 예수회대학이 다른 곳으로 옮기면서 1876년 3월 14일 국립도서관을 설치하고 일반에게 공개하기 시작했다. 그러나 건물이 비좁고 노후화되어 도서관을 설립한 지 100년 뒤인 1975년 바로 이 자리에 현대식으로 재건축한 도서관을 개관했다.

로마의 중앙역 테르미니 역 정면에서 우측 통로로 직진한 후 비첸자 거리에서 다시 오른쪽으로 나가면 국립도서관 정문이 바로 나온다. 역에서 걸어서 15분 거리이고, 지하철 B선 카스트로 프레토리오 역을 나오면 바로 도서관 정문이어서 교통도 매우 편리하다. 교통과 인구 유동의 중심지여서 밤낮으로 사람들이 붐빈다. 여기서 동남쪽으로 200여 미터 떨어진 거리에 로마대학 알레산드리아도서관이 있다는데 가보지는 못했다.

19세기 중반까지 독립하고 있던 도시국가를 무력으로 통일하여 하나의 공화국을 만든 통일 이탈리아는 1861년 수도를 피렌체로 옮기면서 피렌체국립도서관을 설립했다. 1870년에 수도가 피렌체

국립중앙도서관은 피렌체국립도서관과 함께 2대 국립도서관으로 불린다. 과거의
고풍스러운 건축물을 도서관으로 전환한 건물은 그들의 역사이자 문화이며 자존심이다.

에서 로마로 변경되자 또 하나의 국립도서관이 필요했다. 문화환경
부 소속 아래 1876년에 처음으로 도서관 규정^{regolamento}을 만들고,
이탈리아 도서관법을 제정하여 국립중앙도서관으로 이미 있던 피
렌체국립도서관과 더불어 또 하나의 국립도서관이 등장한 것이다.

　결국 한 나라에 '중앙'이라는 말을 붙인 2개의 국립도서관과 주
요 도시 국립문화재의 부속 도서관 11개를 포함, 나폴리·토리노·
베네치아 등지에 50개의 국영도서관이 지정되었다. 주로 옛 도시
국가의 수도였던 곳을 중심으로 각 주마다 국영도서관을 두도록 했
지만 주이면서 도서관이 없는 곳도 있다.

　국영화는 중앙정부의 재정지원 아래 도서관의 행정조직을 국가

가 직접 관리하는 것을 의미한다. 국영에서 제외된 지방자치단체의 도서관은 국가의 재정지원도 시설도 없고 직원도 부족하여 비교적 영세하다고 볼 수 있다. 그럼에도 도서관 수에 있어서는 영국 공공도서관 4,700개^{2006년 3월}보다 훨씬 많은 것도 주목할 만하다. 1996~98년, 이탈리아에는 47개의 국영도서관, 1,642개의 대학도서관, 1,226개의 학교도서관, 그리고 약 6,000개의 지방 공공단체 도서관이 이탈리아 전역에 분포되어 있었다^{신지 츠토무, 『이탈리아의 도서관』 최석두·한상길 역, 한국도서관협회, 2009}. 우리나라 공공도서관의 10배가 넘는 수량이다.

이탈리아 국영도서관^{Biblioteca nazionale} 또는 시나 구에서 운영하는 지역도서관^{Biblioteca comunale}들은 대부분 현대식 새 건물이 아닌 과거 수도원 건물이나 관공서 또는 귀족들의 저택을 사용하고 있다. 옛 것을 그대로 보존하여 도서관으로 전환하는 것이 상식처럼 받아들여지고 있었다. 고풍스런 건축물은 그들의 역사이자 문화이고 자존심이어서 함부로 건드릴 수 없었기 때문일 것이다.

옛 수도사들의 쉼터 시에나공공도서관

로마 국립도서관에 몰두하다가 잠시 짬을 내어 한 지방의 공공도서관을 찾아볼 기회를 얻었다. 이탈리아에서 가장 아름다운 도시로 한때 피렌체와 자웅을 겨뤘을 정도로 융성했던 중세의 대표 도시 시에나에 갔다. 로마에서 북쪽으로 자동차로 세 시간 정도 달리면 중세 건물이 고스란히 남아 있는 고도^{古都}가 나온다. 이곳 시에나공

500년의 역사를 자랑하는 시에나공공도서관.
1502년 '수도사들의 쉼터'로 세워진 건축물을 헐지 않고 고스란히 도서관으로 전환했다.

공도서관Biblioteca Pubblica a Siena도 고풍스럽기는 마찬가지여서 옛것을 지금까지 그대로 사용하고 있다. 1502년 '수도사들의 쉼터'로 설립된 이 건물은 500년의 세월을 거뜬히 이겨내고 나를 맞이하고 있다.

공공도서관이 여기서 옛 건물을 이어받아 출발했고, 또 옛날 수도사들이 쉼터로 이용했다니! 고대 이집트도서관이 영혼의 요양을 위한 쉼터였다는 것도 실제 이곳에 와보니 실감이 난다.

도서관을 밖에서 보면 외벽에 많은 때가 묻어 간판도 눈에 잘 띄지 않는다. 간판 밑을 자세히 보니 로마숫자로 'MDII'라고 적혀 있다. 1502년에 건축되었다는 뜻이다. 바깥 건물이 너무 낡아 이게

대열람실의 내부. 큰 행사가 있을 때는 회의실로 사용한다.
이밖에도 폭 6미터, 길이 30여 미터의 15개 벙크형 열람실이 주제별로 있다.

무슨 도서관인가 싶어 약간 실망했지만 막상 안으로 들어가자 상황
은 금세 역전되었다. 500년을 전혀 실감할 수 없을 정도로 내부를
모두 최신 인테리어로 보수해놓았기 때문이다. 폭 6미터, 길이 30
여 미터의 벙크형 열람실 15곳이 주제별로, 또 이용자 영역별로 칸
칸이 마주 보고 있다. 고풍스런 고서에서부터 최신 디지털 시스템
까지 모두 갖춰 각각의 방을 특색 있게 꾸며놓았다. 이탈리아의 전
형적인 공공도서관을 대변하고 있는 듯했다.

　간단한 로마 숫자를 알아두면 쓸모가 많다. I은 1, V는 5, X는 10,
L은 50, C는 100, D는 500, M은 1,000을 말하는 것이다. 이곳 도
서관처럼 건물 머릿돌에 로마자로 MDII, MDCCL, MDCCCLXIV,
MCMXIX 등이 적혀 있다면 1502, 1750, 1864, 1919년에 설립되

었음을 쉽게 이해하게 된다.

르네상스의 예술적 안목을 품다

1박 2일의 시에나 여행을 마치고 로마로 돌아왔다. 로마 국립중앙도서관은 지상 5층, 지하 4층의 현대식 첨단 건물이다. 로마 시내 대로변의 대부분 건축물이 300~400년이 족히 되어 르네상스식 멋을 풍기고 있는데 이곳 중앙도서관은 그 정형에서 벗어나 있다. 따라서 겉에서 드러나는 독특한 이미지나 아름다움이 없어 보인다.

그렇다고 실망할 필요는 없다. 예술의 나라답게 패션의 날개를 함부로 밖에 드러내지 않았다. 아름다움을 안으로 감추고 있을 뿐이다. 출입구 주위를 아바타블루색으로 치장한 실내 디자인은 말할 것도 없고 조화롭게 배치된 인테리어와 각종 조각품을 쳐다보면서 하루 종일 돌아다녀도 지루하지는 않겠다. 어떤 열람실과 전시실 벽을 보니 색이 바랜 크고 작은 모자이크 타일 장식이 여러 곳에 붙어 있다. 바로 국가 유적지인 옛 로마 병영 막사였던 이곳에서 출토된 장식이란다. 창고 속에 잠들어 있었을 타일을 근대 추상화풍으로 둔갑시킨 그들의 예술적 안목이 예사롭지 않아 보였다.

그들의 예술적 안목이 두드러지는 공간은 또 있다. 만일 서가에 꽂힌 책이 없었더라면 특급호텔 갤러리로 착각할 만큼 공간 처리가 절묘하다. 또 '20세기 이탈리아 문학관'과 특수 컬렉션을 갖춘 원형 열람실은 도서관이 아름다워야 하는 이유를 잘 설명해주는 것 같았다. 각 방을 연결하는 S자 통로는 마치 오솔길을 연상시켰고,

곡선의 인테리어가 인상적인 원형 열람실. 이탈리아인들의 예술적 안목이 두드러지는 이 공간은
책이 없다면 특급호텔 갤러리로 착각할 만큼 공간 처리가 절묘하다.

길을 벗어나면 만나는 반원형의 무대는 언제든지 야외 콘서트를 열어도 지장이 없을 정도로 잘 보존되어 있다. 인테리어 소품 하나하나가 모두 진가를 발휘하고 있다.

이외에 도서관 고유의 특징으로 1980년 마이크로필름으로 제작한 '필사본저장소'를 두고 1985년 이후 자료는 모두 전산화했고, 그 이전 자료는 구 열람용 카드를 그대로 사용한다. 20세기 이탈리아 문학의 거장 엔리코 팔퀴Enrico Falqui 컬렉션을 비롯해 진귀한 옛 책을 무수히 간직하고 있다. 현재 로마 국립도서관에만 600만 권의 장서와 8,000점의 필사본, 2,000점의 초기 간행본, 2만 5,000권의 16세기 간행물, 2만 점의 지도, 약 1만 점의 회화 및 그림, 4만 5,000종의 정기간행물이 소장되어 있다.

르네상스를 일구어낸 고서 이외에도, 중국 자료로 2만 권의 단행본과 681종의 잡지, 35종의 신문을 소장하고 있으며, 일본 자료는 단행본 5,000권 외에 기타 컬렉션을 계속 수집 중이다. 반면 한국의 책은 하나도 없다고 한다. 이 말을 듣는 순간 나는 약간 부끄러워졌다. 사실이라면 정보화 선진국이라 자찬하는 우리나라의 수준이 이것밖에 되지 않는 것인가.

마침 준비해 간 '2006년 서울 세계 도서관정보대회 조직위원회'에서 나온 영문판 『한국의 도서관: 과거, 현재 그리고 미래』를 내밀면서 받아달라고 부탁했다. 기증한 책이 단 한 권뿐인데도 기증자에 대한 예우일까? 즉석에서 사진을 찍더니 영구 사용할 수 있는 플라스틱 이용자 카드를 발급해주었다. 카드를 다시 사용할 기회는 없겠지만 그 마음이 고마워 파란눈의 그녀가 더 아름답게 보였다.

이탈리아에는 볼 유적도 많고 구경할 도서관도 많다. 이탈리아 공공도서관이 영국 전역의 4,700개보다 훨씬 많다는 공식 기록도 한몫한다. 살아생전에 이곳을 다시 찾아 르네상스의 위대한 도서관, 라우렌치아나도서관과 피렌체국립도서관, 그리고 못다 본 바티칸도서관 안으로 들어가 그 살내음을 꼭 한 번 맡아보고 싶다.

Vatican Library
00120 Vatican City
www.vaticanlibrary.va

The National Central Library of Rome
Viale Castro Pretorio, 105, 00185 Rome
Italy
www.bncrm.librari.beniculturali.it

12 폐허의 유적에서 한 권의 책을 생각하다

튀르키예 에베소 켈수스도서관

도서관에서 얻은 지식으로 나라를 통치하다

영혼을 치료하는 장소Sanatorium of the Soul라고 해도 좋다. 뮤즈들의
전당Museion이라고 불러도 좋다. 이름이야 어떻든 그곳에 책을 보관
해두고 모두가 함께 이용할 수 있는 공간이라면 도서관이라 불러도
무방하지 않겠는가. 설령 무덤 속이라도 이 조건을 갖추고 있다면
도서관이라고 부른들 무슨 상관이 있겠는가. 한때, 유럽과 미국에
서 베스트셀러였던 이탈리아의 루치아노 칸포라가 쓴 『사라진 도
서관』김효정 역, 열린책들, 2007을 보면, 고대 이집트의 위대한 파라오 람
세스 2세의 무덤 속 현장이 생생하게 묘사되어 있다.

입구에는 길이 60미터, 높이 20미터의 문이 있다. 문을 통과하면 정방
형 신전의 사방을 둘러싼 기둥들이 120미터 길이로 줄지어 도열하고
있는 모습이 나타난다. 천장에는 별들이 점점이 박힌 진한 파란색 돌

덩이 하나가 놓여 있다. 높이 8미터 기둥들이 빛나는 하늘을 지탱하고 있는데 사실은 그냥 기둥이 아니라 한 개의 돌을 저마다 다른 조각으로 파낸 것이다.

다음 문으로 들어서면 검은 돌덩어리로 만든 세 개의 커다란 조각상이 나오는데, 발의 크기가 4미터는 족히 되는 람세스의 석상이 한가운데 서 있다. 그의 무릎 옆에 어머니가 있고 다른 쪽에는 딸이 있다. 이 조각상은 단 하나의 돌덩이를 깎아 만든 것이며, 작은 흠집이나 얼룩이 전혀 없다. 하단에는 "나는 왕 중의 왕 람세스다"라고 비문이 적혀 있다. 이 작품들이 경이로운 것은 크기뿐만 아니라 뛰어난 조각기술과 돌의 재질 때문이다.

신들에게 감사를 올리기 위해 왕이 제물을 바치는 모습 등 갖가지 그림과 글들이 새겨진 람세스 방을 지나면 60미터 길이의 통로가 세 개 나온다. 길을 따라 어느 방으로 들어가면 람세스의 석관이 있다. 회랑 벽 쪽에는 세상의 모든 진미를 쌓아둔 벽감과 금과 은을 바치는 왕의 부조와 마주친다. 그다음 방이 지성소인데, 호화로운 이 공간은 다른 회랑과 벽을 공유한다. 벽 한쪽 선반에는 두루마리 책들을 얹어두었다. 지성소 입구 문틀 위에 '영혼의 요양소'라는 문패를 달고 '신성한 도서관'이라 불렀다.

죽은 자의 영혼을 위해 도서관을 두었다면 산 자를 위한 도서관쯤은 당연히 존재하지 않았을까? 도서관$^{βιβλιοθήκη,\ Bibliothèke}$의 어원이 파피루스 두루마리^{Biblion} 책을 쌓아둔 책장 또는 장소^{thèke}에서 나온 것을 보면, 그 출발점은 바로 이곳 지성소였음이 쉽게 짐작이 간다. 그렇다면 생전에 도서관은 람세스에게 어떤 의미였을까? 프랑스 최고의 이집트 학자 크리스티앙 자크^{Christian Jacq}의 대하장편 『람세스』^{1~5권}에는 도서관이 자주 등장하고 있다.

돌 벽으로 된 거대한 도서관은 보이는 것과 보이지 않는 것에 관한 이집트 지혜의 정수를 담고 있다. '피라미드 글'의 원판과 파라오의 부활 의식 등이 포함된 수천 개의 파피루스를 소장하고 있는 도서관에는 항상 람세스가 자리 잡고 있었다. ……라메세움의 도서관은 헬리오폴리스에 있는 생명의 집 못지않았다. 매일 파피루스 글씨를 써넣은 서판(書版)들이 도착해 람세스가 몸소 분류 작업을 독려했다. 왕은 제례와 철학, 고문서들에 대한 지식 없이는 이집트를 다스릴 수 없었기 때문이다.

이처럼 람세스 2세는 도서관에서 몸소 분류 작업을 독려했고, 도서관을 통해 얻은 지식으로 67년간 이집트를 통치했다. 파라오 시대의 도서관은 지금 하나도 남아 있지 않다. 프랑스의 대학자 뤼시앵 폴라스트롱은 『사라진 책의 역사』에서, 당시 일반적인 사고는 일단 건립자의 영광이 시들어버리면 도서관 존재이유도 사라지기 때문에 체제가 바뀔 때마다 도서관을 없애고 파괴 의례를 치렀다고 밝혔다.

고대의 도서관, 영혼의 요양소

지금까지 우리가 알고 있는 고대 도서관의 역사는 기원전 3,000년경 메소포타미아 남쪽 니푸르 근처에서 수메르인들이 점토판에 설형문자^{Cuneiform}로 인명과 지명, 신들의 이름, 직업명을 썼다는 기록에 근거한다. 그것은 단지 기록 자체이고 목록일 뿐, 구체적으로 도서관 기능과 어떤 관련성이 있는지에 관해서는 확실치 않다. 공인된 인류 최초의 도서관은 기원전 669년 12월 아시리아 왕 아슈르바니팔^{Ashurbanipal}이 제국의 수도였던 니네베^{Nineveh}에 자신의 통치 문서와 책을 보관하는 장소였던 '아슈르바니팔도서관' Ashurbanipal Library이다.

약 3만 개의 점토판을 갖춘 이 도서관은 그 후 3세기 반 동안 최대 규모를 자랑했다. 이를 필두로 중동과 지중해 연안을 중심으로 도서관의 싹이 트기 시작했다고 역사는 적고 있다. 이번 여행 중에, 아슈르바니팔도서관보다 6세기 앞선 기원전 1,200년 이집트의 람세스 2세가 이미 체계적인 장서를 갖춘 도서관을 활용했다는 사실이 내 시야에 들어왔다. 그동안 내가 알고 있는 도서관 역사는 어떻게 해석할 것인가. 일시에 혼란스러워진다.

무덤 속에 존재하던 신성한 도서관은 파라오의 시대 이후 막을 내렸지만, 그 명맥은 그대로 이어진다. 람세스도서관 이후 1,000년이 지난 기원전 288년 지중해 연안 동서문명의 교차로인 알렉산드리아에서 역사상 처음으로 '도서관' 명칭을 가진 근대적 의미의 알렉산드리아도서관이 등장했다.

그 도서관 정문 문설주 위, 람세스 무덤과 똑같이 '영혼의 요양소' 문패가 붙어 있었던 것은 결코 우연이 아니다. 당시 문패의 실물은 찾을 길이 없지만 그 흔적은 사라지지 않고 지금 스위스 장크트갈렌수도원도서관을 위시해 세계 곳곳으로 퍼져 있다.

튀르키예 에베소에서 남서쪽 90킬로미터 떨어진 그리스의 작은 섬 파트모스Patmos: 『성경』에는 '밧모'로 적고 있다. 요한이 에베소에서 1년 반 동안 유배당한 곳이어서 예수의 환난을 증언하는 장소로 유명하다에는 성 요한이 「요한복음」과 「요한계시록」을 완성했다는 동굴과 함께 섬 정상에 1088년 세운 파트모스 성 요한수도원The Monastery of St. John on Patmos 이 도서관과 함께 자리를 잡고 있다. 1999년 유네스코 세계문화유산으로 지정되고, 지금은 그리스 정교회의 공식 순례지가 되어 있다.

수도원 설립 당시에는 도서관이 없었다. 책이라야 수도사들이 기도할 때 낭독하는 몇 권의 기도서와 복음서뿐이고, 그것도 자신들이 직접 필사해 새긴 것이 전부였다. 이런 현상은 13세기까지 지속되었다. 그 후 장서는 점차 늘어났지만 많아야 200~300권 정도여서 필경사가 활동하는 방 부근 벽장이나 다락방에 보관했다. 이 정도 책을 넣어둔 조그만 다락방을 그들은 자랑스럽게 '도서관'이라고 불렀다.

현재 이곳에는 각 장의 첫 글자를 황금으로 쓴 「마가복음」을 비롯하여 2,000권의 고서와 1만 3,000점의 성서 및 역사문서, 900여 점의 필사본을 간직하고 있다. 산꼭대기 요새처럼 비탈진 곳에 위

성 요한수도원도서관의 내부. 오른쪽에 '영혼의 요양소'라 씌어 있는 석판이 보인다.
"수도원의 영광이 바로 이런 책들 때문"이라며 생명보다 소중하게 다룰 것을 당부했다.

치하고 있는 수도원도서관은 여느 수도원이 그렇듯이 『성서』이야
기로 가득 차 있다. 고성 안, 적막이 감도는 도시관 입구 석벽을 가
만히 들여다보면 대리석판에 200년 전 고대 그리스어로 '영혼의
요양소'라고 새겨놓았다. 그 아래 책의 귀중함에 대해 쓴 경구 내용
을 이해하면 감동은 배가 된다.

영혼의 요양소. 여기에는 찬란한 필사본들이 보존되어 있다. 현자들에
게 책은 황금보다 귀한 것이니 자신의 생명보다 더 소중히 다룰지어
다. 이 수도원의 영광도 바로 이런 책들이 있기 때문이다. 1802년 8월

성 요한수도원도서관이 이집트의 람세스도서관, 알렉산드리아도서관으로부터 왔듯이 서구의 근대적 대학의 도서관은 수도원도서관으로부터 전해 내려와 오늘날 이만큼 성장한 것이다.

로마가 튀르키예에 남긴 최고의 유적지

고미술사가 유홍준 교수가 『나의 문화유산 답사기』에서 우리나라 사찰답사자의 수준을 초·중·고 3등급으로 분류하여 설명해놓은 것이 재미있다. 초급자는 어디에 가든 무엇 하나 놓치지 않으려고 알아먹기 힘든 안내문을 꼼꼼히 살피며 바삐 움직이는 사람, 중급자는 문화재뿐만 아니라 주변의 풍경까지 둘러보는 여유를 가진 사람, 그리고 고급자는 황량한 절터, 중도 절도 없는 폐사지를 찾아 비스듬히 박힌 석탑 하나를 바라보며 고즈넉한 정취를 즐길 줄 아는 사람이라고 한다.

나는 도서관 답사에서 고급 답사자가 된 기분으로 이곳 도서관 유적지를 택했다. 2,000년 전, 청년 예수를 이미 떠나보내고 바울과 요한, 그리고 마리아가 활보하던 장소에서 그 시대의 유적을 들여다보며, 그 무렵 설립된 도서관 정취를 제대로 느끼고 즐길 수 있다면 나도 도서관의 고급 답사자가 될 수 있을 것 같았다. 국토 전역이 천장 없는 박물관인 나라, 도올 김용옥 선생이 열 번을 다녀와도 아직 볼 것이 남아 있다고 한 튀르키예는 오래전부터 내가 꿈꾸던 여행지 제1순위였다.

튀르키예 중에서도 내가 관심을 둔 고대도시 에베소보통 에페스Efes

라 하며, 영어로 에페수스Ephesus라고 부른다는 이스탄불에서 남서쪽으로 680킬로미터 떨어진 에게 해 연안 셀추크Selcuk 바로 옆에 있다. 기원전 11세기 이오니아인들이 정착하기 시작하여 기원전 300년 알렉산더 대왕 휘하의 장군 리시마코스에 의해 계획적인 도시가 건립되었다. 그 후 로마 총독이 주둔하는 근거지로 헬레니즘 시대와 로마제국 시대에 황금기를 누리면서 인구 25만 명에 달하는 근동 최고 도시로 성장했다.

특히 이곳은 『신약성서』에 기록될 만큼 유서 깊은 기독교인의 성지다. 여기서 사도 바울은 기원후 53년부터 3년간 머물며 선교활동을 했다. 그가 로마에 투옥돼 에베소 교회로 보낸 편지들이 바로 『성서』의 한 편인 「에베소서」다. 또 사도요한은 이곳에서 「요한복음」을 쓰면서 마리아와 여생을 함께했고, 마리아는 요한의 품속에서 숨을 거두었다. 그 무덤도 이곳 에베소에 있다고 한다.

이곳에서 판매하는 안내 책자 『에베소』2008, 한국어판는 마리아의 죽음과 관련된 여러 가지 설을 일축하고 에베소의 역사를 자세히 설명해주고 있다. 거리가 있어 실제 가보지는 못했지만 이곳을 에워싼 불불Bulbul산 꼭대기에 성모 마리아가 말년을 보낸 집터와 일부 벽이 남아 있다고 한다. 1961년 교황 요한 23세가 건물을 복원하여 성지로 공식 선포했다. 이와 같은 기독교인의 성지가 지금은 사람들이 살고 있지 않는 황성옛터로 변했다. 그럼에도 당시의 건축물과 생활상을 고스란히 보존하고 있어 튀르키예의 4대 문화유적지로 관광객이 항상 들끓는다.

로마시대의 유적과 초기 기독교의 흔적을 들여다볼 수 있을 뿐만 아니라 종교나 건축, 인물, 생활사 등 이야기가 있는 유적만 해도 40개가 넘어 이곳만 살펴보아도 여기까지 온 가치는 충분하다.

여기서 설령 어느 것에도 관심이 없는 사람이라도 도서관 볼거리에 초점을 맞춘다면 결코 실망하지 않을 것 같다. 에베소를 알리는 포스터나 엽서, 광고판마다 어김없이 도서관이 모델인 것을 보면 더욱 확신이 선다. 아름답기도 하거니와 예수가 생전에 거닐던 바로 그 시대에 이렇게 정교하고 장대한 도서관을 갖추고 있었다니 아무리 도서관과 담을 쌓은 사람이라도 놀랄 수밖에 없을 것이다.

이곳의 위대한 도서관을 보는 데는 서양의 귀중 도서관을 탐방할 때처럼 아무런 절차와 수속이 필요 없으며 사진도 얼마든지 찍을 수 있다. 행선지에 '에베소'가 포함되어 있는 튀르키예 여행사를 따라가서 가이드의 말에 귀만 기울이면 된다. 도서관을 잘 모르는 가이드가 어떻게 설명해줄지 궁금했지만 다행히 내가 만난 가이드는 웬만한 사서만큼 유식하게 설명을 잘해주었다.

"이곳 셀수스^{Celsus, 켈수스의 영어식 발음}도서관은 알렉산드리아도서관, 버가모^{페르가몬의 이칭}도서관과 함께 고대에 있었던 세계 3대 도서관에 속합니다. 알렉산드리아도서관의 파피루스 책은 두루마리여서 접거나 양면을 쓸 수 없으며, 습기에 약하고 휴대가 어려웠습니다. 이와 달리 버가모도서관은 양피지를 사용해 오늘날 책처럼 여러 페이지를 함께 묶어 휴대가 간편하고 읽기가 좋으며 습기에 강해 오래 보존할 수 있었습니다. 파피루스와 양피지도 모두 갖추었

켈수스도서관을 끼고 있는 마제우스의 문. 문을 나서면 아고라가 있다.
예수가 생전에 거닐던 바로 그 시대에 이렇게 장대한 도서관을 갖추고 있었다는 사실이 놀랍다.

고요. 이곳에 아리스토^{아리스토텔레스를 말하는 같으나 사실과 차이가 있음} 같은 위대한 사서들이 있었습니다."

좀더 전문적인 입장에서 물어볼 사서도, 책도, 집기도 없기 때문에 여기서는 다만 도서관 정취를 느껴보고, 옛 사서와 영혼의 교감을 나누는 자리로 만족해야 한다. 여행사에서 배당하는 두세 시간으로는 시간이 턱없이 부족하므로 미리 마음의 준비를 해두는 것이 좋다.

에베소의 얼굴 켈수스도서관

일반적으로 에베소 유적지로 들어오려면 서북편 바다 쪽에서 난 길과 내륙 동남쪽에서 들어오는 길을 이용하는데, 우리는 내륙 길을 통해 들어왔다. 입구 어귀에 들어서면 삼성에서 세운 한글 안내판과 유적지 약도가 눈에 띈다^{놀라웠다. 우리 기업이 이렇게까지!}.

왼쪽에 있는 바실리카와 바리우스 목욕탕은 알아볼 수 없을 정도로 파손되어 있고, 오른쪽에는 오데온 소형 야외극장, 의회 건물 유적, 코린트^{Corinth}, 이오니아식의 두주^{頭柱}와 기둥 파편들이 여기저기 흩어져 있다. 길을 건너면 바로 대리석 기둥들이 줄지어 있는 아고라^{agora: 옛 그리스·로마 도시 국가에서 사람들이 모여 토론하는 공공장소이자 물건을 사고파는 장터}가 있고, 도심 한복판 도서관 옆에는 이보다 큰 아고라가 또 하나 있다.

여기서부터 대리석 거리가 시작된다. 오른쪽에는 반쯤 남아 있는 메미우스 기념물과 헤라클레스의 문 기둥이 보인다. 계속 길을 따

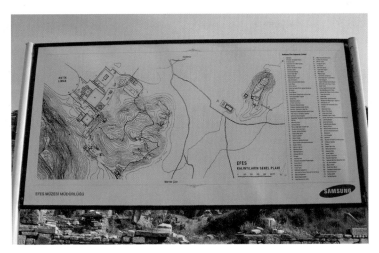

에베소 유적지 약도. 이곳으로 들어오려면 일반적으로 바다 서북쪽에서 난 길과
내륙 동남쪽에서 들어오는 길이 있는데 우리는 내륙 길을 통해 들어왔다.

라 내려가면 저 아래 높다란 도서관이 보이기 시작한다. 대리석 거
리는 보행자뿐만 아니라 마차도 다니던 길이다. 긴 세월 동안 지속
적으로 수리를 해서인지 잘 다듬어져 있다. 관광객 발길에 닳아 윤
이 나는 길 아래는 사람이 들락거릴 수 있는 하수도 시스템까지 갖
추어놓았다고 한다.

도서관까지 내려오면 항구와 맞닿는 '항구의 거리' 앞에 헬레
니즘 시대에 지어진 원형 대극장이 보인다. 아래에서 위로 A석·B
석·C석, 3단계로 구분된 관람석은 2만 5,000명을 수용할 수 있는
매우 큰 야외극장으로 당시 도시 인구의 10퍼센트가 동시에 이용
할 수 있던 거대한 건축물이다. 이만한 사람들을 일시에 수용할 수
있는 도시 인프라를 갖추었다니 범상치 않다. 이곳에서 연극과 음

대리석 거리는 보행자뿐 아니라 마차도 다니던 길이었다.
오른쪽에는 반쯤 남아 있는 메미우스 기념물과 헤라클레스 문의 기둥이 서 있다.

악회 등이 벌어지고 시민의 온갖 문화행사가 이어졌으며, 때로는 선외의 운동경기뿐만 아니라 검투사들과 맹수들이 살육전이 자행되었다.

　반원형의 오케스트라 무대에 음악회나 연극이면 몰라도 무슨 큰 싸움판이 벌어졌겠는가? 미심쩍어서 가이드한테 물었더니 실제 맹수들이 지나다니던 통로와 우리를 보여주면서, 무대에서 관중석까지 2미터의 높이의 턱을 둔 것도 경기장이었기 때문이라고 대답했다.

　대리석 바닥에 대리석 기둥들이 줄지어 있는 퀴레트 거리를 따라 계속 내려가면, 천사의 날개를 달고 얼굴과 몸이 거의 손상되지 않은 승리의 여신 니케Nike가 왼손에는 월계관을, 오른손에는 월계수

하드리아누스 신전의 문은 두 겹으로 세워져 있다. 앞에 있는 아치형 문은
로마 양식이고, 안쪽 중앙에 메두사가 조각되어 있는 직각문은 그리스 양식이다.

잎을 들고 있다.

하드리아누스 신전의 아름다운 문은 두 겹으로 세워져 있다. 앞
에 있는 아치형 문은 로마 건축양식의 전형이고, 안쪽 중앙에 메두
사가 조각되어 있는 직각문은 그리스 건축양식이 분명하다. 그리스
와 로마의 건축양식을 이해하려면 건물 테두리 또는 문의 형태가
아치형인가 아니면 직각인가에 따라 판별하는 것이 가장 쉽다.

좀더 내려가면 마침내 웅장하게 서 있는 도서관과 마주치게 된
다. 위치가 도시의 한복판인 교차로 앞이다. 그 옆에 커다란 아고라
를 끼고 길을 건너면 가까이 신전이 있고, 그 주위에는 사람 냄새 나
는 동네가 펼쳐 있다. 지금이야 물이 없지만 트라야누스 분수대, 대
중목욕장과 칸막이가 없는 공중화장실, 심지어 사창가까지 공존하

고 있다. 대중목욕장의 하수를 화장실 아래로 흐르게 하여 오물을 씻어내렸고, 50명이 동시에 내는 공동화장실의 소음까지 물소리가 막아주었다고 한다. 또 용변 보는 바로 앞에 물길로 손을 씻고 오늘날 비데처럼 뒷물을 하는 장치까지 있었다고 하니 그들의 과학 수준을 알 만하다. 로맨틱한 이름을 가진 '사랑의 집'House of love 은 목욕장과 화장실 뒤쪽 모서리에 있다. 남자들이 이곳에 올 때 몸을 씻도록 하는 위생시설이었다고 하며, 학자들은 이곳이 고대 매춘소라고 추측한다.

현재 남아 있는 세계 최초의 광고판은 무엇이고, 어디에 있을까? 도서관으로 이어지는 도로 한편, 대리석 바닥에 기이한 그림이 새겨져 있다. 성인 남자의 큰 왼발이 그려져 있고, 발가락 쪽으로 동전을 담을 수 있는 얕은 구멍 아래에 하트 문양이 있다. 또 발 오른쪽에는 희미한 어지 얼굴이, 그 아래는 사각형 그림이 그려져 있다. 이것이 세계 역사에서 가장 오래된 사창가를 알리는, 최초의 광고판이라고 한다.

새겨놓은 신발은 이 사이즈 이상의 발을 가진 성인만이 출입할 수 있음을 의미한다. 여자가 필요하면 구멍에 동전을 넣고 발자국을 따라오라는 것이다. 그림 중 희미하게 보이는 여자 얼굴과 카드 모양의 사각형 그림은 농도가 달라 누군가 후대에 새긴 것 같다. 젊은 가이드 아가씨가 사각형 그림을 손가락으로 짚으며 잠시 우리를 웃겼다.

"현금이 없어도 돼요. 신용 카드도 받아요."

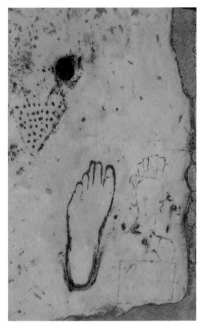

칸막이가 없는 고대의 공중화장실에서는 50명이 동시에 볼일을 볼 수 있었다.
오른쪽 사진은 사창가를 가리키는 세계에서 가장 오래된 광고판이다.

　매춘의 역사는 원시공동체 시대부터 시작되었다고 한다. 남자
는 사냥을 해야 하고 여자는 사냥을 잘하는 남자를 만나야 굶지 않
는다. 오직 살아남기 위해 여자는 성을 상품화할 수밖에 없었다. 기
록상 가장 오래된 매춘의 형태는 고대 인도 사원에서 무희들이 사
원의 재정을 충당하기 위해 참배자에게 몸을 맡긴 사원매음Temple
prostitution이다. 옛 그리스와 로마에서도 여자들이 생계를 위해 매춘
을 직업으로 삼았다. 그 후에도 이 행습은 유럽 각지에서 전쟁이나
흉년이 들면 어김없이 창궐했고, 쾌락을 쫓는 남성들의 저열한 욕
망 때문에 온 세계에 퍼져 있다. 그 전통은 없어지지 않고 지구상에
서 아직까지 지속되어, 가장 오래된 직업의 하나로 정착되었다.

인류사에서 오래된 직업이 또 하나 있다. 도서관에서 일하는 사서직이다. 도서관이 없는 문명의 역사를 상상할 수 있겠는가. 사서가 없는 도서관을 생각할 수 있겠는가. 도서관의 역사는 사서의 역사이고, 사서의 역사는 곧 인류문명의 역사다. 사서는 인류문명과 걸음을 함께해온 가장 오래된 직업 중의 하나로 확신하는 것이다.

두 직업이 비교할 성질의 것은 아니지만 세상에서 가장 오래된 직업, 매춘부와 사서가 서로 이웃하고 있으니 예사로운 일이 아니다. 도서관에서 길 하나만 건너면 사창가가 나온다니 아이로니컬하다. 여기에 단골고객은 과연 누구였을까. 도서관의 사서일까, 아니면 도서관을 이용하는 귀족층들이었을까. 당시만 해도 일반 서민은 도서관을 마음대로 이용하지 못했다. 돈도 부족하거니와 대부분이 문맹자였기 때문이다. 당시 도서관 사서는 지금처럼 사서의 우두머리, 즉 도서관장을 제외하고는 내부분 박봉이었다. 일반 사서 중에서는 필경사의 보수가 다소 많았고, 목록을 작성하거나 손상된 두루마리를 보수하는 하위직은 그보다 훨씬 적었다. 사서 중에 노예 출신이 많은 것도 그 때문이다. 사창가 고객 명단에 사서는 분명히 없었을 것 같다.

화려했던 당시의 도서관 전경이 눈앞에 나타나다

나는 잡다한 로마 유적을 구경하려고 온 것이 아니다. 인류문명을 이끌어온 도서관을 보려고 여기까지 왔다. 언젠가 그리스 여행을 하던 어떤 관광객이 파르테논 신전 앞에 흩어져 있는 돌기둥들을 보고 "왜 공사를 하다 만 거야? 돈이 없으면 우리가 좀 보태주면 어때"라고 객기를 부렸다고 한다. 신전을 짓다가 만 현대식 석조건물로 착각했던 얼치기 애국자처럼 이곳 켈수스도서관 앞에서 실수하지 않도록 옷깃을 여미었다.

로마제국의 소아시아 집정관이자 총독의 아들 티베리우스 율리우스 아퀼라 폴레마에아누스^{Tiberius Julius Aquila Polemaeanus}는 그의 아버지 티·율리우스 켈수스^{Ti·Iulius Celsus}를 기리며 도서관을 세웠다. 티베리우스는 책들을 모으고 모든 장식물과 조각상을 준비하다 완공을 못다 보고 세상을 떠났지만 후대 사람들이 기원후 135년에 마침내 도서관을 완성시켰다.

이 도서관은 현재 지상에 남아 있는 도서관 건축 유물 중 가장 오래되어 살아 있는 도서관 유적의 대명사로 불린다. 도서관 원형은 대부분 파괴되어 바깥쪽 파사드^{fassade: 건물의 정면부}와 도서관이 설치된 자리만 당시의 모습대로 살려놓았다. 아직 복구가 덜 된 미완성품이지만 이것만으로도 고대 도서관의 성지이자 로마의 도서관 원형질을 감상할 수 있는 명소여서 도서관을 소개하는 어린이책에 이름이 날 정도로 유명세를 타고 있다.

지금 도서관은 비록 건물의 뼈대뿐이지만 위풍당당하게 사람들을 압도한다. 외모는 겉으로 보기에 2층 같아도, 내부는 3층 구조로 되어 있다. 3층이라지만 지금 빌딩으로 치면 5층 정도의 높이로, 이곳 에베소에서 가장 높은 건축물에 해당한다.

견고한 벽이 있는데도 큰 돌과 벽돌로 다시 내벽을 쌓아 이중벽을 만들어놓은 점이 특이하다. 외벽과 내벽의 간격이 1미터가 못 되는 좁은 골목길 같다. 우리나라 부산 국가기록원 서고에서 볼 수 있는 20세기형 건물이라 할까. 책의 안전한 보존과 습기를 차단해 주기 위해 특별히 고안한 것으로 보인다.

도서관은 앞마당이 있다. 마당을 지나 정면 한가운데 평지에서 약 2미터 높이의 8개 계단을 올라오면 도서관이다. 3개의 출입구가 있는데 평상시에는 양쪽 문을 닫아두고 가운데 문만 사용했을 것이다. 대리석으로 된 원기둥은 아래층에 8개, 위층에 8개, 모두 16개의 기둥이 건물 전면을 받쳐주고 있다. 출입구 기둥 사이마다 4개의 여신상이 서 있는데 각 석상에는 고대 그리스어로 쓴 ΚΕΛΣΟΥ^{켈수스} 이름 위에 여신의 명칭을 하나하나 적어놓았다. 왼쪽 가장자리부터 지혜^{sofia}, 덕행^{arete}, 사고^{ennoia}, 지식^{episteme}을 의미하는 도서관의 상징이다. 지혜의 여신상은 코만 마멸되었을 뿐 전신이 온전하고, 덕행의 여신상은 손상 없이 몸을 제대로 갖추고 있다. 사고와 지식의 여신상은 머리가 사라지고 몸체만 남아 있다. 여신상은 모두 진품이 아닌 복제품을 대신한 것이란다.

도서관 안으로 들어가자 천장 자리가 까마득하게 보이고 내부는 텅 비어 있다. 다만 출입구 양쪽 대리석 벽면에 그리스어와 독일어로 도서관을 복원했다는 기록과 거기에 참여한 10여 명의 명단을 새긴 붉은 글자판이 유난히 눈에 띈다.

티·율리우스 켈수스 폴레마에아누스도서관, 튀르키예의 고대 유물과

도서관 내벽과 외벽 사이의 공간. 견고한 벽이 있는데도 큰 돌과 벽돌로 이중벽을 만들어놓았다. 습기를 차단하여 책을 잘 보존하기 위해서다.

미의 여신들을 위하여 1970년부터 1978년까지 오스트리아 고고학회와 함께 연구하고 복원하는 데 동의했다.

튀르키예 정부의 동의서를 받았다는 광고판이다. 초기부터 있던 건물은 무엇이고, 새로 복원한 건물은 어떤 것일까. 초심자의 눈으로는 도무지 알 수가 없다. 오스트리아는 이를 복원해준 대가로 자국에 '에베소박물관'을 설치하여 여신상 진품을 보관하고 있다. 굳이 내가 시비할 일은 아니지만, 아무리 양국의 언어로 표시하고 서로 동의했다고는 하지만 남의 나라 박물관에 두어서는 안 될 도서

도서관 출입구에는 지혜·덕행·사고·지식을 의미하는 여신상을 세워놓았다.
사진은 지혜(왼쪽)와 덕행(오른쪽)의 여신상.

관 문화재다. 당초 여신상의 의미가 도서관을 통해서 얻을 수 있는
인간의 가치와 덕목을 표현한 것이기 때문에 더욱 그러하다. 비록
늦었지만 여신을 다시 모셔와 도서관의 표상으로 삼았으면 하는 마
음이 간절하다.

문밖을 나와 아래층과 위층에 정교하게 장식한 조각물을 쳐다보
고 있노라면, 장엄하고 화려했던 당시의 도서관 정경이 눈앞에 나
타난다. 파피루스 뭉치를 들고 분주히 돌아다니는 일꾼이 보이고,
흩어진 자료를 손질하는 사서의 모습이 눈에 아른거린다. 이 정도
라면 문화·지식센터로서 도시의 랜드마크로 손색이 없을 것 같다.

도서관 출입구 양쪽 대리석 벽면에 도서관을 복원했다는
기록과 참여한 사람들의 명단을 그리스어와 독일어로 각각 새겨놓았다.

어디에 내놓아도 손색없는 인류의 자산

뉴욕대학의 명예교수이며, 고대문화사의 세계적 권위자인 라이
오넬 카슨Lionel Casson은 켈수스도서관을 깊이 있게 연구한 학자다.
그가 쓴 책『고대 도서관의 역사』Libraries in the Ancient World에 의하면, 도
서관 위층은 박공gable: 삼각형으로 된 지붕구조형 지붕에 커다란 세 개의
창문으로 짜인 서양 건축의 고전형식이 그대로 드러나는 건물 규
범의 하나다. 내부 직사각형 방은 세로 16.7미터, 가로 10.9미터 크
기이고, 벽에는 책이나 조각상을 놓는 아름다운 벽감을 두었다. 정
통 로마 양식을 따른 벽감은 높이 2.8미터, 너비 1미터, 깊이 0.5미
터로 일반 벽감보다 조금 좁지만 3층으로 되어 있다는 것이 특징

캘수스도서관의 외부(복원 그림).
도서관 위층은 박공형 지붕에
커다란 세 개의 창문으로 장식하여
서양 건축의 고전형식을 그대로
드러냈다.

이다.

  웅장한 외관에 비해 내부가 이 정도 크기라면 큰 도서관이라고는
할 수 없다. 기껏해야 3~4명의 사서와 10명 내외의 이용자가 머물
만한 곳이다. 당시 도서관 설치의 목적은 이용보다 장식성이나 의
식을 위한 상징성에 더 큰 의미가 부여되었을 성싶다.

  뒷벽 거의 지붕까지 솟아 있는 커다란 앱스^{apse: 건물 끝자락 반원형 지}
^{붕이 있는 부분. 성당에서는 성직자가 머무는 자리}와 양면에 층층으로 이루어
진 2개의 벽감에 측면 벽에 있는 3층으로 된 벽감 3개까지 모두 30
개나 된다. 벽감에는 약 3,000개의 두루마리를 소장할 수 있었다.
또 평평한 기단 위에는 높이 1미터, 깊이 1~2미터의 벽감이 있다.
기단은 내부를 지탱하는 원기둥을 받치는 동시에 2층 벽감으로 가

도서관 실내. 30여 개의 벽감에는 약 3,000개의 두루마리를 소장할 수 있었다.
기단은 내부의 원기둥을 받치는 동시에 2층 벽감으로 가는 통로다.
2층 벽감은 3층의 원기둥을 지탱한다.

는 통로이며, 2층 벽감은 3층을 지탱하는 원기둥을 받치는 역할을
한다.

지붕은 둥글고, 중앙에 햇빛이 잘 들어오도록 둥근 창을 만들어
둔 것 같고, 지하방에는 석관을 두었다. 당시 모든 성당에 있었던
지하방처럼 이곳 도서관 지하에도 망자가 잠들어 있기 때문에, 장
엄한 모습을 갖추는 것은 예나 지금이나 망자에 대한 예의라 할 수
있다.

출입구를 빠져나오면 왼쪽에 보이는 도서관 건물과 직각으로 붙
은 성벽 같은 3개의 큰 문이 마치 도서관과 한 건물 같다. 마제우스
문과 미트리다테스의 문이다. 두 노예가 자유인이 되면서 직접 문

을 만들어 아우구스투스 황제에게 바쳐, 그 이름이 지금까지 내려온 것이다. 이 문을 넘어서면 커다란 광장, 아고라가 곧장 눈에 펼쳐진다. 서울 시청 앞 잔디광장 같다. 만약 서울시청이 도서관으로 탈바꿈하면 '도서관 광장'은 2,000년 전 에베소의 도서관 광장과 흡사한 기능을 하지 않을까 하고 잠시 생각해보았다. 기록에 의하면 이 위대한 도서관은 기원후 262년 고트족의 침략으로 여러 신전과 함께 결국 파괴되고 말았다. 지금 이 세상 어디에 내놓아도 결코 뒤떨어지지 않는 우리 인류의 귀한 도서관이 기어코 사라진 것이다.

누가 도서관을 파괴했는가

정복자들이 남의 나라를 침탈하면 점령지에서 가장 먼저 챙기는 전리품은 무엇일까? 손으로 옮길 수 있는 보물, 즉 진귀한 보석과 황금, 이동이 가능한 문화재, 그리고 책이다. "책을 소유한 자가 세상을 소유한다"고 했다. 한 나라가 만든 책과 기록물은 그곳의 기억과 역사를 기록하고, 정신을 담고 있기 때문에 귀중한 책은 그 나라의 얼굴이자 영혼이다. 그래서 책은 노획품의 0순위이고, 도서관은 파괴 대상의 제1순위로 지목된다.

예부터 성군과 폭군은 책을 대하는 자세로 판가름한다고 했다. 책을 아끼고 보호하며 잘 이용하는 군왕은 성군이라 했고, 그렇지 못하면 폭군이라 불렀다. 그릇된 왕은 유식한 백성을 마음대로 다스리기 위해 책을 불살랐고, 독재자는 진실과 부정을 감추기 위해 책을 파괴했다. 진시황의 분서갱유가 그랬고, 독일의 히틀러와 캄

보디아의 폴 포트가 그랬다. 이로 인해 세계에서 수백만 권의 책이 사라졌고 1,000개 이상의 도서관이 잿더미로 변했다. 종이 위에 한 자 한 자 땀으로 새긴 필사본들은 전쟁터의 횃불로, 땔감으로, 때로 는 병사들의 휴지로 사용되었다. 나아가 질 좋은 양피지본은 군화 를 수선하거나 군복을 깁는 데 사용되었다. 독재자와 무지한 병사 들만 탓할 일이 아니다. 도서관은 언제나 위정자들에게 가장 만만 한 상대로 정치적 박해를 당해왔다. 힘센 종교는 힘없는 다른 종교 의 경전을 불쏘시개로 만들었다.

도서관의 수난은 사라지지 않고 근대적인 대학이 출현할 때까지 학문과 지식의 심장부 역할을 했던 수도원도서관으로 이어졌다. 십 자군은 이슬람 책들을 모두 말살했고, 신권과 왕권을 강화하려는 권력의 야욕은 수도원을 파괴하고 도서관과 책을 불태웠다. 많은 종교전쟁이 이교도의 책들을 잿더미로 만들었으며, 종교개혁 때만 해도 프로테스탄트 개혁자들은 로마가톨릭을 없애기 위해 도서관 을 파괴했다. 16세기 영국의 헨리 8세가 로마가톨릭을 박해하고 수 도원도서관을 없애 30만 권 이상의 책이 지상에서 사라지고 단지 2 퍼센트의 도서만이 살아남았다.

전쟁은 명분 없이 도서관을 일시에 앗아갔다. 1800년에 설립된 미국 의회도서관은 1812년 영국군의 침공으로 의사당 서고에 있 던 3,000권의 책이 불탔다. 제2차 세계대전 때는 연합군 공군의 폭 격으로 독일 전체 책 중에 4분의 1이 사라졌고, 폭격당한 130개 도 시 중 30개 도시는 심각한 피해를 입고 약 1,000만 권의 책이 소실되었다. 일본 또한 1년 반 동안 4,000회의 공습으로 당시 공공도서관의 4분의 3이 피해를 입어, 1945년 미군이 진주했을 때 일본 전역에 남아 있는 장서는 500만 권에 불과했다고 한다.

나치 정권의 유대인 대학살과 분서焚書는 평행선을 그리며 진행되었다. 1939년 이전 폴란드 251개 유대인 도서관에 분산되어 있던 장서 165만 권이 일시에 사라졌다. 이것은 전 유럽에 퍼져 있던 유대 문헌, 히브리어 문헌의 절반 이상에 해당한다. 그것도 모자라서 나치는 도서관의 역할 규정을 만들어 도서관이 위험하고 부르주아적이며, 독서는 에너지를 낭비한다고 도서관을 왜곡시켰다.

1935년 5월, 나치는 베를린 시내 중심가 베벨 광장Bebelplatz에서 "이 불꽃이 새 시대를 밝혀줄 것이다"라며 2만 권의 책을 불사르고 광란의 축제를 벌였다. 하이네는 "그것은 전야제에 불과하다. 책을 태우는 곳에서는 결국 인간도 태우게 될 것이다"라고 시를 남겼는데, 이 시구대로 그들은 끔직한 학살을 자행했다. 그때 쓴 하이네의 시비가 동판에 새겨져 지금 이곳 광장에 붙어 있다. 만일 도서관인이 베를린을 여행한다면 한 번쯤 들러볼 만한 곳이다.

중국의 인민해방군은 티베트를 침공해 수많은 불교사원을 약탈하고 수십만 권의 책을 화염 속에 던졌으며, '문화혁명'의 이름으로 도처에서 공자를 비롯한 수많은 고서들을 처단했다. 캄보디아에서 크메르루주와 폴 포트는 구세대의 모든 것, 불교, 조상, 심지어 부모까지 증오하는 청년들을 동원하여 많은 학교와 사찰, 사원을 무자비하게 파괴했다. 도서관을 파괴하고, 오래된 필사본이나 외국에서

들어온 인쇄본은 '없애야만 하는 원수' 그 이상의 것이었다. '종이 전쟁'을 선포해 지폐가 사라지고, 호적과 신원을 확인할 수 있는 각종 문서들은 모두 폐기되었다.

탈레반 정권도 다르지 않았다. 아프가니스탄 문화센터에 소장된 5만 5,000권의 장서를 불태우고, "적이 가진 책은 곧 나의 적이다"라는 말과 함께 풀리쿰리도서관을 초토화시켰다.

1961년에 건립된 이라크 국립도서관은 1980년대 장서 42만 권, 정기간행물 2,600종, 희귀도서 4,412부를 소장하고 있었고, 10년 먼저 개관한 국립문서관도 함께 있어 세계에서 가장 주목받는 도서관이었다. 전쟁이 일어나기 전 '세계에서 가장 큰 아랍어 컬렉션'으로 손꼽힌 이 도서관은 2003년 4월 14일 바그다드에 퍼부은 미사일로 모든 것을 잃었다. 미군은 국립도서관 정문 앞에 주둔하여 도서관을 봉쇄했다지만, 그 다음 날 맞은편 공원에는 불길에 타다 남은 책들이 담뱃값 정도로 팔려나가고 있었다. 혹자는 이렇게도 평한다.

"몇 년이 지난 후, 미국과 영국의 주요 도서관에 가면 없어진 책들을 볼 수 있으리라."

먼 나라의 이야기만이 아니다. 우리나라도 거란의 침공으로 왕실 문고가 파괴되고, 몽골군의 침략으로 고려 『초조대장경』이 모두 화마에 사라졌다. 부처님의 불력으로 외부의 침입을 막고자 『재조대장경』을 만든 것이 지금 해인사에 있는 『팔만대장경』 경판이다. 임진왜란 때는 경복궁·창덕궁·창경궁이 모두 불타고 많은 장서가 일본으로 넘어갔다.

최근 정부가 밝힌 자료에서 일제 강점기 때 유출된 책이 8만 권이라고 하지 않던가? 8만 권이면 웬만한 도서관에 가득 채울 분량이다. 그것도 모두가 국보급 문화재다.

『조선왕조실록』만 해도 서울의 춘추관을 비롯해 충주·성주에 있는 사고史庫가 모두 불타버리고 오직 전주사고만 남아, 현재 서울대학교 규장각에 있다. 전주사고본을 복각한 오대산본은 일본으로 넘어가 도쿄 대학도서관에 있다가 1923년 도쿄 대지진 때 유실되었고, 적상산본은 옛 창경원 안에 일제가 지었던 건물인 장서각에 소장되다가 1950년 6·25동란 때 북한군에게 약탈되어 지금 김일성종합대학도서관이 보관하고 있다고 전해진다.

이뿐인가. 병인양요는 천주교 탄압을 빌미로 프랑스 함대가 들어와 많은 서적을 약탈해간 소동을 일컫는다. 이때 빼앗아긴 외규장각 소장본 1,191종 296책과 의궤류 294책이 모두 프랑스 국립도서관에 있다. 우리 정부는 빼앗긴 책을 돌려받는 '반환'이 아닌 '영구 임대'를 목표로 협상하고 있단다.

사서도 세상을 바꿀 수 있다

1993년 프랑스 미테랑 대통령이 고속전철 테제베 수주협상을 위해 방한할 때, 병인양요 때 약탈해간 외규장각 도서 『도감의궤』 2책과 함께 동양문고에 근무하는 사서 자크린 샹송현재 사서 총국장 등 두 사람을 대동했다. 막상 자료를 반환하려는 순간 사서에 의해 반환 거부 소동이 일어 "이것은 사서의 명예 문제다. 우리는 프랑스의 이익과 합법성, 그리고 직업윤리에 반하는 행위를 강요받았다"고 하면서 그 자리에서 사표를 낸 사건이었다. 이 사실이 프랑스 일간지 『르몽드』와 『르피가로』에 알려지면서, 엘리제궁이 국가의 주요 수장품을 도서관과 아무런 협의 없이 테제베와 맞바꾸었다고 기사를 발표해 사서의 항의성 사의를 미화시켰다. 결국 프랑스 여론은 도서반환 문제를 원점으로 되돌렸다. 사서의 직업의식 때문에 외규장각 도서 문제는 아직까지 미해결 상태로 머물고 있다. 나는 수치스런 우리의 과거를 되찾으려는 명분을 앞세우기 전에, 대통령 앞에서 사서의 명예와 윤리를 빼앗겼다고 분개하는 프랑스 사서의 직업의식을 다시 생각해봤다.

『구텐베르크 42행 성서』보다 80여 년 앞서 인쇄된 『직지』^{直指}와 관련된 유명한 사서가 있다. 박병선 박사다. 1967년 파리국립도서관 사서로 근무할 때 세계에서 가장 오래된 금속활자본인 『백운화상초록직지심체요절』^{白雲和尚抄錄直指心體要節}, 약칭 '직지'의 존재를 세상에 처음으로 알려 2001년 유네스코 세계문화유산에 등재시킨 장본인이다. 나아가 1979년 조선왕조의 의식에 관련된 외규장각 도서 191종 297권을 도서관 창고에서 발견해 한국에 알리기도 했다. 우리가 그를 직지대모^{直指代母}로 부르는 이유이기도 하다. 2009년 12월 8일, 연합뉴스 기자가 물었다.

—프랑스가 왜 알지도 못하는 고문서를 가져갔을까요?

"프랑스를 몰라서 하는 말이지요. 그들이 남의 나라를 침략하면 가장 먼저 가지고 나오는 것이 바로 책이에요."

어찌 프랑스뿐이겠는가. 고대 로마를 위시해 모든 제국들이 그런 짓을 자행해왔으며 지금도 지구 어느 구석에서 이러한 만행을 저지르고 있다. 어찌할 것인가? 나는 그 해답을 사서에게 찾고 싶다. 내가 던지는 결론은 사서도 세상을 바꾸고, 사회를 움직이며, 도서관을 지킬 수 있다는 것이다. 앞서 이야기했듯이 한 세기 전 영국 공공도서관의 모태가 되는 차티스트운동Chartism이 그러했다. 또 캐나다 밴쿠버공공도서관 사서들은 2007년 7월부터 10월까지 파업을 단행해 그들의 정체성을 살려냈다.

『도서관을 구한 사서』를 읽은 적이 있는가? 2003년 미국과 이라크 전쟁 때 이라크 제2의 도시 바스라의 도서관장 알리아의 '도서관 지키기'다. 폭격 소리가 들려오고 전쟁이 가까워지자 관장은 시장에게 찾아가 도서관을 보호해달라고 간절히 요청했지만 소용없었다. 두려움을 뚫고 친구들과 함께 며칠 밤을 새며 귀중한 책들을 이곳저곳으로 숨겼다.

날이 밝자 도서관 주변 가게 주인과 지나가던 이웃 사람들까지 팔을 걷어붙였다. 그중에는 책을 많이 읽는 교양인도 있었지만 책을 잘 읽지 않거나 아예 글을 모르는 사람들도 있었다. 800여 년 전 1258 몽골제국에 의해 바그다드의 36개 도서관이 모두 사라졌듯이 이곳 바스라도서관도 끝내 불길에 휩싸였다. 그녀가 구한 책은 3만 권으로 전체 도서관 책의 70퍼센트에 달했다. 이 영웅적 일화가 전쟁이 한참 진행 중이던 2003년 8월, 『뉴욕타임스』에 '바스라의 책

구출 작전'으로 대서특필되었다.

우리에게도 이만한 사서가 있다. 일제 강점기 조선총독부도서관 사서로 근무하던 박봉석 선생이다. 그는 일제의 삼엄한 분위기에서 우리 도서관을 구했다. 해방이 되자 '도서관수호 문헌수집위원회'를 조직해 장서의 유출을 막아냈으며, '문헌수집대'를 결성하여 건국 초기의 귀중한 출판물, 포스터, 삐라까지 모두 수집했다. 1945년 10월 15일 국립도서관이 개관되자 그는 부관장의 직책으로 '조선도서관학교'를 설립해 사서를 양성했다. 그는 독보적인 '조선십진분류법'[1947]과 '조선동서편목규칙'[1948]을 발행해 자료 조직의 길을 열고, 도서관을 다지는 데 온몸을 바쳤다. 1950년 6·25동란이 발발하자 모두 떠나간 국립도서관을 당신 혼자 지키다 결국 납북되고 말았다. 도서관을 사랑하는 그의 정신과 거룩한 혼은 우리들 가슴속에 영원히 남아 있다. 우리에게도 이렇게 위대한 사서가 있다는 사실이 자랑스럽고 고마울 뿐이다.

글을 마치며

「도서관, 그 위대함이여」라는 제목으로 세계의 도서관을 탐방·취재한 글과 사진을 『도서관계』에 게재한 것이 꼭 2년 반이다. 잘못 들었는지 한 가지 주제로 가장 오래도록 연재한 기사 중에 하나라고 한다. 사실 도서관을 주제로, 그것도 기행문 형식으로 이렇게 오래도록 싣는다는 것은 매우 힘든 일이다. 도서관 입장에서도 쉽지 않았겠지만, 나 역시 감당하기 어려운 자신과의 싸움이었다.

이 기간 동안 취재한 12개의 도서관은 자타가 인정하는 지상 최고의 아름답고 위대한 도서관이라고 자부한다. 하나같이 국가를 대표할 만한 도서관이고, 세계 어디에 내놓아도 손색이 없는 도서관들이다. 한국의 조그마한 도서관이 포함되기는 했지만, 나는 그곳을 추호도 과소평가하고 싶지 않다. 역사도 짧고 작고 보잘것없는 곳이지만 거기에는 근대도서관의 충실한 이념과 철학이 있었고, 사서들이 제 직분을 지키며 도서관을 사랑하고 있음을 발견했기 때문이다.

　이 글을 쓰고 준비하는 동안 많은 애를 먹었다. 아는 만큼만 보인다기에 답사를 위해 필요한 기초적인 준비를 위해 그곳과 관련된 책은 보이는 대로 구입하고, 자료조사에 온 밤을 지새워야만 했다. 베갯머리에서 쓰는 글이 아니라 발로 뛰면서 필요한 사진을 찍고, 현장을 기록하는 글이어서 더욱 그러했다. 오직 도서관 한 곳을 보기 위해 수천 킬로미터를 날아가야만 했고, 비행기 삯과 차비, 숙식비 등 여행에 들인 경비도 만만치 않았다.

　이뿐만이 아니다. 찾아간 도서관마다 제도와 관습이 각각 달라 쉽게 취재를 허용한 곳이 있는 반면, 사진 한 장 찍기 어려울 정도로 문전박대를 당한 곳도 없지 않았다. 그밖에 로마에서 런던까지 가는 저가 항공을 택했다가 런던공항에서 눈 때문에 3일간 노숙자 신세도 맛보았고, 뉴욕공항에서는 비와 우박으로 경유 항공이 맞지 않아 고생한 일들은 오래도록 잊히지 않는다.

　어려운 일도 있었지만 보람찬 일도 적지 않았다. 이 위대한 도서관을 직접 대면할 수 있었다니! 만일 내가 다른 공부를 했다면 이렇게 세계의 위대한 도서관을 샅샅이 들여다볼 수 있었을까? 새삼 내 전공이 자랑스러워진다. 반면에 평생 도서관을 공부하고서도 듣지도 알지도 못한 새로운 사실을 확인했을 때, 그동안 무엇을 배웠고 가르쳐왔는지 회의에 빠지기도 했다. 나는 도서관을 너무 쉽게 말하면서 도서관을 너무 모르고 살아왔던 것이다.

　글을 마감하자니 감회가 새롭다. 하나하나 도서관을 객관적으로 알리고 기록하는 데 부족한 점이 많았지만 누군가 이런 일을 해내야 하기 때문에 먼저 나서본 것이다. 세상에는 아직도 잘 알려지지 않은 위대한 도서관이 즐비하다. 도서관에 관심 있는 우리 이웃을 위해서, 사서라는 직업을 가진 친구들을 위해서, 그리고 이 학문에 뜻을 품은 문헌정보학 학우들을 위해서, 누군가 '위대한 도서관 오디세이' 바통을 이어받아 아름다운 도서관 이야기를 계속 들려주었으면 좋겠다.

참고문헌

김석철, 『천년의 도시 천년의 건축』, 해냄, 1997.

랑가나단, 최석두 옮김, 『도서관학 5법칙』, 한국도서관협회, 2005.

로이 매클라우드, 이종인 옮김, 『알렉산드리아 도서관』, 시공사, 2004.

루치아노 칸포라, 김효정 옮김, 『사라진 도서관』, 열린책들, 2007.

뤼시앵 폴라스트롱, 이세진 옮김, 『사라진 책의 역사』, 동아일보사, 2006.

마크 앨런 스태머티, 강은술 옮김, 『도서관을 구한 사서: 이라크의 알리아 이야기』, 미래M&B, 2007.

시오노 나나미, 김석희 옮김, 『로마인 이야기』 제1~15권, 한길사, 2002.

신지 츠도무, 최석두·한상길 옮김, 『이탈리아의 도서관』, 한국도서관협회, 2009.

오동근 엮음, 『도서관인 박봉석의 생애와 사상』, 태일사, 2000.

움베르트 에코, 이윤기 옮김, 『장미의 이름』, 열린책들, 2008.

유종필, 『세계 도서관 기행』, 웅진지식하우스, 2010.

윤충남 엮음, 『하버드 한국학의 요람』, 을유문화사, 2001.

전국 학교도서관 담당교사 서울 모임, 『유럽 도서관에서 길을 묻다』, 우리

교육, 2009.

크리스티앙 자크, 김정란 옮김, 『람세스』 제1~5권, 문학동네, 2002.

페터 자거, 박규호 옮김, 『옥스퍼드와 케임브리지』, 갑인공방, 2005.

Battles, Matthew, *Widener: Biography of a Library*, Harvard College Library, 2004.

Carpenter, Kenneth E., *The First 350years of the Harvard University Library: Description of an Exhibition*, Harvard University Library, 1986.

Casson, Lionel, *Libraries in the Ancient World*, Yale Univ. Pr., 2002.

Caygill, Marjorie, *The British Museum Reading Room*, British Museum Pr., 2000.

De Hamel, Christopher, *The Book, a History of the Bible*, Phaidon Pr., 2001.

Guillaume de Laubier, et al., *The Most Beautiful Libraries in the world*, Harry N. Abrams Inc., 2003.

Howard, Philip, *British Library: A Treasure House of Knowledege*, British Library, 2008.

Kubo, Michael ed., *Office for Metropolitan Architecture: Seattle Public Library*, Actar, 2005.

Malam, John, *Library: From Ancient scrolls to the World Wide Web*, Brighter Child, 2000.

Park Bernal, Peggy, *The Huntington Library, Art collections and Botanical gardens*, Huntington Library Pr., 2003.

Seraqeldin, Ismail, *A Landmark Building: Reflections on the Architecture of the Bibliotheca Alexandrina*, Bibliotheca Alexandrina, 2006.

Staikos, Konstantinos, *The Great Libraries: From Antiquity to the Renaissance 3000 B.C. to A.D. 1600*, The British Library, 2000.

The Harvard Library and the Harry Elkins Widener Memorial Library Building, Harvard University Pr., 1925.

The Huntington Library: Treasures from Ten Centuries, Huntington Library, 2004.

Vancouver Public Library, Annual Report 2007.

Wendorf, Richard, *The Boston Athenaeum*, Boston Athenaeum Library, 2007.

최정태崔貞泰

대구에서 태어나 성균관대학교에서 행정학사, 연세대학교에서 교육학석사, 성균관대학교대학원에서 '관보'(Official Gazette)를 주제로 문학박사학위를 받았다. 전북대학교 조교수, 부산대학교 교수로 재직했으며, 한국도서관·정보학회 회장과 한국기록관리학회 회장을 역임했다. 현재 부산대학교 명예교수(문헌정보학과)다.

재직 시 논문, 논술, 학술칼럼 아흔여섯 편을 발표했고, 단행본『한국의 관보』(아세아문화사, 1992),『도서관·문헌정보학의 길』(부산대학교출판부, 2004) 등 여덟 권과『기록관리학사전』(한울아카데미, 2005) 외에 강의교재로『기록학개론』과 '자료조직' 입문서 세 권을 공저로 발행했다.

정년퇴임 후 세계의 이름난 도서관을 답사해 한길사에서『지상의 아름다운 도서관』(2006)과『지상의 위대한 도서관』(2011)을 펴냈으며, '큰 글자판 살림지식총서'로『아름다운 도서관 오디세이』(2012)와『위대한 도서관 건축순례』(2012)를 출간했다.

『지상의 아름다운 도서관』은 2006년 문화관광부의 '우수교양도서'와 대한출판문화협회의 '올해의 청소년도서'로 선정되었다. 그 후 발행한『지상의 위대한 도서관』과 묶은 '최정태의 세계 도서관 순례기'는 3년 연속 스테디셀러가 되었으며, 사서들이 추천하는 '선물하기 좋은 책'으로 선정되기도 했다. 그리고 지금도 인터넷에는 문헌정보학과(또는 도서관학과)에 지원하려는 전국의 고3 학생들이 반드시 읽어야 하는 필독서 목록에 포함되어 있고, 몇몇 대학의 같은 학과에서도 주니어를 위한 입문 및 교양도서로 선정하여 부교재로 사용하고 있다. 10년간 절필하다 2021년 9월 한길사에서『내 마음의 도서관 비블리오테카』를 출간했다.

지상의 위대한 도서관

지은이 최정태
펴낸이 김언호

펴낸곳 (주)도서출판 한길사
등록 1976년 12월 24일 제74호
주소 10881 경기도 파주시 광인사길 37
홈페이지 www.hangilsa.co.kr
전자우편 hangilsa@hangilsa.co.kr
전화 031-955-2000~3 **팩스** 031-955-2005

부사장 박관순 **총괄이사** 김서영 **관리이사** 곽명호
영업이사 이경호 **경영이사** 김관영 **편집주간** 백은숙
편집 박희진 노유연 이한민 박홍민 배소현 임진영
디자인 창포 **관리** 이주환 문주상 이희문 원선아 이진아 **마케팅** 정아린
CTP출력·인쇄 예림인쇄 **제책** 예림바인딩

제1판 제1쇄 2011년 1월 5일
개정2판 제1쇄 2024년 3월 15일

값 25,000원
ISBN 978-89-356-7860-0 03800